LA CAGE DORÉE

DU MÊME AUTEUR

Iranienne et libre. Mon combat pour la justice, avec Azadeh Maoveni, La Découverte, 2006.

SHIRIN EBADI

LA CAGE DORÉE

traduit de l'italien
par Joseph Antoine

ARCHIPOCHE

Ce livre a été publié sous le titre
La Gabbia d'Oro
par Rizzoli, Milan, 2008.

www.editionsarchipoche.com

Si vous souhaitez recevoir notre catalogue
et être tenu au courant de nos publications,
envoyez vos nom et adresse, en citant ce livre,
aux Éditions Archipoche,
34, rue des Bourdonnais 75001 Paris.
Et, pour le Canada, à
Édipresse Inc., 945, avenue Beaumont,
Montréal, Québec, H3N 1W3.

ISBN 978-2-35287-394-5

*"Si vous ne pouvez éliminer l'injustice,
au moins racontez-la à tous."*

Ali Shariati

Prologue

— Attends-moi ici, je n'en ai pas pour longtemps, dis-je au chauffeur de la voiture de location.

Je vérifiai dans le rétroviseur que mon foulard me couvrait bien les cheveux, mais pas d'inquiétude : il faisait si chaud qu'il me collait au front. Dès ma descente de l'auto, l'air brûlant du désert se referma sur moi comme la gueule d'une fournaise. En plein mois d'août, la chaleur était insupportable. L'espace d'un instant, je fus tentée de remonter en voiture pour retrouver l'étreinte artificielle de la climatisation. Mais non, impossible, inutile même d'y penser. Je rajustai mon sac à main à mon épaule et me mis en route d'un pas rapide. Longeant les tombes hindoues et bahaïes, je m'approchai de la foule en train de se rassembler.

Les fosses communes, probablement. Une étendue informe d'herbe et de terreau, sans même une clôture. Les corps de milliers d'opposants politiques, tombés sous les coups des *Pasdaran*[1], avaient été entassés là, les uns sur les autres, comme des épis fauchés. Ils ne méritaient ni un enterrement ni une sépulture dans un cimetière musulman. *Zedd-e enghelab*, contre-révolutionnaires. “Pas de cérémonie. On vous fera peut-être savoir où est le corps.” Les familles des condamnés

---

1. Gardiens de la Révolution (toutes les notes sont du traducteur).

n'avaient droit à rien d'autre. Elles apprenaient leur mort après des semaines, des mois de silence, d'incertitude, d'absence. Il en avait été ainsi pour Javad.

C'était pour lui que j'étais là. Depuis bien des années, je ne le comprenais plus, mais jamais il ne sortirait de mon cœur. Comme toute notre génération violentée, déchirée par un demi-siècle de lutte idéologique pour la domination de mon pays. La noble Perse, l'Iran malheureux. Par cette étouffante journée, j'étais venue pour Javad, après que l'histoire m'avait séparée de lui. Ainsi que pour Pari, Abbas, Ali et tous les autres. Je voulais réparer des années d'incompréhension et d'absence, en finir avec les paroles de haine et retrouver d'autres mots, ceux de notre vieille amitié.

Je m'agrégeai au groupe de femmes déjà nombreuses. Marchant avec lenteur, telles des migrantes, elles arrivaient de toutes parts, les mères, les épouses et les sœurs tenant dans leur main serrée un œillet ou une rose rouge. Toutes étaient différentes, mais toutes avaient le regard fier et sans larme. Des morts tels que ceux-là se pleurent à la maison seulement.

Je reconnus au centre la femme qu'ils appelaient la Mère, la porte-parole de leur douleur. Elle se déplaçait avec peine au milieu de la foule. On distinguait sous son foulard ses cheveux blancs et rares. Soixante-dix ans, peut-être. Son fils, un ingénieur qui avait étudié en Amérique, était enterré quelque part à Khavaran.

La Mère leva lentement les bras et prit la parole. Le bruit cessa.

— Aujourd'hui, nous sommes ici pour nous souvenir. Nous le savons, le sang ne se lave pas dans le sang. Nous sommes des femmes, pas des guérilleros. Des femmes, des mères, des filles et des sœurs qui n'ont déjà vu que trop de violence. Tuer les assassins ne ramène pas les victimes à la maison…

— Tais-toi, incroyante ! Ce n'étaient pas des victimes, mais des traîtres, des *Zedd-e enghelab*, et ils devaient mourir !

La voix résonnait dans l'air tendu au-dessus de nous. Je cherchai des yeux la femme qui avait parlé. Elle était enveloppée de la tête aux pieds dans un tchador noir.

Je m'aperçus que nous étions encerclées par des femmes et des hommes du *Goruh-e feshar*. Les forces qui attaquaient et dispersaient les manifestations étaient prêtes à passer à l'action, une fois de plus.

Nous nous serrâmes les unes contre les autres pour essayer de nous protéger, épaule contre épaule, sans vraiment savoir que faire. Me revinrent en mémoire les paroles de ma mère quand je sortais : "Shirin *joon*, ma chérie, n'y va pas, c'est dangereux." La pensée me traversa l'esprit que ce serait peut-être son tour, l'an prochain, de venir en mémoire de sa fille sur les sables ensanglantés du Khavaran.

Comme obéissant à un ordre tacite, le *Goruh-e feshar* sortit des chaînes et des couteaux. Ils allaient frapper. Tout autour, rien que le silence et l'odeur compacte de notre peur.

Ils attaquèrent le cercle le plus extérieur. Dans la foule, ce fut la débandade. Les femmes couraient dans toutes les directions, parant les coups de pied et de poing. Les quelques hommes présents furent immédiatement rattrapés par les *lebas-shakhsi*, les agents en civil, qui les frappaient sur le dos avec leur matraque en aboyant :

— Comme ça, vous finirez bien par vous arrêter, avec vos manifestations de traîtres. Vos enfants ne méritent aucune cérémonie. C'étaient des ennemis d'Allah et de l'Iran. Il fallait y penser avant, et leur transmettre les vraies valeurs. C'est votre faute s'ils sont morts !

Et ils traînaient à l'écart leurs victimes à demi évanouies, colorant le sable de fins ruisseaux de sang. Presque tous ceux qui étaient à terre avaient les cheveux blancs.

Une des femmes qui portaient le tchador et lançaient des pierres sur la Mère parvint à la toucher au front. Comme prise de folie à la vue du sang, elle se dépêcha de lui jeter une pluie de cailloux. Toutes les pierres du désert n'y suffiraient pas. Elle fut imitée par quelques-unes de ses camarades. La Mère resta immobile. Les pierres sifflaient autour d'elle, toujours droite comme un I.

— Lâches, murmura-t-elle, le regard fixe.

Moi non plus je ne pus faire un pas. J'étais comme paralysée par cette scène d'une violence irréelle. Une femme qui s'enfuyait me bouscula : je ne saurai jamais si elle avait voulu m'aider ou seulement me pousser, en tout cas je me réveillai d'une sorte d'hypnose. Je me mis à courir, moi aussi, derrière l'inconnue. Je voyais confusément tournoyer les femmes qui tombaient, j'entendais le bruit métallique des chaînes, je percevais l'odeur métallique du sang. La Mère criait maintenant, en nous traitant de lâches, mais elle était de plus en plus loin.

Je trébuchai sur une racine, tombai, me relevai. Il suffisait d'un instant pour être renversée et piétinée. Ou frappée, dans cette mêlée où se confondaient amis et ennemis. Le cœur m'était remonté dans la gorge, et il battait jusque dans mon cerveau, couvrant toute pensée. Je courais, la gorge sèche, privée de souffle. Un homme s'accrocha à mon bras, et je me détournai aveuglément pour lui envoyer un coup.

— Madame Ebadi, c'est moi.

C'était le chauffeur. Il me porta quasi à bout de bras jusqu'à la voiture, et démarra à toute vitesse. Sans force, j'essuyai la sueur qui me piquait les yeux et tentai de me calmer. Sentant le froid pour la première fois, je baissai les yeux et m'aperçus que j'avais perdu une chaussure. Je posai le pied sur mon genou : la plante, égratignée, saignait. Je vis une goutte épaisse tomber sur le tapis de la voiture et c'est seulement alors que mes plaies commencèrent à me brûler.

1

Amitiés anciennes

La première chose dont je me souvienne, c'est le parfum du thé venu du haut du poêle que je n'arrivais pas à atteindre. L'eau qui bouillait dans la théière en fer pansue, puis les mains de Simin qui attrapaient vivement le pot le plus petit du meuble, au-dessus de ma tête.

— Shirin *joon*, pousse-toi que je ne fasse pas tomber quelque chose.

D'autres mains m'écartaient, tandis que Simin ouvrait la boîte de thé. Uniquement les pointes, la partie la meilleure de la feuille. Quelques cuillerées tout au plus, puis l'eau brûlante. Je regardais, fascinée, l'odorante fumée qui se libérait. Simin déposait avec précaution le petit pot sur le grand, encore à demi rempli d'eau, et le tout chauffait à feu doux.

— Ça ne doit pas bouillir, m'expliquait chaque fois Pari d'un ton professoral.

Les mains de Simin, la voix de Pari, l'arôme du thé, les murs blancs et tachés de la cuisine se referment sur moi pour former le cœur d'un chaleureux souvenir d'enfance.

J'ai grandi avec Pari et ses frères. Nos mères étaient de grandes amies depuis l'âge de cinq ou six ans.

À l'époque, elles habitaient toutes les deux à Hamadan, une ville du nord-ouest de l'Iran qui, jadis, sous le nom d'Ecbatane, a été la capitale du pays. Une amitié entre deux fillettes née d'une poignée de bonbons aux amandes, qui avait traversé sans encombre les années impétueuses de l'enfance, l'adolescence inquiète, deux mariages et deux déménagements. En effet, Simin s'était mariée très jeune avec Hossein, un *bazari* de Téhéran, mais cela ne les avait pas empêchées de prendre des nouvelles l'une de l'autre. Les lettres avaient voyagé avec la régularité d'un journal intime fait de confidences, de recettes et de souvenirs. Quand ma mère, s'étant mariée à son tour et ayant eu des enfants, avait déménagé dans la capitale en 1948, l'amitié entre les deux femmes s'était transformée, comme cela arrive souvent, en un lien étroit unissant les deux familles.

Mon père, Mohammad Ali, trouvait très relaxante la compagnie de Hossein, un homme au sourire facile, toujours prompt à plaisanter. Ils incarnaient deux philosophies de l'existence opposées : mon père était exigeant et pugnace, juriste par vocation, loyal et sérieux de caractère, au point de faire preuve parfois d'une rigueur que certains prenaient pour de la froideur, mais qui exprimait au contraire un sens passionné de la justice. Il nous avait élevés tous les quatre – un garçon et trois filles – absolument de la même façon, estimant qu'égalité et respect du prochain devaient primer au sein de la famille. Il avait de grands idéaux qu'il observait avec cohérence et qu'il nous avait inculqués à tous. Il était en effet convaincu que l'on ne pouvait se dispenser de participer à la vie civique et politique du pays. Quel qu'en fût le prix.

Hossein, tout en étant un homme droit et honnête, montrait une attitude plus conciliante. Ayant hérité de son père un commerce de tapis situé en plein cœur du bazar, il le dirigeait avec son frère cadet Nader. Cette activité leur permettait à tous les deux de vivre décemment, mais pas de s'enrichir. Eussent-ils été un peu plus entreprenants, ils auraient pu se lancer dans l'exportation, à l'instar d'autres commerçants iraniens, en des temps favorables où la demande d'objets exotiques était très forte en Europe comme en Amérique. Mais Hossein aimait profiter de la vie, et jugeait que son temps libre était sacré. Lui aussi s'efforçait de ne pas marquer de différence entre ses enfants, qu'il s'agisse de leur éducation ou de la façon de les diriger vers la vie adulte. Certes, il espérait que les garçons choisiraient de lui succéder au bazar, et il ne doutait pas que Pari se marierait et aurait des enfants. Mais il essayait de leur apprendre la tolérance. Il avait rencontré trop de monde et entendu trop d'histoires pour souffrir de cette maladie qu'est l'étroitesse d'esprit. La rencontre d'autrui représentait pour lui une véritable passion, qu'il cultivait jusque sous son toit. Il affichait fièrement son sens de l'hospitalité et nouait facilement des liens d'amitié avec des gens de toutes sortes qu'il invitait à sa table, ravi d'entendre de nouveaux récits. Pour lui, c'était comme voyager, respirer l'atmosphère de pays lointains qu'il ne visiterait jamais. Simin le secondait volontiers. Elle cuisinait avec générosité, même quand elle n'attendait pas d'invités, sachant avec certitude que son mari ne manquerait pas de ramener un convive disposé à faire honneur à ses plats.

En dépit de ces différences, mon père et Hossein avaient tissé une amitié paisible. Durant les longues soirées à la maison du *bazari*, ils aimaient s'asseoir après le repas sur des coussins brodés près de la fenêtre d'angle. Les femmes se tenaient dans la cuisine et nous autres, les enfants, avions l'interdiction absolue de déranger les discussions de nos pères, qu'elles soient ardentes ou paisibles. Ils parlaient politique, inflation, prix de gros et droit commercial, sujets que mon père abordait en expert. Je pense aujourd'hui qu'il s'agissait d'une phase préparatoire, d'une sorte d'échauffement destiné à prolonger l'attente, et donc l'agrément, de leur loisir préféré : le backgammon. Car, après avoir bavardé un peu, Hossein dégainait avec ponctualité une magnifique boîte en bois sculptée contenant le jeu de *takteh-nard*. Son père l'avait achetée quand il faisait ses premières armes de jeune négociant. Extérieurement, elle ressemblait à un échiquier ; à l'intérieur, le bois était creusé de renfoncements permettant de ranger les pions clairs et sombres. Hossein installait entre eux la table basse d'ordinaire poussée contre le mur puis, avec une lenteur étudiée, ouvrait la boîte qui contenait les pions finement ouvragés, polis à la cire par Simin, brillants comme des bijoux sur leur écrin de velours. Le cérémonial d'ouverture inspirait à chaque fois à mon père la même exclamation :

— Des objets aussi beaux, on n'en voit pas souvent !

C'est seulement alors qu'ils s'immergeaient dans d'interminables parties. Pendant des heures, on entendait résonner le claquement sec des dés, le bruit du bois frappant le bois lorsque les deux hommes déplaçaient adroitement leurs pions. Ainsi que des moqueries féroces destinées à "démoraliser" l'adversaire.

— Si tu veux, je te laisse réfléchir le temps d'aller me faire un thé, se hâtait de dire mon père dès qu'il voyait la main de Hossein hésiter une seconde au-dessus d'un pion.

— C'est une excuse pour déclarer forfait parce que tu sais que tu ne peux pas gagner? répliquait Hossein.

Je devais me rappeler des années durant ces prises de bec si caractéristiques de leur jeu et de leur solide amitié. Et je devais pleurer une époque où les murs de cette maison heureuse ne connaissaient d'autres "conflits" que ces piques amusantes.

*

Le mariage de Hossein et de Simin fut bientôt béni par la venue d'un fils, Abbas. Dès son jeune âge, l'enfant se montra vigoureux et plein de santé : il pesait plus de quatre kilos à la naissance, gigotait pendant des heures, pleurait deux fois plus fort que les autres bébés et, fait insolite chez un nouveau-né, possédait une épaisse chevelure très sombre. Il ne devait pas changer en grandissant : aux cheveux, toujours aussi noirs et épais, vint s'ajouter une barbe qui répandait sur ses joues brunes une ombre bleutée, et devenait inextricable s'il restait plusieurs jours sans se raser. C'était un garçon de grande taille, robuste, voire imposant, doté d'un visage toujours empreint de sérieux, du fait peut-être de son teint foncé. Hossein était fier de ce premier-né qu'il aimait à la folie. Abbas lui retourna cet attachement avec la même affection, tout en s'efforçant de lui ressembler chaque jour davantage. Il avait hérité de son père l'honnêteté et un profond amour pour sa famille, mais ni la jovialité ni le goût de la plaisanterie. Les rares fois où je vis son visage s'ouvrir sur un sourire, presque malgré lui, je me souviens qu'il semblait devenu autre, comme si ses traits secs s'étaient subitement adoucis.

Abbas ne demandait qu'à avoir sous ses ordres une ribambelle de frères et de sœurs à instruire et à protéger, mais il fallut sept ans de douloureuses fausses couches et d'inutiles pèlerinages propitiatoires avant que n'arrive Pari, celle qui était destinée à devenir une de mes amies les plus chères. Puis, en 1950, naquit le deuxième fils tant attendu, Javad – selon ma mère le plus bel enfant qu'elle eût jamais vu. Le plus têtu aussi, ajoutait Simin qui avait dû le porter deux semaines au-delà du terme, Javad ne donnant aucun signe d'une quelconque envie de sortir. Quand enfin il se décida, il se fit aussitôt pardonner en présentant deux petites joues bien roses et bien pleines, sans même une ride de nouveau-né et, sur le sommet du crâne, une touffe de duvet espiègle.

Indépendant et agité dès son jeune âge, Javad était consumé par une curiosité vorace, incapable de rester avec les autres enfants dont les jeux avaient tôt fait de l'ennuyer. À quatre ans, quand Hossein s'asseyait dans son fauteuil pour lire le journal, Javad s'appuyait sur ses épaules et l'écoutait articuler les syllabes d'un ton monocorde. Il comprit très vite le mécanisme caché derrière les dessins sinueux des lettres et, au bout de quelque temps, il récitait les mots à l'oreille de son père bien avant que celui-ci n'ait fini de les lire.

Dans sa hâte de grandir, Javad méprisait la compagnie des enfants de son âge, préférant se faufiler dans les jambes des adultes. Hossein avait beau le réprimander et le remettre à sa place, surtout en présence d'invités, c'était peine perdue ; Javad continuait de suivre les discussions des grands et n'hésitait pas à poser des questions quand quelque chose lui échappait. Simin le grondait et le punissait, mais dans le secret de son cœur elle était fière d'avoir un fils intelligent – et beau en outre, car Javad, avec son teint doré, ses grands yeux intenses de guerrier perse, son généreux débraillé, faisait l'envie des autres mères. Son arme fatale était son sourire ; il révélait des dents blanches, parfaites, qui illuminaient son fin visage comme un éclair. Il avait conscience de son charme et apprit vite à en jouer pour obtenir ce qu'il voulait. De ses parents, surtout, mais également de Pari, de moi aussi, ou encore de mes sœurs, car toutes nous avions fait de lui notre chouchou.

Il avait un tel toupet qu'il parvenait même à se glisser dans les parties de backgammon de son père. Au début, il s'accoudait silencieusement au bord de la table et observait le jeu avec attention ; puis il se permit de commenter les actions par des sifflements qu'il essayait vite de dissimuler sous des quintes de toux. Quand finalement il demanda à mon père "l'honneur de le mettre au défi", celui-ci, plutôt amusé, accepta et, dans l'espace de quatre minutes, mit l'adversaire en déroute, non sans ressentir un peu de culpabilité à la vue de sa déception. Javad ne rendit pas les armes, priant mon père de lui accorder sa revanche. Une nouvelle fois il fut battu, mais il revint à la charge à la première occasion, jusqu'à ce que cela devienne une habitude ; pour mon père aussi, qui acceptait ce challenge "mineur" en marge des batailles contre son vieil ami Hossein. Il renonçait seulement aux altercations verbales, car il aurait eu honte de provoquer un jeune garçon.

Un soir, alors que Pari et moi étions enfermées dans sa chambre à discuter de questions fondamentales

– comme la dernière mode venue de Paris –, un cri dans le salon attira notre attention. Nous accourûmes pour trouver un Javad rayonnant de joie auprès de la petite table de backgammon. Un coup d'œil à la disposition des pions, un autre au sourire indulgent de mon père – j'avais compris : Javad venait de gagner.

Comme nous rentrions chez nous, je ne pus me retenir :

— Javad était très content. C'est vraiment généreux de ta part de l'avoir laissé gagner.

Mon père me regarda à la dérobée, et dit après une courte hésitation :

— Shirin *joon*, je ne l'ai pas laissé gagner.

Il ajouta, se parlant à lui-même :

— Ce garçon fera du chemin… S'il arrive à dompter ce tempérament rebelle qui est le sien, et s'il y a une justice en ce monde, il fera du chemin.

De nombreuses années plus tard, je devais me rappeler cette soirée chaude et lointaine au cours de laquelle Javad avait découvert l'ivresse de combiner la chance et la stratégie pour parvenir à la victoire. Je ne savais pas encore que la partie qu'il aurait à jouer avec la vie serait autrement plus difficile.

2

La maison d'Abbas Abad

Pari et sa famille habitaient une maison avec un grand jardin dans le nouveau quartier résidentiel d'Abbas Abad. Cette villa blanche aux lignes simples et régulières avait coûté à Hossein vingt années d'épargne et de sacrifices, comme il le répétait aux innombrables invités de passage quand ils le complimentaient sur l'élégance de sa demeure. À l'arrière s'ouvrait un beau portique sous lequel nos parents s'asseyaient les soirs d'été pour regarder la silhouette familière des monts Alborz. Simin avait planté au pied des colonnes le jasmin qui fleurissait d'avril à août ; quand la fleur perdait ses pétales blancs, le moment était venu d'abandonner la grande table dressée dehors et de dépoussiérer le *korsì* en vue des soirées hivernales.

Le haut mur d'enceinte sans brèche protégeait l'intimité de la famille, tandis qu'à l'entrée se dressait un imposant portail en fer battu. Les épais entrecroisements du métal empêchaient les regards indiscrets mais le rendaient désuet et prétentieux comme aucun autre en ville.

— Tu en as déjà vu un plus laid ? se plaignait Pari en poussant la lourde clé dans la serrure.

Pour moi, derrière ces volutes tarabiscotées se cachait un petit coin de paradis : le portail s'ouvrait sur les gargouillements d'une fontaine où Simin répandait des miettes de pain pour attirer les moineaux et les colombes. De part et d'autre s'étendait une grande pelouse où nous nous poursuivions pendant des heures, Pari, nos frères et moi, avant de nous écrouler, épuisés, à l'ombre des jeunes tilleuls. Dans l'angle du jardin, juste en face des monts Alborz, les merveilleux rosiers de Simin imprégnaient l'air de leur parfum durant les mois chauds de l'été.

Quand j'arrivais à proximité des larges rues arborées d'Abbas Abad, j'éprouvais un sentiment de bonheur ; je savais que j'allais être chaleureusement accueillie par une Simin toujours heureuse d'embrasser les enfants de sa plus chère amie. Pendant la belle saison, la villa connaissait un va-et-vient continuel de parents, d'amis, de simples connaissances et de clients de Hossein qui se présentaient à la porte pour profiter de la fraîcheur du jardin et de la cuisine de Simin, dont la réputation avait franchi les frontières de Téhéran. À sa table ne manquaient jamais les grands plats de riz relevé de fèves et autres légumes, accompagnés de viande. Dans le bol de yaourt macéraient des feuilles de menthe, ou de fines tranches de concombre auxquelles les enfants ajoutaient des grains de raisins secs. Le *kuku* juste sorti du four refroidissait dans des récipients de terre cuite ; quand il arrivait sur la table, je savourais d'avance le mélange d'œufs, d'épinards et de groseilles qui reposait sous une fine croûte dorée et croquante. Simin se refusait à en révéler la recette, même à ma mère ; elle disait la tenir de l'épouse d'un marchand arménien qui la lui avait confiée sous le sceau du secret. Elle esquivait la pluie de compliments en marmonnant que l'agneau du *khoresht fesenjun*, hélas, n'était pas bien cuit, et que, dans le *halva* frit au beurre, il y avait trop de safran et pas assez de sucre. Mais son *halva* était en réalité le meilleur de la région et, souvent, avec Pari, nous nous glissions furtivement dans la cuisine pour y voler quelque friandise sur le plateau qui attendait d'être apporté à table.

Aux grandes fêtes du printemps et de l'été succédait la paisible monotonie des soirées hivernales. Mon père et Hossein s'isolaient dans leur coin tranquille, tandis que ma mère et Simin se réchauffaient les pieds sous le *korsì*, le brasero traditionnel couvert de son édredon. Elles bavardaient des heures durant, sirotaient du thé ou écoutaient la radio. Mon frère, mes sœurs et moi étions trop agités pour rester longtemps sous la tiédeur des couvertures, aussi nous échappions-nous pour jouer avec Pari et Javad. Abbas nous accompagnait rarement, nous autres les plus petits ; il préférait rester seul à l'écart, ni adulte ni enfant, à feuilleter paresseusement un livre tout en nous lançant parfois des coups d'œil vigilants.

Il se sentait un peu comme notre grand frère à tous, surveillant Javad avec une attention rendue plus vive par la tendance de ce dernier à se jeter impétueusement dans les plus improbables ennuis. Je me rappelle un après-midi de juillet particulièrement étouffant où nos parents avaient insisté pour nous envoyer nous reposer à l'étage pendant qu'ils bavardaient dans la pénombre du salon. Avec cette chaleur, je n'arrivais pas à dormir, et Javad se retournait dans son lit, indigné d'être exclu des intéressants bavardages des grands. Un bruissement de drap, et je le vis se glisser vers la fenêtre.

— Où vas-tu ? lui demandai-je à voix basse.

— J'ai faim. Je vais cueillir des cerises.

— Ton père a dit qu'on ne peut pas, elles sont trop hautes.

— Personne ne s'en apercevra. Qu'est-ce que tu fais, tu viens ou pas ?

Je restai muette, tiraillée entre la peur d'une réprimande et la tentation de manger des cerises douces et juteuses. Javad interpréta mon silence comme un refus et se hissa sur le rebord de la fenêtre sans m'attendre. Un des petits tilleuls allongeait ses branches à portée de main et Javad n'eut qu'un saut à faire pour gagner la liberté. Un peu honteuse de ne pas l'avoir suivi, un peu inquiète aussi, je m'approchai de la vitre pour voir où il allait. En définitive, c'était moi la plus grande et je me sentais responsable. Je le vis descendre du tilleul avec agilité et promener autour de lui un regard attentif. Si son père le trouvait là, nous étions bons pour les ennuis. Il courut vers le fond de la cour et, s'aidant d'un autre arbre, se retrouva à califourchon sur le mur d'enceinte. Il était rapide, silencieux, souple comme un chat. À l'évidence, il faisait ça souvent.

Du jardin voisin, juste à la bonne hauteur, un cerisier lui tendait ses branchages. Javad commença à cueillir des fruits qu'il engloutissait au fur et à mesure. De temps en temps, il se retournait pour surveiller la maison, de laquelle il était parfaitement visible ; mais il se sentait fort désormais, ayant triomphé dans son entreprise. M'apercevant à la fenêtre, il me salua d'un signe et d'une grimace. Il était si drôle que j'éclatai de rire.

— Shirin, qu'est-ce que tu fais debout ?

Je me retournai en sursautant, et je découvris Abbas arrêté sur le seuil.

— Où est Javad ?

Son regard se posa rapidement sur le lit vide, puis sur moi. Sans me laisser le temps de répondre, il s'approcha de la fenêtre.

— Ah, non ! Pas ça !

Ensuite, tout arriva très vite. Abbas courut dans le salon appeler ses parents qui se précipitèrent dehors. Derrière eux venaient les miens.

— Javad ! Descends de là ! cria Hossein. Javad, tu m'as entendu ? Je t'ai dit de descendre tout de suite. Maintenant, on va s'expliquer tous les deux !

Mais Javad, à l'évidence, n'avait aucune intention de bouger. La menace de la punition et tous ces regards dirigés vers lui le rendaient nerveux. Le sourire cramoisi s'était mué en une grimace qui annonçait des pleurs.

— Javad, viens ici !

— Je… je n'y arrive pas.

Et il fondit en larmes.

De l'arrière de la maison, Abbas apparut avec une échelle. Il l'appuya contre le mur et commença à grimper.

— Ne bouge pas, Javad, ce n'est rien. Laisse-moi faire.

Il le tranquillisait grâce à son calme.

— Tu vas réussir à t'accrocher à mes épaules ? Allez, comme ça, tu y es presque. Voilà, très bien. Maintenant, cramponne-toi.

Abbas descendit avec son petit frère sur les épaules. Hossein saisit ce dernier au vol et le serra très fort dans ses bras. Puis il se dégagea et lui flanqua, devant tout le monde, deux gifles bien sonores.

De cette expérience, Javad tira une aversion pour les cerises. Elles lui rappelaient la pire humiliation de son enfance ; mais il apprit aussi à compter sur la présence silencieuse et rassurante d'Abbas qui, dès lors, devint son champion.

*

Les mêmes différences qui séparaient et unissaient nos pères m'attachaient à Pari. J'aimais son côté désinvolte et solaire. Comme Javad, elle était curieuse et entreprenante, mais avec le sérieux et le sens de la responsabilité que lui avaient inculqués son rôle de grande sœur ainsi que le devoir de partager avec sa mère l'entretien de la maison. Plus qu'à Simin, elle ressemblait à Hossein, dont elle partageait le goût de la plaisanterie et la capacité de voir toujours l'aspect ridicule d'une situation. Ayant deux ans de plus que moi, elle se révéla bien vite mon guide dans les domaines qui m'étaient inconnus. Quand je m'amusais à colorier des albums de dessin, elle m'apprenait déjà à jouer à la poupée ; lorsque je découvris les premiers secrets de la féminité, elle m'invita à expérimenter les recettes de Simin.

À cette époque, cuisiner était toujours un plaisir, presque un jeu que nous adorions pratiquer ensemble. Nous préparions le ragoût d'agneau – le *ghorme sabzi* –, ainsi que des pâtisseries comme le *falude*. Mais le *chelow kebab* était de loin notre plat favori, à l'instar de la plupart des Iraniens. C'est un plat à base de riz – plus fin que le riz occidental –, accompagné de viande maigre de bonne qualité. On le sert en général sur un plateau, si possible en porcelaine, avec une pincée de safran. La viande est coupée en menus morceaux, puis grillée. Le mets peut s'accompagner de beurre, de jaune d'œuf, de cette épice appelée de *sumac* et de fruits secs – Pari et moi étions d'ailleurs en complet désaccord sur cette question des fruits secs.

— Ça donne un goût bizarre, disait-elle. Je ne sais pas, moi je n'en mettrais pas.

— Très bien, Pari, c'est comme tu veux, admettais-je. Puis j'ajoutais à voix basse :

— Même si ça ne me déplaît pas, à moi.

C'était toujours elle qui me traînait voir les films américains dont les cinémas de Téhéran étaient pleins, et me mettait au courant des dernières tendances de la mode occidentale, pour laquelle nous avions une véritable passion. Dans les années 1930, Reza Shah, à peine installé sur le trône du Paon à l'issue d'un coup d'État, avait tenté une modernisation accélérée du pays qui, selon ses projets, impliquait l'adhésion au mode de vie occidental. Il parvint à importer la façon européenne de s'habiller. D'abord on obligea les hommes à porter la veste et le pantalon, ensuite on interdit aux femmes de se coiffer du *hijab*, le voile islamique traditionnel. Celles qui n'avaient pas envie de montrer leurs cheveux pouvaient tout au plus mettre un chapeau ; la police avait le droit d'arrêter les femmes qui s'obstinaient à s'habiller selon la tradition, et leur arrachait leur tchador en pleine rue. Pendant des mois, et dans certains cas pendant des années, les familles les plus conservatrices interdirent aux filles et aux épouses de franchir les limites des habitations privées, pour leur éviter la honte d'être vues tête nue en public.

L'interdiction du voile fut levée quand accéda au pouvoir un nouveau shah, soucieux de s'attirer les bonnes grâces du clergé. Dans les années 1950 et 1960, la situation s'était stabilisée et la mode européenne faisait rage chez les filles de notre génération, surtout en ville. Pari, qui aimait se sentir à l'avant-garde, faisait venir ses magazines directement de France et d'Angleterre, et demandait à la couturière de la famille de lui couper sur mesure des toilettes reproduisant les canons du dernier cri. Quant à moi, même si je ne partageais pas son amour absolu pour l'Occident, c'est toujours à Pari que je m'adressais pour avoir des conseils en matière de toilette, et pour m'informer des modernisations en cours dans sa chère Europe.

Lorsque j'étais de mauvaise humeur, un coup de fil suffisait à me remettre sur pied. Pari savait faire ressortir le bon côté des choses, alors que je me tourmentais pour toutes sortes de motifs. Elle essayait de me distraire et de m'offrir un peu de légèreté. Quand je repense aujourd'hui à ce qui alors me préoccupait tellement – une mauvaise note à l'école, un conflit avec mes parents –, je vois combien elle avait raison. Cette époque était insouciante. L'heure arriverait trop vite où il deviendrait impossible de dire : "N'y pense plus."

— Tu réfléchis trop, Shirin *joon*, c'est ça ton problème. Au lieu de penser, essaie de t'amuser, me disait-elle.

— Et comment puis-je faire pour ne pas penser? demandais-je, sceptique.

— Je ne sais pas.

Telle était sa réponse. Elle ajoutait :

— Mais trop penser abîme la peau !

En riant, elle me passait la main sur le visage pour y effacer des rides imaginaires.

3

Le stylo de Mossadegh

Le 28 mai 1901, Mozaffaredin Shah signa un accord qui concédait à l'Anglais William Knox D'Arcy, pour soixante années, l'exploitation des gisements pétrolifères sur presque tout le territoire de l'Iran, en échange de seize pour cent des profits. En 1914, D'Arcy vendit sa société au gouvernement britannique, lequel, dès lors, s'arrogea le droit de contrôler de près la politique iranienne.

Pour protéger ses intérêts en Iran, l'Angleterre avait besoin d'un allié fiable et de l'appui de l'armée. Pour ce faire, elle soutint en 1921 le coup d'État d'un petit colonel des cosaques, Reza Khan, et força Ahmad Shah à le nommer Premier ministre. Pendant que le Shah assouvissait sa passion des voyages, et s'éloignait toujours davantage de l'Iran, Reza Khan, avec l'appui du Parlement, le Majlis, réussit à se faire nommer chef de l'État, puis décréta la fin de la dynastie Qajar. Le 25 avril 1926, Reza Khan monta sur le trône du Paon sous le nom de Reza Shah Pahlavi ; ce nom de Pahlavi, rajouté par lui-même selon l'usage européen, signifie "de langue parthe".

Après avoir renforcé l'adhésion à sa personne, Reza Shah se montra de plus en plus hostile envers le gouvernement britannique, et finit en 1932 par annoncer unilatéralement l'annulation de la concession pétrolière. Les Anglais augmentèrent leur présence militaire dans le golfe Persique et menacèrent de confisquer les comptes du Shah à l'étranger, de sorte que celui-ci fut contraint de signer un nouvel accord. La part sur les profits pétrolifères reversée à l'Iran passa à vingt pour cent.

Mais si les divergences avec l'Angleterre étaient partiellement aplanies, un motif de dissension bien plus grave allait apparaître sur la scène politique mondiale : Adolf Hitler. Reza Shah, enchanté par ses idées et par son ascension apparemment irrésistible, tendit la main à l'Allemagne nazie. Bien entendu, les Alliés s'en alarmèrent, et à plusieurs reprises sommèrent le Shah d'expulser de chez lui les diplomates allemands. Mais ces demandes ne furent jamais satisfaites. Quand éclata la Seconde Guerre mondiale, le gouvernement iranien se déclara officiellement neutre et annonça qu'il ne permettrait à aucune force étrangère de traverser son territoire. Ce choix de la neutralité était une façon indirecte de soutenir Hitler, puisqu'il empêchait les Alliés de passer par l'Iran pour appuyer le front soviétique soumis aux assauts des nazis.

En juillet 1941, les Alliés demandèrent pour la énième fois au gouvernement iranien d'expulser les citoyens allemands et d'autoriser le passage sur son territoire des renforts destinés à l'armée russe. Reza Shah essaya de temporiser en réaffirmant sa position de neutralité. Toute possibilité diplomatique étant fermée, les Alliés envahirent l'Iran et obligèrent le Shah à abdiquer en faveur de son fils Mohammad Reza Pahlavi.

Le nouveau Shah prit donc le pouvoir en 1941 et fit preuve aussitôt d'une attitude plus libérale et ouverte. Il en alla ainsi jusqu'en 1949. Puis, après avoir été légèrement blessé dans un attentat, il revint peu à peu aux méthodes de son père : strict contrôle et restriction des libertés politiques et civiles. Inutile de décrire la désillusion du peuple iranien, qui attendait depuis si longtemps un vrai libérateur.

Si l'étoile du Shah déclinait – il n'avait pas réussi non plus à donner au pays l'héritier tant espéré –, il en était une qui brillait, celle de Mohammad Mossadegh, un vieux député du Front national, président de la Commission du pétrole du Majlis. Lui réussit là où Reza Shah avait échoué. En mars 1951, il fit approuver une loi de nationalisation du pétrole qui révoquait la concession signée avec l'Angleterre. Le gouvernement britannique se tourna vers le tribunal international de La Haye, puis vers le Conseil de sécurité des Nations unies, mais Mossadegh défendit personnellement les droits du peuple iranien et obtint un jugement favorable qui mit un terme à l'accord pétrolier.

Il fut accueilli dans sa patrie comme un héros national et gagna du prestige également au plan international. Âgé, de santé fragile, il avait coutume de recevoir ses invités dans sa chambre à coucher, y compris les ambassadeurs et jusqu'au Shah lui-même, tout en conservant ce mélange de respect et de fierté typique de la nature iranienne. Il avait reçu en Suisse une éducation raffinée qui avait raffermi ses racines orientales, faisant de lui un leader aristocratique et populaire, à la fois moderne et attaché aux traditions. À en croire certains historiens, Gamal Abdul Nasser s'inspira de son exemple pour revendiquer les droits de l'Égypte sur le canal de Suez, et se libérer lui aussi de l'ingérence britannique.

Le Shah ne voyait pas d'un bon œil l'ascension rapide de Mossadegh, mais il ne put faire autrement que de le nommer Premier ministre et d'observer, impuissant, ses initiatives pour démanteler des siècles de pouvoir absolu. Mossadegh profita du large soutien dont il bénéficiait pour redimensionner les prérogatives de la couronne et conduire l'Iran vers une monarchie constitutionnelle. Pendant son gouvernement, le Shah ne jouit que d'un pouvoir nominal et, pour la première fois, le pays fut gouverné par des représentants régulièrement élus. Certaines évolutions cependant, telle la réforme agraire et fiscale, menaçaient les intérêts des religieux et des classes les plus riches qui redoutaient une dérive vers l'idéologie communiste.

Le Shah n'eut aucun mal à organiser la chute du trop populaire Mossadegh. Il s'allia aux services secrets américains et anglais, renversa le Premier ministre plénipotentiaire et ouvrit la voie à la tristement célèbre opération Ajax, sous la direction de Kermit Roosevelt. Le 16 août, Mohammad Reza Shah destitua Mossadegh qui riposta en alertant les médias et en dénonçant un coup d'État. Des foules d'antimonarchistes et de libéraux, d'étudiants et de gens du peuple envahirent les rues pour soutenir le Premier ministre et réclamer la proclamation de la République. En alimentant sans cesse une escalade de violence qui coûta la vie à des milliers de jeunes gens, l'armée parvint à étouffer les protestations et à arrêter Mossadegh.

*

Le jour de l'arrestation du Premier ministre, Simin appela tous les voisins, au bord de l'hystérie :

— Abbas ne serait pas chez vous, par hasard?

Nous étions chez ma grand-mère à Hamadan ; nos parents nous avaient éloignés de Téhéran pour nous protéger du danger et des violences qui régnaient en ville. Même si Abbas était venu chez nous, il aurait trouvé porte close. C'est seulement plus tard que Simin nous raconta son après-midi d'angoisse passé à chercher partout son fils qui n'était pas rentré de l'école. Il n'était ni au bazar ni à la maison. Pendant que Simin pleurait, cramponnée au téléphone, Hossein courait les rues en essayant de ne pas se faire piéger dans une manifestation. Lors de ces journées, la radio, de nouveau aux mains du Shah, célébrait la fin du Premier ministre et la liberté reconquise par le peuple, mais il suffisait de sortir de chez soi pour tomber sur des cadavres dans les rues et se heurter à la police. Depuis que Mossadegh avait refusé sa destitution, les opposants au Shah espéraient que l'heure du renouvellement était venue. Ils se rassemblaient sur les places en criant le nom du Premier ministre. L'armée tirait sur les manifestants. Sur les étudiants aussi. Et même sur les enfants.

Cet après-midi-là dura une éternité pour les parents d'Abbas. Pour leur fils aîné, en revanche, il passa comme un éclair – et il était appelé à sceller son destin. Simin et Hossein ignoraient que la vie de leur fils venait de prendre une direction nouvelle. Depuis de nombreux mois, l'esprit juvénile et influençable du garçon était modelé par les discours des partisans du Shah.

Leur quartier, Abbas Abad, né au début des années 1950 par la volonté du Shah, accueillait surtout des officiers. Abbas, qui fréquentait les autres enfants et leurs familles, demeurait fasciné par la fière éthique militaire, laquelle rejoignait son sens inné du devoir. Les longues discussions avec ses amis, et les remarques de leurs parents, avaient transformé à ses yeux le Shah en héros, seul et unique garant de la grandeur et de l'intégrité de l'Iran. Il avait même accroché dans sa chambre le portrait de Mohammad Reza et de la très belle reine Soraya. Cela faisait des mois qu'il prêtait une oreille attentive aux propos des pères de ses amis, des gradés qui presque tous avaient cessé de croire en Mossadegh.

— La nationalisation du pétrole devait résoudre tous les problèmes, se plaignaient-ils. Elle n'a réussi qu'à faire grimper l'inflation jusqu'aux étoiles.

La crise consécutive à l'embargo décidé par l'Angleterre avait obligé à des coupes budgétaires importantes, notamment pour les forces armées.

— Et sans le personnel anglais spécialisé, quand les raffineries pourront-elles recommencer à tourner à plein régime ? ajoutaient-ils.

Ils voyaient arriver des sacrifices inutiles, et un avenir où les valeurs séculaires risquaient de se perdre dans une succession de réformes hâtives. L'Iran était depuis des siècles une puissance dotée de noblesse et de traditions. Trop de changements en trop peu de temps risquaient de déstabiliser et d'affaiblir la société.

— Mossadegh s'est trompé. Il est en train de mettre l'Iran à genoux pour le livrer à ses amis communistes, concluaient sombrement les officiers.

Abbas assimilait ces idées en silence et s'échauffait contre les injustices infligées à son Shah. À la maison, il rapportait ce qu'il avait appris, mais chaque discussion politique s'enlisait sous le regard placide et indifférent de Hossein. La nouvelle ferveur politique montrée par son fils ne l'inquiétait pas. Il était convaincu qu'Abbas dépasserait vite cet engouement, redeviendrait le garçon calme et sérieux qu'il avait toujours été, et travaillerait bientôt au bazar, à ses côtés. Mais pour l'heure les soldats contrôlaient le Majlis, les émetteurs radio et les principaux moyens de communication, et Hossein redoutait qu'Abbas lui aussi ne soit entraîné dans un violent mouvement de foule, dans une dispute, une rixe, voire pire. Car cela ne lui ressemblait pas de tarder ainsi à rentrer.

Sauf qu'Abbas n'était plus lui-même. Pour la première fois, ayant jeté aux orties son calme et son rigoureux sens de la responsabilité, il s'enflammait pour une cause plus élevée : la défense de son roi. Il était sur le chemin de la maison quand il avait aperçu leur voisin, le colonel Ahmad, qui partait, armé de pied en cap, à bord d'un fourgon. Il avait compris en un éclair que le colonel allait procéder à l'arrestation du traître. Tantôt courant, tantôt se cramponnant à des camionnettes de passage, le jeune garçon n'avait pas eu de mal à suivre les militaires sans se faire remarquer ; puis, dans la confusion, à se faufiler derrière le mur d'enceinte, et jusque dans le palais du Premier ministre.

Je me rappelle l'éclat de ses yeux noirs, le lendemain, quand pour la énième fois il nous raconta son aventure, à sa sœur et à moi :

— Voilà comment nous avons arrêté Mossadegh ! Bon, d'accord, c'est l'armée qui l'a arrêté, mais j'étais là, moi aussi. Avec le colonel Ahmad. Vous auriez dû le voir, Mossadegh, quand ils l'ont traîné dehors, un vieillard épouvanté, rien de plus. Et ses ministres, cachés comme des rats chez les voisins ! J'en ai honte pour eux.

Cet après-midi-là, quand enfin il fut de retour à la maison, débraillé et en nage d'avoir couru, ses parents ne parvinrent même pas à le réprimander. Cela n'aurait servi à rien ; Abbas était perdu dans un monde héroïque dont il était impossible de le faire revenir. Il serrait entre ses doigts un stylo à plume couvert de sueur et de poussière. C'était le stylo de Mossadegh. Abbas était tellement heureux qu'il ne se rendit même pas compte que Simin avait les larmes aux yeux. Le matin, elle avait vu un fils quitter la maison ; le soir, c'était un soldat qui était rentré.

La nouvelle de l'arrestation se répandit par le bouche à oreille. L'opération avait été rondement menée. L'armée avait encerclé le domicile de Mossadegh pour se heurter au dernier carré de fidèles. Les balles avaient sifflé pendant trois heures, laissant derrière elles des décombres et des ruines, puis la capitulation. On disait que plus de trois cents personnes y avaient laissé leur vie. Enfin quarante ou cinquante soldats, choisis parmi les plus fiables, avaient fait irruption dans la maison de l'ex-Premier ministre. Ils en étaient ressortis peu après, traînant derrière eux un homme de soixante-dix ans désigné comme le pire ennemi de l'Iran. Autour d'eux se pressait une foule de curieux, ravie d'assister à la chute de l'homme qui, jusqu'à la veille, avait présidé aux destinées du pays.

À peine l'armée avait-elle emmené le prisonnier qu'une foule hétérogène, enragée, s'était déchaînée sur la maison et les immeubles alentour. Militants et simples citoyens, transformés en voyous par la fureur des grands événements, se mirent à piétiner sauvagement les planchers, à soulever les tapis, à donner des coups de pied dans les meubles, à s'approprier tout ce qui leur tombait sous la main. Ils criaient : "Dieu ! Vive le Shah, vive la patrie !", comme pour se venger en un seul jour des difficultés économiques et des incertitudes des dernières années.

Oubliée, l'indignation contre l'ingérence anglaise ! Habilement passée sous silence, l'ambiguïté de la politique américaine. Le seul traître désigné à la vindicte, c'était Mossadegh. Un faible qui s'était fait retourner par les communistes, lesquels auraient fini par renverser le Shah. Alors tout aurait été fini. C'est ce que répéta Abbas au cours des semaines qui suivirent : le danger communiste et la nécessité de s'allier aux États-Unis. Lui aussi avait déambulé dans le palais après l'assaut. Il s'était mêlé au groupe des pillards, avait erré sans but, attiré et révulsé en même temps par la foule et ses excès. Cette haine violente, il ne la comprenait pas encore, mais il se sentait partie prenante d'un moment important ; et il pensait, à son petit niveau, avoir agi pour son pays. Au contraire de trop nombreux naïfs, et même de ses propres parents, lui, Abbas, avait vu venir le danger à temps et s'était rangé du côté de la justice. Il avait pris, ce jour-là, sur le secrétaire, le stylo noir à bague en or de Mossadegh pour se rappeler la punition que les forces du Shah avaient infligée au traître.

*

Hossein et Simin auraient dû punir leur fils aîné de leur avoir causé une telle frayeur, mais je ne sais ce qu'ils décidèrent en fin de compte. À l'évidence, rien ne pourrait effacer la trace que l'arrestation avait laissée chez Abbas. L'affaire du stylo plume devint son histoire préférée ; il la racontait à tous ceux qui passaient à la maison, et à nous autres quand nous étions disposés à l'entendre, ce qui était de moins en moins fréquent, il est vrai. À partir de ce moment-là, quand il voulait s'engager solennellement, il jurait "sur la couronne de Sa Majesté".

Mon père supportait mal ces propos. En tant que fervent supporteur de Mossadegh, il avait dû quitter son emploi après la chute du Premier ministre. Il se mit à errer en silence dans la maison en nous laissant, nous, les enfants, dans l'incertitude sur la suite des événements. En effet, comme nombre d'Iraniens, il avait développé la conviction que la politique n'était qu'un jeu d'intrigues nauséabondes dans lesquelles le peuple, c'est-à-dire nous, ne jouait aucun rôle. De ce jour de 1953, il bannit la politique de toute discussion domestique et nous éleva en nous tenant autant que possible à l'écart de ces sujets-là.

L'ex-Premier ministre Mossadegh fut jugé pour haute trahison et défia avec courage la colère du Shah en faisant preuve une fois de plus de cette habileté oratoire grâce à laquelle il avait réussi, peu de temps auparavant, à se libérer du contrôle anglais sur le pétrole. Il fut condamné à trois ans de prison et d'isolement, puis placé en résidence surveillée jusqu'à sa mort, en 1967. À son poste fut nommé le général Zahedi, un homme connu pour ses sympathies envers les nazis pendant la Seconde Guerre mondiale.

Le Shah, à l'heure du plus grand danger, s'était réfugié dans un exil confortable à l'hôtel Excelsior de Rome ; il se dépêcha de rentrer en Iran pour assister au procès et jouir de son pouvoir retrouvé. Il remercia personnellement le responsable de l'opération Ajax, Kermit, le petit-fils de l'ex-président Theodore Roosevelt, par ces mots :

— Je dois mon trône à Allah, au peuple, à l'armée et à vous.

Ce propos éclipsa des siècles de fierté et d'indépendance, et reconnut implicitement la sujétion de l'Iran – qui n'avait jamais été colonisé – à l'Amérique. L'armée arrêta les opposants ou présumés tels ; des milliers de jeunes gens furent jetés en prison.

En remerciement de leur soutien, les États-Unis obtinrent des accords avantageux pour leurs compagnies pétrolières, placèrent des hommes de confiance parmi les conseillers du gouvernement et fournirent au pays des armes en quantités considérables – autrement dit firent de lui leur véritable gendarme au Moyen-Orient.

Lors de la présidence de Bill Clinton, la secrétaire d'État Madeleine Albright déclarera dans un discours officiel que le putsch fomenté par la CIA en Iran avait été une erreur d'une gravité inouïe, et en demandera pardon au peuple iranien. Nombre d'historiens estiment que si Mossadegh était resté au pouvoir, ses réformes auraient empêché le régime du Shah de s'aggraver et de déboucher sur le succès de la Révolution islamique.

4

Le destin d'un soldat

Le jour de l'arrestation de Mossadegh, Abbas prit la décision d'entrer à l'École militaire. Hossein tenta de l'en dissuader, même s'il avait essayé d'éduquer ses enfants à la liberté, en les laissant chercher eux-mêmes leur voie. Mais il avait toujours espéré le voir reprendre son activité dans le bazar ; il voyait surtout grandir dans sa famille l'ombre de la haine, de l'idéologie, de la division. Cependant, son fils demeura intraitable.

— Ils lui ont fait un lavage de cerveau, c'est tout, disait Hossein à sa femme en perdant patience. Pourquoi un membre de notre famille entrerait-il dans l'armée ? Nous avons toujours été des marchands, nous autres.

Simin partageait cet avis. Comme toutes les mères, elle redoutait d'avoir un fils soldat. Mais elle savait que son aîné, quand il prenait un chemin, le suivait jusqu'au bout, même s'il se révélait impraticable. Elle s'efforça de rassurer son mari en lui faisant remarquer que, vu l'état de l'économie, l'École militaire était au moins un choix pragmatique.

— Dans l'armée, il aura la sécurité de l'emploi et un salaire tout de suite.

— Si c'est ça, moi aussi je peux lui fournir un emploi et un salaire.

— Ce n'est pas la peine de t'énerver. Si le destin ne s'adapte pas à toi, à toi de t'adapter au destin.

Simin finit par soutenir son grand fils, ne serait-ce que pour l'éloigner un peu, non pas tellement de la maison, mais des voisins. Ces derniers mois, elle avait souvent surpris Abbas à la fenêtre, en train d'espionner la cour d'en face, où Javad avait volé ses cerises quelques années auparavant. Là vivaient le colonel Ahmad, son épouse et leurs dix enfants. Le plus petit commençait tout juste à marcher, mais l'aîné, Farzam, était devenu l'ami inséparable d'Abbas. C'était surtout par son intermédiaire qu'Abbas s'était mis à fréquenter la famille et à écouter pendant des heures les palabres du colonel sur le Shah et sur la patrie. La maison cachait aussi un autre attrait : Touran, la jumelle de Farzam.

Abbas ne lui avait jamais parlé, mais il l'avait souvent croisée quand elle passait silencieuse dans le couloir, ou aidait sa mère à servir le thé. Elle se déplaçait d'une façon gracieuse et légère, comme si elle dansait. Ses vêtements, qui bruissaient à peine, modelaient doucement ses formes souples. Sa voix était un enchantement ; basse, veloutée, elle ignorait les aigus et connaissait seulement les tendres tonalités de l'affection avec laquelle Touran s'adressait à ses jeunes frères. Abbas admirait ses longs doigts fuselés quand elle tenait les tasses et les présentait. Il s'imaginait serrant cette main dans la sienne ; cette simple pensée faisait naître en lui des frissons de désir. Touran le perturbait tellement qu'il ne se rendait même pas compte qu'elle-même rougissait à son arrivée.

Il commença par l'épier de la fenêtre. Il se sentait en faute de violer ainsi l'intimité de la famille, mais il ne pouvait s'en empêcher. Il l'observait quand elle arrosait les géraniums ou cueillait de petits bouquets de jasmin pour les mettre dans les tiroirs de l'armoire à linge, quand elle faisait jouer les enfants aussi, et se roulait dans l'herbe avec eux. Touran, qui avait remarqué l'intérêt et les manœuvres d'Abbas, se faisait encore plus gracieuse pour l'attirer, tout en feignant de ne pas s'apercevoir de cette cour discrète, car elle savait que, une fois découvert, il n'oserait plus l'approcher.

La première fois qu'Abbas trouva finalement le courage de croiser le regard envoûtant de la jeune fille, il comprit qu'il s'agissait d'amour.

Cette sympathie entre les jeunes gens n'avait pas échappé à Simin. La fille lui plaisait : sérieuse, éduquée, assez instruite, elle n'avait rien d'une écervelée, et elle aimait les enfants. Ce qui inquiétait Simin, c'était la famille. Le colonel Ahmad, un monarchiste convaincu, appartenait au cercle des proches du Shah, parmi les plus fidèles. Farzam s'était déjà inscrit à l'École militaire, et qui savait combien de ses frères embrasseraient la carrière des armes ? Simin rêvait pour Abbas d'un avenir différent : un métier paisible et honnête où l'on ne se mêlait pas de politique. Elle avait déjà vu changer trop souvent le drapeau du pays. Le pouvoir de Mohammad Reza, qui se proclamait pompeusement Shahanshah, Roi des rois, était aussi fragile que celui de son père, ce soldat à demi analphabète monté sur le trône par hasard, pour ainsi dire, et vite renversé par des alliés capricieux. Le fils pouvait fort bien connaître le même sort que le père.

Simin, qui raisonnait avec son cœur, n'imaginait pas à quel point l'histoire lui donnerait raison. Hélas, l'instabilité n'était que trop prévisible dans un pays comme l'Iran, qui tirait du pétrole plus de cinquante pour cent de ses revenus. La Russie, l'Angleterre, puis les États-Unis se disputèrent des années durant ce patrimoine immense, renversant alliances et dynasties au gré de leurs propres intérêts. Aussi le régime est-il toujours resté à la merci d'appétits étrangers qui le dépassaient : les impôts payés par les citadins ne pèsent pas d'un grand poids dans le budget d'un État qui tire sa richesse du sous-sol, et n'a donc nul besoin du consentement populaire. La démocratie règne quand l'État s'appuie sur le peuple : dans ce cas, le gouvernement est obligé de le respecter et de le satisfaire. En Iran, quelle importance peut avoir le peuple, puisque toute la richesse appartient déjà à l'État ?

*

En dépit de l'opposition de son père et des inquiétudes de sa mère, Abbas intégra l'École militaire. Lors de ses rares visites à la maison, il retournait se mettre à la fenêtre. Il attendait de voir Touran reparaître et s'assurait qu'elle ne s'était pas fiancée entre-temps. Au terme de sa formation d'officier, il s'attira la sympathie d'un général qui appréciait sa droiture et la sincérité de son esprit patriotique. Cet homme lui permit d'entamer une brillante carrière. Abbas aimait son métier qu'il considérait comme une véritable mission. Il regardait fièrement l'inscription qui se détachait sur les murs de toutes les casernes du pays : "Dieu, le Shah, la Patrie." Ce slogan chantait les louanges des trois pivots de la société iranienne : d'abord la foi, puis le roi, dont l'autorité reposait sur son rôle de défenseur de la religion chiite, et enfin la patrie qui vivait grâce à sa protection. Comme le disait un célèbre mollah de l'époque, même les abeilles ont une reine, car il ne peut exister de société sans roi. C'était là une chose à laquelle Abbas croyait fermement.

Ayant endossé son nouvel uniforme repassé de frais, il eut l'impression d'avoir enfin quelque chose à offrir à Touran. Quand il la croisa dans la rue, il eut le courage de lui sourire. Il ignorait qu'elle aussi attendait cet instant. Elle répondit à son sourire, et Abbas sentit aussitôt le bonheur l'envahir.

Ils se dépêchèrent de se marier et s'installèrent dans une charmante petite maison de deux étages avec un jardin, non loin de leurs familles. Apprenant qu'ils attendaient leur premier enfant, Abbas jura sur la couronne de Sa Majesté d'être le meilleur père du monde, et pria pour que ce fût un garçon. Au cours des mois qui suivirent, il parvint à arranger la maison, et fabriqua même un berceau pour le bébé. Il entendait faire bon accueil à son premier-né.

Une nuit, au septième mois de grossesse, Touran se réveilla en proie à des crampes lancinantes. Elle criait de douleur. Abbas fit venir la sage-femme de toute urgence, appela sa mère et sa belle-mère, et se prépara à attendre dans la pièce voisine, tout en se repassant mentalement les préparatifs des festivités. Liqueur de cerise, confiseries au miel et à la pistache, invitations aux frères d'armes, et même à ses anciens camarades d'école. Rien ne manquerait pour l'arrivée de son aîné. Abbas avait tout organisé et s'était occupé du moindre détail.

Il s'était préparé à accueillir un fils. Il ne s'était pas préparé à le perdre.

Quand le médecin lui apprit la nouvelle, Abbas eut ce simple mot :

— C'était un garçon?

Le docteur le regardait, navré. Il n'osait pas même le toucher ; il était paralysé par le désespoir rigide qui émanait d'Abbas.

— Oui.

Abbas baissa la tête puis alla s'enfermer dans la chambre de l'enfant, sans même passer par la pièce d'où venaient les sanglots de sa femme. Il y resta une heure debout, à caresser le berceau fabriqué de ses mains.

Les jours suivants, il alla dormir chez ses parents, dans son ancienne chambre. Il ne parlait à personne ; il restait assis, mangeait en silence et buvait les litres de thé que Pari ne cessait de lui apporter, car c'était tout ce qu'elle pouvait lui offrir pour combler le puits sans fond de son chagrin.

C'est Hossein qui l'arracha à sa douleur :

— Maintenant ça suffit, Abbas. Tu me fais honte. Tu n'es pas un petit enfant, et ce n'est plus le moment de pleurer, d'oublier ton devoir. Ta femme a besoin de toi. Va la voir, et conduis-toi en homme.

Il ne lui avait encore jamais parlé sur ce ton, même pendant son enfance.

Abbas alla voir Touran qui était restée alitée, sa mère à son chevet ; elle ne faisait pour ainsi dire pas un geste, et ne touchait pas à la nourriture. Pâle, amaigrie, son fin visage creusé de rides, elle n'était plus que le fantôme de la jolie fille qui se roulait dans l'herbe avec ses frères.

— Pardon, dit-elle dès qu'elle le vit entrer.

Abbas ne trouva pas les mots pour la consoler, lui dire son regret de l'avoir laissée seule avec son chagrin, la convaincre qu'il n'y avait rien à pardonner, que ce n'était pas sa faute à elle. Sa voix s'étouffait dans sa gorge. Son regard tomba sur les mains dont il avait été amoureux, fragiles et exsangues ; il les prit dans les siennes et en baisa les doigts un à un. C'est seulement alors que se dénoua le nœud de larmes qui l'empêchait de respirer, et qu'il pleura dans les bras de sa femme la mort de leur premier enfant.

Quand Touran se trouva de nouveau enceinte, Abbas ne jura pas d'être le meilleur père du monde. Et lorsque naquit Borna, il était en réunion. À l'arrivée du deuxième, Arya, il n'attendit même pas dans la pièce voisine que sa femme eût fini d'accoucher ; il était en train de monter en grade et son travail l'accaparait. Ou alors il préférait se tenir à distance, de crainte de revivre cette terrible matinée au cours de laquelle avaient vacillé son mariage, sa vie et sa foi en la justice du monde, même si c'était là une faiblesse qu'il n'eût admise chez personne d'autre.

Mais dès qu'il vit Borna dans le berceau, il eut pour la première fois ce tendre regard qu'il réserverait à ses fils. On était surpris d'une telle réaction chez un homme de cette stature, aux larges épaules et aux cheveux épais toujours bien coiffés. Mais en dépit de cette rigidité, et d'habitudes autoritaires renforcées par l'armée, il devint le père le plus fier du monde. Il transmit à ses fils ce qu'il avait appris à ses frères et sœur, et davantage encore. Même devenu plus sévère avec les années, il ne lui arrivait presque jamais de se laisser emporter par l'impatience. Il n'était pas le meilleur des pères, mais c'était un bon père.

Bien entendu, il apprit à ses enfants à respecter le Shah ; il entendait qu'ils se lèvent et fassent le salut militaire quand résonnait l'hymne royal. Il déborda d'orgueil le jour où Arya, âgé seulement de quatre ans, entendant l'hymne à la radio, se dressa sur ses pieds et se mit au garde-à-vous. Arya regardait fixement le portrait du Shah. Mais au milieu de l'hymne, il se tourna vers son père en disant avec de grands yeux :

— *Baba*, j'ai besoin d'aller aux toilettes.

— Attends une minute, Arya, attends que l'hymne soit fini.

— Mais *baba*…

— Arya, c'est important, c'est l'hymne de Sa Majesté. Tu sais très bien que ça ne se fait pas.

Le garçon essaya de se retenir encore un moment, mais sans y parvenir. Tandis qu'il était là, debout, tout raide, il se mit à faire pipi ; puis il pleura de honte et de peur d'être grondé. Touran se tenait dans un coin, inquiète de la réaction de son mari. Mais Abbas, une fois l'hymne terminé, prit son deuxième fils par la main, et l'emmena gentiment se changer, se penchant vers lui pour lui murmurer à l'oreille :

— Ne t'en fais pas, tu as fait pipi pour Sa Majesté.

*

Quelques mois après Arya, Ali vint au monde, fruit tardif et inattendu du long mariage de Hossein et de Simin. La mère, mise à rude épreuve par la grossesse, avait passé de longs mois au lit, paralysée par ce ventre qui avait gonflé contre toute attente, et par un incessant mal de dos. Il lui fallut beaucoup de temps pour récupérer de son effort physique, et elle confia le petit aux soins de Pari qui, avec un bébé dans les bras, eut l'air de redécouvrir une passion oubliée pour les poupées. Elle s'occupait de lui, le nourrissait, le changeait. Quand il fut plus grand, elle lui apprit à marcher. Elle le suivait quand il traversait le jardin en courant, et passait des après-midi entiers à jouer avec lui. Pari fut la principale compagnie de ce petit frère, comme une mère pour lui, du moins avant de s'inscrire en médecine et de se retrouver avec peu de temps à lui consacrer. Comme du reste la famille tout entière, Hossein avait à faire au bazar. Simin devait veiller sur ses autres enfants, Javad grandissait et découvrait sans cesse de nouveaux centres d'intérêt, Abbas avait sa propre maisonnée et son travail qui l'accaparait.

Presque conscient de son statut d'hôte inattendu, Ali devint un enfant docile, taciturne, qui s'efforçait de déranger le moins possible. Il pleurait peu, obéissait sans rechigner et se perdait dans ses pensées, habitué qu'il était à rester souvent seul. Il arrivait que Pari le retrouve immobile dans la position même où elle l'avait laissé une heure plus tôt, un crayon feutre à la main, son album de coloriage ouvert devant lui, auquel il n'avait pas touché.

5

Deux frères

Hossein mourut brusquement durant l'été 1968, terrassé par un infarctus. J'étais loin de Téhéran avec ma famille, et la nouvelle me parvint seulement au bout d'un mois. Lorsque nous rendîmes visite à Simin, ma mère et moi, elle semblait très vieillie. Elle errait en se tordant les mains, nous fixant d'un regard absent. Quand elle était avec Ali, on aurait dit qu'elle était sa grand-mère.

— Je ne pensais pas vivre mes dernières années sans lui, répétait-elle. Comment vais-je faire sans Hossein ? Que Dieu me protège.

Dès que je fus seule avec Pari, elle m'expliqua que sa mère ne donnait pas du tout l'impression de vouloir se reprendre. S'occuper de la maison lui était devenu insurmontable, et elle s'en remettait à sa fille pour les tâches quotidiennes. C'est Abbas qui prit la situation en main avec son efficacité habituelle. Après avoir été un bon fils et un bon frère aîné, il allait faire un bon chef de famille, prêt à se charger de sa mère et de tout le monde. Il demanda à son oncle de racheter la part que possédait Hossein dans leur activité. En effet, Javad venait juste de s'inscrire à l'École d'ingénieurs, et Ali était encore trop jeune pour aller au bazar. La maison dont Hossein était si fier était devenue grande et chère à entretenir ; elle fut mise en vente et acquise au terme d'une offre généreuse par le général qui protégeait Abbas. Le produit de la vente suffirait à assurer à Simin une modeste rente tout en achetant un minuscule appartement dans le quartier. Ainsi fut-elle obligée de renoncer à ses rosiers et au petit jardin où elle cultivait ses fèves, ses aubergines, ses tomates et ses radis. Elle emporta seulement un basilic qu'elle posa sur le rebord de sa fenêtre dans la cuisine ; chaque fois qu'elle le regardait, elle secouait la tête, attristée de voir les feuilles chétives oppressées par un environnement de verre et de grisaille si opposé à la luxuriante verdure de son jardin.

Le nouvel appartement était trop étroit pour accueillir les meubles de l'ancienne maison mais Abbas, sachant que Simin ne se résoudrait jamais à les vendre, parvint à les faire entrer en occupant pratiquement tout l'espace, y compris les angles et le couloir. Nul ne se plaignait de trébucher dans la pénombre sur une table basse ou sur un coffre ouvragé qui n'aurait pas dû se trouver là, et les frères ne proposèrent jamais de les vendre. Spectacle déchirant que celui de Simin posant un regard caressant sur le bois aux formes sinueuses de ses vieux meubles toujours parfaitement époussetés. Personne ne protesta non plus quand Abbas expliqua que chacun devait léguer à Simin sa part d'héritage, étant donné qu'une femme, selon la loi, n'était autorisée à percevoir qu'une partie des biens de son mari défunt, ce qui ne suffisait pas pour vivre à l'aise.

— Sinon, que fera *maman*[1] quand vous vous marierez à votre tour ? Elle n'aura plus rien ?

1. Le terme est en français dans tout le texte.

Pari et Javad, convaincus par le discours de leur frère, cédèrent leur part d'héritage ; mais on ne toucha pas à celle d'Ali qui, en tant que mineur, ne pouvait disposer de son argent à sa guise. L'enfant assista en silence à ces changements ; il ne savait à qui s'adresser pour obtenir des explications. Dans le chagrin et l'agitation qui marquèrent ces journées, il fut trimballé d'un parent à l'autre et se sentit un hôte importun chaque fois qu'il débarquait quelque part. Dans le nouvel appartement, il ne pouvait plus avoir sa propre chambre et finit par dormir avec Javad. Obéissant, il déménagea ses rares affaires ainsi que les jouets qui avaient appartenu à ses frères ; il comprit qu'il lui faudrait des années avant d'avoir à nouveau un endroit à lui.

Abbas reversa également à sa mère une partie de son traitement. Il divisait son salaire mensuel en quatre parts, en gardait trois pour lui et en donnait une à Simin. Tous ces petits expédients lui permettaient de s'assurer que la famille parviendrait à s'en sortir. Il rapportait même à la maison les denrées que l'armée distribuait aux officiers. Il faisait de chaque ration deux parts, une pour sa mère et ses frères, l'autre pour lui, sa femme et leurs deux garçons. Quand Simin recommença à recevoir des invités, elle prit l'habitude de leur servir sur son plus beau plateau les tablettes de chocolat dont son fils lui avait fait cadeau.

— Prenez-en, mon fils vient juste de me l'apporter. C'est du chocolat suisse.

En ce temps-là, il était très prisé d'avoir à la maison un produit d'un autre pays, et rares étaient ceux qui pouvaient s'offrir ce luxe. Simin aimait aussi se vanter de son fils aîné, officier dans une armée si généreuse.

— Tu as de la chance, Simin, d'avoir un fils comme Abbas.

— Abbas est un homme bien, avec la tête sur les épaules.

Ainsi parlaient les amies de Simin. Pour sa part, elle se contentait d'approuver du chef, plus fière que jamais de son grand garçon, tandis que le chocolat lui fondait sur la langue.

*

Les responsabilités avaient fait perdre à Abbas son calme naturel. Manœuvrer avec la bureaucratie et les hiérarchies militaires, veiller au sort de deux familles, tâcher d'équilibrer des comptes incertains, tout cela faisait de lui un homme grave et taciturne. Mais ses fils étaient une chose, et ses frères une autre. Sur ces derniers, particulièrement sur le plus grand, il craignait de manquer d'autorité dans ce rôle de chef de famille qu'il s'était attribué. Pendant des années, il avait protégé Javad en intervenant quand il se mettait dans le pétrin, le tirant d'affaire avant que leur père ne découvre ses méfaits. Il lui était même arrivé de l'arracher de force à des bagarres. Non que Javad fût violent, mais il avait un tempérament impulsif ; et comme il ne savait pas tenir sa langue, il s'était souvent attiré l'inimitié d'un camarade ou de quelque gamin du quartier.

— Tu ne pourrais pas essayer d'éviter les ennuis ? Tu n'as pas encore appris à rester à ta place ? demandait Abbas à son jeune frère, sachant très bien que c'était peine perdue.

Javad époussetait son pantalon et haussait les épaules. Il ne tentait même pas de se justifier. Entre ses cils longs comme ceux d'une fille, il laissait filtrer un regard qui hésitait entre les excuses et la complicité, et ses lèvres esquissaient un léger sourire.

— La prochaine fois, essaie au moins de t'en prendre à des gens de ta taille, disait Abbas d'une voix haletante, en considérant d'un œil résigné les épaules étroites de son frère.

Mais tout avait changé avec la mort de Hossein. "Il n'est plus temps de protéger ou de cacher mon frère, se disait le jeune militaire, oppressé par le poids de ses nouvelles charges. Ce qu'il lui faut, ce sont des leçons, même dures." À la bagarre suivante, il resta à l'écart. Quand Javad en revint et le regarda avec une ombre de reproche, du moins dans l'œil qui n'était pas gonflé, au lieu de le consoler, il l'attaqua de front :

— Tu as un œil au beurre noir, et qu'est-ce que tu as résolu ?

— J'ai défendu mes idées. Tu devrais être fier de moi. C'est aussi ton métier d'utiliser la violence pour faire valoir les tiennes, répliqua Javad qui devenait arrogant quand il était en tort.

Mais l'armée était un sujet sur lequel il valait mieux ne pas provoquer Abbas.

— Mon métier consiste à défendre mon pays, grogna-t-il sans hausser le ton mais avec une tension manifeste dans les épaules.

Cette fois-là, Javad se tut. Il fit marche arrière juste avant qu'un fossé ne commence à s'ouvrir entre eux. Cependant la terre avait tremblé, et le lien qui les unissait, fondé sur de vieilles certitudes, était fragilisé. Abbas, l'homme des loyautés granitiques, fut assailli à l'improviste par la pensée que son jeune frère affectionné était devenu un homme, et qu'en grandissant il s'était éloigné des idées et des principes qui gouvernaient sa vie à lui, Abbas. Javad, pour sa part, était sorti de cet épisode avec le sentiment de ne plus pouvoir compter sur son éternel défenseur.

Il se tourna donc toujours plus vers les jeunes de son âge, ces amis qui le comprenaient, menaient la même vie que lui entre maison et université, et surtout partageaient ses idées politiques. Javad était encore lycéen quand le père de son meilleur ami avait été arrêté, accusé de militer au Tudeh, le parti communiste iranien. C'était à ce moment-là que les deux garçons s'étaient mis à lire des publications politiques et à s'intéresser aux théories marxistes, surtout par attrait de l'interdit. Le Tudeh avait été fondé pendant la Seconde Guerre mondiale à l'initiative d'une poignée d'intellectuels marxistes emprisonnés par Reza Shah. Le fils de ce dernier n'avait pas eu la force d'étouffer ses propres opposants et, au début, avait toléré que ce parti développe librement ses activités. Le Tudeh était lié à l'Union soviétique ou plutôt, comme le disaient les militants, "il existait un rapport de fraternité avec le Parti communiste soviétique", même si ce dernier ambitionnait en fait de soumettre le petit frère iranien et d'obtenir son allégeance. Grâce à l'appui des Russes, le parti avait élargi sa base et gagné du soutien au-delà des intellectuels antimonarchiques de la capitale, jusque chez les ouvriers des puits de pétrole, dans le sud du pays. Mais, en 1949, le Shah tint le Tudeh pour responsable de l'attentat manqué dont il avait été victime et le déclara hors-la-loi ; après la chute de Mossadegh, des mesures encore plus sévères furent adoptées, dans le but également de plaire aux États-Unis alors en pleine guerre froide. Le Tudeh n'en continua pas moins d'agir dans l'ombre, attirant l'attention du monde sur la dictature du Shah.

Hossein, devant la ferveur politique exprimée par son second fils, avait réagi comme plus tôt avec Abbas : en gardant le silence. En effet, il était persuadé que la passion de Javad ne durerait pas. Ses déclarations à la table du dîner ne l'enthousiasmaient guère, mais en général quelques mots suffisaient à le faire taire. Hossein levait les yeux de son assiette et le priait d'arrêter en ces termes :

— Pas de discours à table, s'il te plaît.

Et Javad, à qui le sens de l'humour n'avait jamais fait défaut, jetait la tête en arrière dans un éclat de rire dépourvu de la moindre couleur politique. Abbas, par respect envers leur père, tenait sa langue et feignait de ne pas entendre les propos de son frère. Une fois seulement il se laissa entraîner dans une dispute, et tous deux s'affrontèrent avec la sourde dialectique de leurs idéologies respectives, tranchées et inconciliables. Abbas s'aperçut alors qu'il était prêt à lever la main sur son frère préféré pour défendre le Shah ; il eut peur de lui-même et se promit d'éviter à l'avenir ce genre de querelles. Et Javad, n'ayant plus personne pour le provoquer, mit une sourdine à ses diatribes.

Du moins tant qu'Abbas ne mettait pas en cause ses relations avec Borna et Arya.

La dispute, née d'une énième imprudence de Javad, aurait pu n'avoir pas de conséquences graves, mais la situation était déjà tendue et les frères trop énervés pour rester maîtres d'eux-mêmes. Pour l'anniversaire de Borna, Javad avait offert à son neveu un beau livre illustré de Samad Behranghi. La fable racontait l'histoire d'un petit poisson noir qui ne se satisfaisait pas de vivre dans son étang, et se lançait dans l'exploration d'un torrent conduisant à la mer. Après bien des rencontres et des aventures, le protagoniste tombait sur un groupe d'autres petits poissons qui luttaient pour couper des filets de pêcheurs dont leurs camarades étaient prisonniers. Lui aussi avait fini par se trouver un but dans la vie :

> À présent je pourrais aisément rencontrer la mort, mais tant que je pourrai vivre, je ne la rechercherai pas. Si, un jour, je viens à être forcé de l'affronter, ce qui ne peut manquer de se produire, tant pis. L'important, c'est à quel point ma vie et ma mort influent sur la vie des autres…

Mais le petit poisson n'eut pas le temps de leur prêter main-forte ; il fut capturé par un pélican. Il décida alors de se sacrifier pour sauver ses semblables déjà tombés dans le bec de l'oiseau.

Ce même soir, Borna et Arya demandèrent à leur père de leur lire cette fable. Abbas la récita de sa voix lente, douce et profonde, tout en surveillant du coin de l'œil ses enfants qui s'enfonçaient toujours davantage sous leurs couvertures.

— Moi aussi je voudrais aller courir le monde et devenir un héros ! avait déclaré Borna avant de sombrer dans le sommeil.

Abbas éprouva une bouffée de fierté instinctive pour ce petit garçon courageux, et sourit par-devers lui. Mais alors qu'il refermait la porte de leur chambre, il fut rattrapé par une inquiétude inhabituelle. Il ne s'agissait pas de la métaphore inhérente à la fable : il ne pouvait l'interpréter en associant l'image du Shah à celle du pélican, car à ses yeux le Shah n'était pas un dictateur dont il fallait se libérer. Ce qui l'inquiéta, c'était plutôt l'esprit d'indépendance de ce petit poisson. Il partait explorer le monde en dépit des exhortations des adultes qui le pressaient de rester tranquille avec les autres. Plus Abbas y pensait, plus il voyait là un mauvais exemple. Ses fils n'allaient-ils pas devenir sourds, eux aussi, aux recommandations des adultes, et s'entêter jusqu'à mépriser la valeur des traditions? Au bout du compte, c'était là le parcours de Javad. Personne n'avait su le freiner quand il était temps. Abbas lui-même l'avait protégé quand il se montrait querelleur. Le résultat, c'était un jeune homme tordu, prétentieux, qui se prenait pour un combattant et se mêlait de vouloir critiquer le souverain. Non, Abbas ne répéterait pas avec ses fils l'erreur commise par Hossein. Telle fut la promesse qu'il se fit au moment de s'endormir.

Le lendemain, pendant que Borna et Arya étaient à l'école, il prit le livre de fables et le rapporta à Javad.

— Tiens. Il vaut mieux que tu le gardes. Je ne crois pas que ce soit une lecture pour les enfants. À l'avenir, je préférerais que tu me consultes avant de leur faire un cadeau. Manifestement, tu ignores les choses qui sont susceptibles d'impressionner des enfants de leur âge, dit-il sèchement en lui remettant l'ouvrage.

Javad, qui au fond était lui aussi un gamin irresponsable, ne comprit pas le reproche. Pour Abbas, on ne touchait pas à la famille, et ses fils étaient les seuls êtres vivants qu'il aimait plus que le Shah. Javad n'entendit qu'une chose: son propre frère le considérait comme une mauvaise compagnie pour ses neveux. Il en fut piqué au vif.

— Ta crainte, finalement, c'est de voir Arya et Borna s'éveiller, dit-il avec un sourire sarcastique.

Il ne fit aucun geste pour reprendre le livre, continuant de poser sur son frère un regard de défi.

— Mes fils n'ont pas besoin de s'éveiller. Ils sont bien élevés et intelligents. Comment peux-tu te permettre de les juger? siffla Abbas en s'efforçant à grand-peine de ne pas lever la main.

— Personne ne met en doute qu'ils sont intelligents, répondit Javad en soulignant délibérément le "ils".

La main d'Abbas se leva, et s'abattit sur la joue de son frère. Le bruit sourd de la gifle résonna dans la pièce. Les deux hommes restèrent les yeux dans les yeux, rendus muets l'un et l'autre par ce geste brutal, inattendu. En un instant, le fossé qui existait entre eux depuis la mort de leur père était devenu un abîme assez profond pour engloutir une affection de longue date.

Javad, dont les yeux brillaient de colère et d'humiliation, se détourna brusquement et partit. Abbas demeura interdit, serrant encore le livre dans sa main. Il ne devait l'apprendre que des années plus tard: ce même après-midi, son frère entra en contact avec le Tudeh.

6

Au nom du Shah

— Allez-y, vous autres, moi je ne viens pas.

Ainsi parlait mon père lorsque ma mère lui proposait de passer chez Simin.

Depuis un mois, il refusait de nous accompagner, sous un prétexte ou un autre.

— Je t'en prie, ne parle pas comme ça, Mohammad Ali *khan*. Que penseront les gens, si je laisse mon mari un jour de fête pour aller dans une autre maison ?

— Alors reste ici avec moi, *khanum*, répliquait-il sans se démonter.

Ma mère revenait à la charge :

— Tu pourrais jouer au backgammon avec Javad. Il ne se débrouille pas si mal.

— C'est un enfant. S'il ne gagne pas tout de suite, il se fatigue et se déconcentre. Ce n'est pas amusant.

Mais en vérité, depuis la mort de Hossein, mon père s'ennuyait terriblement lors de nos visites coutumières. C'est ainsi qu'elles commencèrent à disparaître. Désormais, nous nous fréquentions séparément. Ma mère voyait toujours Simin, et je continuai de voir Pari. D'Abbas, de Javad et d'Ali ne nous parvenaient plus que de rares nouvelles.

Pari et moi avions l'habitude de nous donner rendez-vous en ville pour bavarder avec d'autres amies au bar Naderi, en dégustant un café liégeois – mon amie en raffolait. Dans l'intervalle, j'avais obtenu mon diplôme et commencé mon apprentissage de juge.

Cet après-midi-là, lorsque Pari passa me chercher à la sortie du bureau, elle eut un haussement de sourcil désapprobateur devant ma mise négligée. Désormais, mon réflexe en matière de toilette était de m'habiller avec ce qui me tombait sous la main au saut du lit, sans même me servir de mes yeux encore pleins de sommeil.

— Tu travailles trop, décida Pari en secouant la tête.

— C'est vrai que c'est absorbant, mais ça me plaît.

— Ne me dis pas que c'est comme ça que tu t'amuses.

— Non, bien sûr, ça n'a rien à voir. Mais j'ai l'impression de manquer de temps pour tout.

— Allez, viens. Laisse-moi te distraire.

Elle m'entraîna dans un long marathon, d'une vitrine à l'autre, puis nous nous arrêtâmes dans un *chelow kebabi* pour nous reposer un peu et nous restaurer. Pari se détendit en revenant sur nos expériences culinaires d'autrefois. Ses histoires étaient toujours animées, et j'avais beau les connaître par cœur, elles continuaient de me faire rire. Mais chaque fois que j'essayais d'orienter la discussion sur la politique – et la politique s'était mise à prendre une certaine importance dans ma vie, étant donné mon travail –, Pari haussait les épaules. Le sujet l'ennuyait.

— Comment peux-tu dire ça ? Tu n'as pas entendu ? Pas plus tard qu'hier, ils ont arrêté des étudiants.

— Mon père avait raison, il vaut mieux ne pas s'en mêler.

Je ne comprenais pas qu'elle adopte une attitude superficielle ; c'était surprenant, de la part d'une fille intelligente comme elle.

Sa voix trahissait cependant une note d'anxiété. Ce soir-là, je la raccompagnai chez elle, chose que je ne faisais jamais.

Alors que j'étais montée prendre le thé, quelque chose me frappa tout de suite dans le beau salon encombré de Simin.

— Une vue d'Ispahan ? demandai-je à Pari, curieuse.

Elle décrocha le petit tableau afin de le présenter sous une meilleure lumière. Je n'étais pas venue chez elle depuis plusieurs mois, et je fus étonnée de tomber sur un objet aussi banal parmi les meubles en bois massif de sa mère.

— Plutôt laid, non? C'est la dernière trouvaille de Javad.

Je la regardai, intriguée. Pari soupira, et se laissa tomber sur le divan.

— Il ne pense plus qu'à une chose, les idées de gauche dont il s'est entiché. Et quiconque pense autrement est un ennemi.

— Je ne savais pas qu'il était à ce point convaincu.

— Moi non plus. Il ne rate pas une occasion de se bagarrer avec Abbas. Il l'accuse d'être un conservateur, un ennemi du peuple iranien. Tu imagines comment Abbas réagit. Presque chaque fois, il s'en va en claquant la porte.

Je commençais à comprendre l'hostilité de Pari à l'égard de la politique.

— Sa dernière provocation, poursuivit-elle, a été de décrocher le portrait du Shah pour le remplacer par ce joli paysage. Quand il s'en est aperçu, Abbas s'est mis à crier. Il lui a dit qu'il était un ingrat, que c'était seulement grâce au Shah que nous avions une maison, nous autres, et qu'il ne pouvait pas perdre son temps à certaines bêtises. Il a même fini par regretter de l'avoir entretenu ces dernières années. Javad a répondu : "Tu sais ce que j'en fais, de ton argent et de tes idées ?"

— Je n'arrive pas à le croire. Eux qui s'adoraient…

— Avant, peut-être. Abbas est parti en disant qu'il ne remettrait plus les pieds dans une maison où il n'y a pas le portrait du Shah. *Maman* l'a supplié de se calmer, mais il ne voulait rien entendre. Et Javad encore moins. Pendant un mois, Abbas n'a plus donné signe de vie, il nous envoyait l'argent par Touran. Borna et Arya n'avaient même plus le droit de venir nous voir.

— Ils ont fait la paix ?

— Pas même en rêve. À force de larmes, *maman* a persuadé Abbas de revenir, mais il refuse de rencontrer Javad. Il ne veut même plus prononcer son nom. Il l'appelle "celui-là". Il m'a demandé de le prévenir quand Javad n'était pas là, qu'il puisse venir sans risquer de tomber sur lui. Tu te rends compte que ça fait trois mois qu'ils ne se sont pas vus ? Mais c'est peut-être mieux ainsi, vraiment. *Maman* ne supporte pas de les voir se disputer. Ça lui brise le cœur.

*

Quelque temps plus tard, lors d'une visite à Simin, je revis Abbas par hasard. Il venait d'être nommé général. C'était le 19 août, anniversaire du coup d'État, et il ne laissa pas passer l'occasion de raconter une fois de plus son histoire de stylo plume et de juste punition infligée aux traîtres. Je n'y tenais plus.

— D'abord, dis-je, Mossadegh n'était pas un traître. Il a fait ce que n'a pas réussi Reza Shah : il a nationalisé le pétrole et essayé de se libérer de l'étranger. C'est votre Shah qui a permis aux États-Unis de recommencer à se mêler de nos affaires. Ensuite, c'était un Premier ministre régulièrement élu et aimé du peuple. C'était au Majlis de le destituer, sûrement pas au Shah, et encore moins à la CIA.

Abbas se mit en fureur.

— Je n'aurais jamais cru que tu te ferais avoir toi aussi ! Tu oses critiquer le Shah alors que c'est seulement grâce à lui que tu as pu aller à l'université et devenir juge. Sache que sans les Pahlavi, que Dieu les protège, les femmes iraniennes seraient toujours recluses à la maison, à attendre que leurs maris se souviennent de leur existence !

Reza Shah avait compris la nécessité de moderniser le pays et envoyé nombre de jeunes gens étudier en Europe pour former les professeurs de la future élite intellectuelle. Curieusement, plusieurs deviendraient des opposants à la monarchie parmi les plus virulents, tels Taghi Arani, le fondateur de la gauche iranienne qui fut la première à diffuser les idées marxistes, et Mehdi Bazargan, nommé Premier ministre au lendemain de la Révolution islamique. Les jeunes formés en Europe devinrent le corps enseignant de la première université moderne d'Iran, voulue par Reza Shah à Téhéran, et immédiatement ouverte aux femmes. Son fils, en revanche, s'était contenté d'introduire le suffrage universel en 1963. Mais de là à supporter quarante années de ce régime, et à justifier l'offensive verbale d'Abbas…

— J'ai étudié à l'université et j'ai mérité le poste que j'occupe. Je ne vois pas de quoi je devrais remercier le Shah. S'il était moins soumis aux États-Unis, il emploierait mieux les revenus du pétrole et arrêterait d'acheter des armes et des armes. En Iran, nous avons besoin de beaucoup d'autres choses…

Abbas ne me laissa pas terminer ma phrase :

— Les armes nous servent à combattre les communistes ! Tu as oublié le géant qui dort le long de la frontière ? Qu'est-ce que tu crois, que l'Union soviétique nous aurait laissés tranquilles ? Sans le Shah et les États-Unis, Mossadegh aurait affaibli l'Iran et l'aurait fait tomber comme un fruit mûr entre les mains des communistes. Ce que tu t'obstines à qualifier de coup d'État a été une alliance légitime entre les États-Unis et l'Iran, le pays le plus puissant du Moyen-Orient. Tu ne te rends pas compte des progrès que nous avons accomplis ?

Je le fixais des yeux, furieuse et consternée. Combien d'officiers avais-je entendus tenir ce même discours, avec les mêmes mots, exactement ? J'avais pour Abbas un profond respect, mais il m'apparut subitement tel qu'il était : un homme de peu d'intelligence, qui laissait les autres réfléchir à sa place.

Il poursuivit son monologue :

— Je ne comprends pas pourquoi tous ceux qui vont à l'université en sortent avec ces idées subversives. Vos professeurs sont-ils tous communistes ? Et pourquoi les doyens n'empêchent-ils pas cette propagande de circuler ? Regarde ce qu'est devenu Javad. Il passe plus de temps avec ses amis qu'en cours. Je ne comprends pas qu'il se fasse avoir aussi facilement. Mais ça n'arrivera pas à mes fils. Je veux qu'ils aillent étudier en Amérique. Je préfère les voir loin de moi plutôt que de les entendre dire un jour que l'Iran peut se passer de Sa Majesté.

Ma mère me donna un léger coup de coude et je laissai tomber la discussion. Je comprenais mieux pourquoi la politique et ces sempiternelles querelles domestiques exaspéraient tellement Simin et Pari. Assister à cette escalade de l'inimitié entre les deux frères avait fait croître mon malaise, comme le présage d'un désastre imminent.

7

Quatre murs gris et lisses

Un après-midi, Pari m'appela au bureau et me demanda de venir la rejoindre dès que possible. Je lui fixai un rendez-vous au bar Naderi, mais je la trouvai qui m'attendait à la sortie du tribunal.

— Excuse-moi, Shirin *joon*, j'ai réfléchi. Je ne crois pas qu'un lieu public soit une bonne idée, commença-t-elle sans même me dire bonjour.

Elle portait un pantalon confortable, une vieille chemise et des chaussures de sport. Je ne l'avais jamais vue aussi négligée, même à la maison.

Pari suivit mon regard.

— Aujourd'hui, c'est toi qui vas me gronder, hein ?

Mais la plaisanterie sonnait faux, et le sourire s'effaça aussitôt de ses lèvres pâles, privées de leur voile de rouge habituel.

— Viens, allons marcher un peu dans le parc, que je puisse te raconter.

Nous prîmes lentement la direction d'une petite place qu'il fallait être très généreux pour qualifier de parc. Pari semblait perdue dans ses pensées. Je me dirigeai vers un angle où se trouvait un banc, mais elle me donna une petite tape et me fit comprendre par signe qu'elle préférait marcher. J'attendis plusieurs minutes avant qu'elle ne se décide à parler.

— Tu as entendu parler de la manifestation des étudiants à l'université? me demanda-t-elle.

Cette fois, elle me surprenait beaucoup.

— Non, j'ai peur que non. Pourquoi encore une manifestation?

— À cause de l'augmentation du prix des tickets de bus. Les associations étudiantes ont organisé une grève nationale contre ça. Tu sais, la crise, l'inflation, l'exploitation du peuple, toujours la même chose. Javad y a participé.

Je soupirai en hochant la tête.

— En définitive, le Shah a supprimé l'augmentation, mais il a eu la judicieuse idée de faire arrêter tous les manifestants. Ils ont pris Javad aussi.

— Oh, non. Comment va-t-il?

Je ne savais que dire d'autre.

— Aucune idée. Ils ne nous autorisent pas à entrer en contact. Ils nous ont seulement informés qu'ils l'avaient mis en cellule d'isolement. *Maman* ne fait plus que pleurer et prier, prier et pleurer.

— Je vais prévenir ma mère, qu'elle aille la voir et lui tenir un peu compagnie.

— Merci, Shirin, tu es très gentille.

Elle hésita avant de reprendre:

— En fait, je suis là pour te demander un grand service. Tu ne connais personne qui puisse nous aider? Au moins nous donner des nouvelles, ça tranquilliserait ma mère.

Pari se mordait nerveusement les lèvres. Je vis ce qu'il lui en coûtait de m'impliquer dans cette histoire.

— Pari, tu sais que si je le pouvais, je t'aiderais volontiers. Mais moi, au tribunal, je m'occupe de tout autre chose, et je ne connais personne. Les opposants politiques sont des prisonniers "spéciaux", ils suivent une procédure qui leur est propre.

— Bien sûr, excuse-moi. C'est que je ne sais vraiment pas vers qui me tourner. Je suis tellement inquiète.

Nous avions cessé de marcher. Pari me regarda droit dans les yeux ; on lisait sur ses traits qu'elle n'avait pas dormi.

— Tu en as parlé à Abbas ? Lui, il doit à coup sûr connaître quelqu'un !

— C'est le problème. Il ne veut rien faire. Il dit que le moment est venu pour Javad d'apprendre à se débrouiller seul. Il ne peut pas éternellement le sortir des ennuis. Voilà ce que pense mon frère, le grand défenseur de la famille.

Sa voix en tremblait d'indignation.

— Il a peut-être peur pour sa carrière, hasardai-je. Si ses supérieurs venaient à découvrir qu'il a un parent communiste…

— Non, ce n'est pas ça. Ou bien si, peut-être que ça le préoccupe. J'ai l'impression de ne plus le reconnaître. J'ai peur qu'il n'ait honte de Javad, qu'il juge humiliant d'avoir un frère "rebelle". Au fond de lui, il estime juste que Javad soit en prison.

*

À l'époque, je ne pouvais pas comprendre vraiment ce que voulait dire être enfermé dans une cellule d'isolement. Je devais le découvrir trente ans plus tard, sur ma propre peau.

La porte claque derrière moi avec un bruit sec. Je me retrouve dans une petite pièce de trois mètres sur deux. Quatre murs gris et lisses, sans aucune aspérité. Au plafond pend une ampoule de faible intensité. Il n'y a pas de fenêtre. Le sol se couvre d'une moquette incrustée de poussière et d'excréments – peut-être ne la lavent-ils plus depuis des années. Ou, plus probablement, ne l'ont-ils jamais lavée. Elle est tellement sale que je ne saurais dire de quelle couleur elle est.

Dans un coin s'entassent des couvertures en toile rêche, qui ont l'air plus crasseuses encore que la moquette, si tant est que ce soit possible. Mes possessions se complètent d'une cuillère et d'un bol en fer-blanc ayant appartenu à Dieu sait qui.

Je regarde longuement autour de moi, découragée. Je n'ai la force de toucher à rien. Infections et maladies sont monnaie courante en prison. Même le sida. J'ai un mari et deux filles qui m'attendent, je redoute de devenir contagieuse, et de les infecter à leur tour.

Au début, ne sachant que faire, je reste plus d'une heure debout sans bouger, employant toute mon énergie à différer le moment où je devrai m'asseoir. Mais je commence à me sentir vraiment fatiguée. Qui peut dire si je serai jamais libérée? S'il faut que je reste ici, autant céder.

À cette pensée, je me laisse tomber sur le sol, épuisée. Je referme les bras sur mes genoux et baisse la tête pour cacher mes larmes. De quoi suis-je donc coupable?

Un soir, alors qu'un groupe d'étudiants de l'université de Téhéran protestait contre la fermeture d'un journal de tendance progressiste, la police et les lebasshakhsi *ont pénétré dans la fac. Plusieurs jeunes gens ont été blessés, et l'un d'eux a été tué: Ezzat*

Ebrahimnezhad. J'étais l'avocate choisie par la famille du garçon pour découvrir et révéler qui avait ordonné cet assaut, et qui avait ouvert le feu. Mon enquête avançait assez bien, et j'avais trouvé une personne qui acceptait de parler devant le tribunal. Le témoin avait des preuves de ce qu'il affirmait. Je ne reculai pas, même si la cour refusait d'écouter ce qu'il avait à dire et préférait m'accuser de fausses déclarations. S'en prendre à la police n'est jamais une bonne idée dans la République islamique d'Iran.

Ma cellule donne sur un couloir vide. Il n'y a aucun bruit autour de moi, aucune plainte, aucun soupir. Ce silence absolu me précipite dans la panique et me tord l'estomac. Je paierais à prix d'or toute personne qui voudrait bien m'adresser la parole pour me rappeler que je suis en vie, qu'il existe encore autour de moi un monde peuplé d'êtres humains.

Même le sommeil ne m'apporte pas la paix. On ne m'a pas fourni d'oreiller, et quand je demande à en avoir un, la gardienne me répond que ce n'est pas autorisé. Aussi je m'endors avec le bras replié sous la tête mais, au bout d'une heure, il est complètement engourdi et la douleur me réveille. Quand ce n'est pas cela, c'est la sciatique. En prison, pour quelque raison, on ne peut pas mettre des bas. L'humidité aiguise mon inflammation, et je tourne pendant des heures sans pouvoir trouver la position qui pourrait me soulager.

Le temps a l'air de ne pas passer, à moins qu'il ne passe trop vite. Je perds rapidement toute conscience des heures et des jours. On n'éteint jamais la lumière, et sans fenêtre il est impossible de savoir quand il fait nuit ou quand le soleil brille. Lors de mon arrestation, ils ont emporté toutes mes affaires: mon stylo, mon carnet, mes lunettes et bien entendu ma montre. Voilà précisément le pire : le temps. Comment le passer, comment le mesurer. J'ai désespérément besoin de raisonner, de faire des comptes, de savoir l'heure qu'il est et combien de temps s'est écoulé depuis mon arrestation. Je sais que c'est une nouvelle journée quand ils m'apportent du pain, du fromage et du thé. Du moins, je me dis que ça doit être le petit-déjeuner. Mais je ne tarde pas à les soupçonner d'inverser le petit-déjeuner et le dîner pour me faire perdre la notion du temps et me rendre folle. J'ai peur qu'ils ne soient en train d'y parvenir.

Le judas s'ouvre parfois. Une gardienne m'observe alors de l'extérieur, sans rien me demander, uniquement pour m'humilier et me voir désespérer chaque instant davantage.

Les premiers jours, ces regards indiscrets, inquisiteurs, me mettent en rage. Ils violent le peu d'intimité dont je dispose. Mais je me souviens vite que les cellules d'isolement sont équipées de caméras vidéo ; ainsi on surveille les faits et gestes du détenu qui reste sous contrôle. Un jour, après l'avoir cherchée longtemps, je finis par la trouver, au-dessus des gonds de la porte. J'éclate de rire, j'écoute ce halètement rauque qui s'échappe en hoquets de ma bouche, et j'ai l'impression d'être au bord de la folie. Tout de suite après, c'est le découragement qui s'abat sur moi. La certitude d'être observée rend cette existence encore plus difficile. Maintenant, je me sens gênée chaque fois que je me déshabille et que je change de vêtements. Je ne supporte pas l'idée que des étrangers, des hommes probablement, puissent voir mon corps nu. Je suis même gênée de rester assise, de boire au bol, de manger. Je me force à ne pas pleurer pour ne pas leur offrir ce plaisir, à eux, de l'autre côté. Et là est mon salut : cette obstination à ne pas m'avouer vaincue m'empêche de céder au désespoir.

Une fois par semaine, une gardienne me fait sortir de ma cellule pour prendre une douche. Elle reste avec moi pendant que je me déshabille et me lave sous le jet d'eau chaude. Même là, je n'ai pas droit à un peu d'intimité. Le lendemain, on m'oblige à nettoyer ma cellule, ainsi que les cabinets, la salle de bains et le couloir, sans gants. Avec cette lueur de raison qui subsiste en moi, j'ai tenté de convaincre les gardiennes de nettoyer avant la douche plutôt qu'après, mais il n'a pas été possible de modifier cette torture inutile. Je suis obligée de me salir, et de rester sale toute une semaine, puis tout recommence depuis le début.

Chaque soir, c'est une autre gardienne qui me conduit au bureau des interrogatoires. Chaque soir, toujours les mêmes questions auxquelles j'ai déjà répondu des centaines de fois. Personne ne me frappe, et j'en viens même quelquefois à me dire que je préférerais être battue plutôt que d'endurer encore et encore ce goutte-à-goutte de sempiternelles questions, toujours les mêmes.

J'en viendrai seulement plus tard à apprendre que la cellule d'isolement est qualifiée par les psychologues de « torture blanche ».

*

Javad resta une année en prison. Pari et sa mère eurent le droit de le voir à quelques reprises ; de chaque rencontre, elles revenaient détruites. Simin se couchait en gémissant, ou se mettait à prier, en se cognant pendant des heures la tête contre le *mohr*, le “sceau”, cette petite pierre plate dont se servent les chiites pour la prière. Pari errait dans la maison comme une somnambule, en s’en prenant tantôt à “cet irresponsable de Javad”, tantôt à “cette tête de mule d’Abbas”.

Abbas, à la fin, céda aux récriminations obsédantes de sa mère et de sa sœur, à leurs larmes, surtout. Il appela un ami qui, le plus discrètement possible, parla à quelque gros bonnet. Et Javad sortit sans savoir à qui il devait sa libération.

8

Mechhed

Javad n'était plus le même : maigre, efflanqué, il fixait les gens d'un regard sérieux et pénétrant qui immédiatement les mettait mal à l'aise. Il parlait d'une voix saccadée, en marquant de longues pauses entre les mots, comme si le souffle lui manquait. Il avait aussi développé de l'asthme. Ils lui avaient cassé le nez qui était resté tordu. Il présentait sur la pommette droite une cicatrice impressionnante qui allait de l'oreille aux lèvres. Il ne pouvait marcher seul, car poser le pied par terre lui faisait mal. En prison, une torture consistait à frapper la plante des pieds ; à peine les plaies avaient-elles l'air de vouloir cicatriser qu'ils les rouvraient en les cravachant avec violence.

Simin était tellement heureuse d'avoir de nouveau son fils à la maison qu'elle préférait ne pas s'attarder sur son état ; elle se promettait de le faire redevenir tel qu'il était avant la prison. Elle ressortit ses vieilles recettes de cuisine magiques et organisa un grand déjeuner familial avec tous les plats préférés de Javad. Mais il était habitué désormais à la misérable pitance des détenus, et c'est à peine s'il réussit à avaler deux ou trois bouchées de ce repas. Bien entendu, Abbas avait refusé l'invitation, de crainte de briser le veto prononcé contre son frère.

— On a mangé des restes pendant une semaine, Ali et moi. Javad y touchait à peine. Dire que *maman* n'a pas perdu la main! soupira Pari.

Mais Simin, sans s'avouer vaincue, s'efforça de couvrir son fils d'attentions. Elle le poussait à dormir tard pour récupérer le plus possible. Elle aurait voulu également lui offrir des vêtements neufs, la seule raison qui l'empêchait de le faire étant la taille de Javad. Il avait perdu plus de quinze kilos en détention, et elle comptait bien les lui faire reprendre dès que possible. Songeant à ce corps maigre et blanc sur lequel les vêtements auraient pendu, informes, elle renonça, persuadée aussi qu'ils auraient tôt fait de devenir trop petits.

Javad ne supportait pas ce surcroît de sollicitude, même s'il comprenait qu'elle partait d'une bonne intention. Il prenait un air las et fuyait les recommandations insistantes de sa mère – "Pourquoi ne pas te détendre un peu dans le fauteuil?", "Tu es encore affaibli, tu ne devrais pas te couvrir?", "Tu as faim? Regarde les belles oranges que je viens d'acheter. Manges-en une, ça te fera du bien." Seul le respect qu'il lui vouait l'empêchait de l'envoyer promener. Pour échapper aux sempiternelles intrusions de Simin, il passait le plus clair de son temps dehors, à se balader sans but précis, ou bien il s'enfermait dans sa chambre, étendu de tout son long sur la planche dont il avait fait son lit. Il préférait ne pas se réhabituer au confort du passé; la prison avait défini son avenir, elle lui avait fait comprendre le devoir de s'opposer au régime. Si la lutte était son destin, tôt ou tard il serait contraint à la clandestinité, et peut-être encourrait-il une nouvelle arrestation; mieux valait donc s'y préparer, et forger dès à présent son corps et son esprit aux rigueurs d'un autre emprisonnement, se disait-il en obligeant son dos et ses os à s'adapter à une paillasse rigide.

Maintenant qu'il avait fait de la prison, il se sentait un homme. Il avait enduré en silence l'isolement et la réclusion, oublié la faim, résisté à la torture. Tout ce qu'il avait aimé naguère – les matchs de foot, le backgammon, les discussions entre amis – ne l'intéressait plus désormais ; ces habitudes-là appartenaient à un autre monde, et surtout à une autre personne, le petit garçon d'autrefois. Raison pour laquelle il accueillit avec la plus grande indifférence la lettre qui lui signifiait son expulsion de l'université. Cela n'aurait eu aucun sens de retourner dans une salle de cours avec le sentiment de perdre son temps, et de vouloir effacer ce qui lui était arrivé.

L'heure était venue, se disait-il, de prendre la situation en main. Il commença à chercher du travail, n'importe lequel. Il répondait à toutes les petites annonces. Mais dès qu'il exprimait ses prétentions, on lui opposait un refus brutal. Il finit par comprendre qu'il portait encore sur lui la marque de la prison, et qu'il allait être difficile de trouver la personne qui accepterait de lui offrir sa chance, du moins à Téhéran. Y rester, d'ailleurs, lui semblait imprudent. Partout où il allait, il avait l'impression de sentir peser sur lui l'œil de la police secrète. Cet homme qui lisait le journal sur un banc, ce porteur qui marchait dans la rue, et même ce garçon de course qui depuis des années livrait à Simin ses commissions, tous sans exception pouvaient être des espions aux ordres de la Savak.

*

Simin organisa un voyage de trois jours à Mechhed, chef-lieu du Khorasan, à la frontière du Turkménistan. C'est là que repose selon la tradition le huitième imam Reza, mort en 817 après avoir mangé du raisin empoisonné. Ce qui était jadis un humble village est devenu le plus important sanctuaire chiite, un lieu visité depuis mille deux cents ans par des millions de pèlerins. Au cours des siècles, rois et sultans ont rivalisé pour honorer comme il convient ce lieu sacré, y érigeant des coupoles, des mosquées et des minarets, étincelante démonstration de magnificence inégalée dans tout le Moyen-Orient. Aujourd'hui, toutes les routes convergent vers le sanctuaire et son enceinte circulaire enfermant deux mosquées, six écoles de théologie, deux musées, quatre jardins, des bureaux et des bibliothèques.

Important centre d'études religieuses, Mechhed a été le théâtre d'une succession de révoltes sous le règne de Reza Shah qui avait mis en œuvre une laïcisation de l'État, comme Atatürk en Turquie. C'est lui qui a ouvert le sanctuaire aux touristes, et a en outre réformé le code civil en y introduisant des lois d'origine européenne ouvertement contraires à la charia ; lui qui a retiré au clergé l'administration de la justice, fait en sorte que le pays renoue avec ses origines préislamiques, rétabli le calendrier persan, et même réussi en 1935 à substituer au nom officiel d'« État perse » celui d'« Iran ». Naturellement, sa mesure la plus radicale fut l'interdiction de porter le voile. Des représentants religieux exprimèrent ouvertement leur désaccord en se réfugiant dans le sanctuaire, mais rien n'arrêtait Reza Shah, pas même ce lieu saint, à l'intérieur duquel les affrontements étaient continuels et faisaient des victimes des deux côtés.

Ma mère eut l'idée de se joindre à ce séjour, et me persuada de l'accompagner. Nous nous mîmes en route un matin de bonne heure avec Simin, Pari et Ali. Je m'étonnai de voir que Javad n'était pas du voyage ; personne ne l'avait dit explicitement, mais il était clair que le pèlerinage avait lieu en remerciement de sa libération.

— Tu sais comment est mon frère, me confia Pari dès que nous fûmes seules. Il juge que la prière est un truc de débiles, de fanatiques, et que ça ne sert à rien. Alors il a laissé *maman* s'occuper de tout et, à la dernière minute, il a fait marche arrière. Je le comprends, du reste : qui sait depuis combien de temps il attendait d'être un peu seul avec lui-même ?

À notre arrivée, nous fûmes accueillis par l'habituelle foule de fidèles. Hommes et femmes de tous âges envahissaient les routes, marchant dans la même direction en un flux unique ; les uns poursuivaient une vive discussion, les autres baissaient la tête, déjà en prière. On aurait dit des colonnes de fourmis convergeant vers la fourmilière. Ici et là, surgissaient les turbans des mollahs venus des écoles de théologie : noirs pour les descendants du Prophète, les autres blancs. Mêlés aux pèlerins, nous franchîmes les murs d'enceinte.

À l'intérieur du *haram-e motahhar*, l'enceinte sacrée du sanctuaire, des dizaines de mendiants tendaient la main dans l'espoir d'une aumône. Il y avait des estropiés, des aveugles et de pauvres malheureux couchés dans tous les coins, sous des manteaux noirs qui les protégeaient du soleil.

Simin prit tout de suite la direction de la fontaine où les pèlerins se lavaient les mains et les pieds avant de pénétrer dans les lieux saints. Pendant que mes compagnons se pliaient aux ablutions rituelles, j'observai avec enchantement la grande coupole dorée qui dominait le mausolée de l'imam Reza, splendide sur le fond bleu du ciel. J'étais encore en train d'admirer ce profil bien découpé, lumineux, quand Pari me donna un petit coup de coude.

— Viens, les autres sont déjà entrés, on risque de les perdre de vue.

Nous nous dépêchâmes de franchir le seuil pour rejoindre Simin et ma mère ; Ali les suivait de près, tête basse. Nous prîmes place dans la queue régulière formée par les pèlerins qui, chaque jour, venaient au mausolée implorer la protection de l'imam. Dès que mes yeux éblouis de soleil se furent accommodés au changement de lumière, je découvris l'énorme monument en or qui protégeait la tombe du moindre contact. Je fus parcourue d'un frisson, dans cette pénombre pleine du bruissement et des mouvements des inconnus qui s'inclinaient pour toucher et embrasser la grille épaisse, avant de tourner plusieurs fois sur eux-mêmes en murmurant leurs prières. Simin s'agenouilla et accrocha les doigts aux volutes dorées, comme pour s'y cramponner, puis pressa les lèvres contre le métal.

Ali s'agenouilla à côté de sa mère. Il me sembla qu'il avait jeté à sa sœur un regard de feu. Mère et fils restèrent longtemps dans cette attitude, jusqu'à ce que la cohue des pèlerins les force à se relever.

— Viens, Pari, faisons notre devoir nous aussi, et sortons.

Simin, Ali et ma mère préférèrent passer toute la journée dans le mausolée car nous étions jeudi, le jour où se récite la supplique appelée *kumail*. Pari m'accompagna dans une exploration du *haram-e motahhar*. Nous visitâmes la *Masjed-e Azim-e Gohar*

Shad, la Grande Mosquée que Gohar Shad, épouse du fils aîné de Tamerlan, a voulu faire édifier en l'honneur de son impérissable mémoire. Cette femme munificente et vaniteuse eut l'audace d'exiger une coupole plus grande que celle du mausolée ; ses architectes, pour la satisfaire, élevèrent une majestueuse structure de cinquante mètres de hauteur, entièrement couverte de porcelaine bleue. Nous observâmes le riche portail doré aux innombrables incrustations en pierre dure. Pari finit par me supplier de l'emmener déjeuner ; elle était davantage attirée par le fumet des restaurants tout proches que par les mosaïques et autres arts subtils.

— La culture ne rassasie pas, Shirin. Je savais que ma mère serait insupportable, mais j'espérais au moins que tu ne serais pas aussi ennuyeuse, dit-elle en m'entraînant vers un endroit qu'elle avait repéré dès le matin.

— Quant à moi, je ne savais pas que ta mère était à ce point dévote.

— Elle l'a toujours été, mais depuis que Javad a été libéré, c'est comme si elle n'en faisait jamais assez. Ce pèlerinage aussi, c'est pour lui. Pour appeler la protection de l'imam sur mon frère. Voilà trois mois qu'il cherche du travail sans rien trouver. Entre nous, je crois que même l'imam ne peut pas grand-chose pour nous.

— Tu penses vraiment que c'est à cause de la Savak ?

— Javad en est convaincu, et il dit qu'il ne trouvera rien à Téhéran. Je commence à le croire moi aussi. Il ne prétend pas obtenir un emploi de haut niveau ; même en tant qu'ouvrier ils ne l'ont pris nulle part. L'année dernière, il était engagé comme vendeur dans un magasin de matériel électrique, mais quand il s'est présenté à son travail, le propriétaire avait changé d'avis. Il a fait comprendre à Javad qu'on ne lui avait pas laissé le choix.

— Et ses vieux amis? demandai-je. Ils ne veulent pas l'aider non plus?

— Personne. Ses camarades de l'université s'en gardent bien! Ils ont des familles, des emplois, certains gagnent bien leur vie et n'ont pas envie de s'attirer des embêtements. Quand ils le croisent dans la rue, ils font semblant de ne pas le reconnaître. Il est le seul à avoir été assez naïf pour croire vraiment à ce qu'il faisait. Et qu'est-ce que ça lui a rapporté? Un an de prison et de l'asthme, conclut-elle d'un ton philosophe. On ferait mieux de commander.

*

Pari proposa que nous allions à Tus, sur la tombe du poète Ferdowsi, l'auteur de l'épopée nationale: le *Shâh Nâmeh* ou *Livre des Rois.* Ali fut le seul à ne pas vouloir venir.

— J'aime Ferdowsi, mais j'aime encore plus l'imam Reza, expliqua-t-il en enfonçant la tête dans les épaules.

Pari essayait alors de renouer le lien privilégié qu'elle avait entretenu avec ce frère aimé et dorloté jusqu'à son entrée à l'université; elle s'efforça de le convaincre:

— Rendre hommage à Ferdowsi, c'est un peu honorer les pères de l'Iran. Il a su chanter notre histoire et notre esprit, certes pas comme tes mollahs. Eux marmonnent en arabe deux ou trois formules qu'ils ne comprennent même pas.

Ali releva brusquement la tête.

— Tu ne devrais pas parler ainsi. Les mollahs sont des saints.

— Comme tu es naïf, Ali. Tu sais combien de mollahs ont plusieurs femmes ? Combien d'entre eux s'obstinent à contracter un *sigheh* ?

Le *sigheh* est un contrat de mariage de circonstance auquel on a recours pour légitimer des liens autres que matrimoniaux. Dans les mausolées surtout, où les femmes s'offrent aux pèlerins. Ceux-ci négocient avec elles un modeste *mehrieh*, la somme habituellement versée à l'épouse pour l'indemniser après la dissolution du mariage. Au terme d'une brève cérémonie de pure forme, le couple consomme l'union, puis chacun s'en va de son côté.

— Pari, inutile de mettre en doute la parole des mollahs. Si quelqu'un est dans l'erreur, cela ne signifie pas que l'islam soit dans l'erreur, conclut-il.

Et il se dirigea vers le sanctuaire pour se joindre à la prière.

Quand nous allâmes nous promener autour de la tombe blanche érigée pour flatter la prétention de Reza Shah, Pari resta à l'écart. Je la connaissais assez bien pour savoir qu'elle était contrariée par le refus d'Ali. Dans l'espoir de lui faire passer sa mauvaise humeur, je la persuadai d'aller marcher un peu, avec nos mères, dans le jardin tout proche. Après un long silence, la parole finit par revenir à Pari :

— C'est vraiment un péché de renoncer à une si belle journée pour aller s'enfermer dans une mosquée. Qu'il est bête, cet Ali.

Simin, vexée, prit la défense du garçon :

— Arrête d'injurier ton frère. Tu devrais prendre exemple sur lui. C'est encore un enfant, mais déjà un bon musulman, tout comme son père, que Dieu le protège.

En effet, Ali était celui de leurs fils qui ressemblait le plus physiquement à Hossein, tout en étant aussi celui qui l'avait le moins connu. De petite taille, il se tenait bien droit et marchait depuis l'enfance du même pas lent, en alignant un pied sur l'autre comme s'il mesurait la terre. Simin disait qu'il avait les yeux noirs et pénétrants de son père. Il ne plaisantait cependant jamais, contrairement à Hossein, et n'avait pas d'amis non plus. Il était marqué par une enfance solitaire, passée à changer de pièce pour éviter de déranger. L'enfant taciturne était devenu un garçon timide et ombrageux qui ne connaissait de la vie que les aspects sérieux, et se sentait gêné lorsque quelqu'un riait trop fort. Cela lui semblait déplacé.

Il resta tout l'après-midi à prier dans la mosquée et à user son *mohr* à force d'y appuyer le front. Là, il se sentait chez lui, toujours aimé, l'égal des autres fidèles de passage. Un mollah qui l'avait pris sous son aile lui offrait les attentions qu'il ne trouvait pas chez lui. Il l'aidait à lire le Coran, lui apprenait des sourates par cœur, et parfois l'emmenait avec lui lors de ses sorties en ville.

Simin le savait fort bien, et approuvait d'ailleurs chez Ali une vocation religieuse qui le protégeait – du moins le croyait-elle – des passions politiques auxquelles cédaient ses deux grands fils. Elle y voyait une simple ferveur, même si personne d'autre, dans la famille, n'était aussi pieux. Hossein lui-même ne l'avait jamais été à ce point – lui était fidèle et respectueux. Abbas, extérieurement, se montrait bon musulman, mais à en croire Pari, il aurait préféré prier son Shah. Quant à elle,

elle priait seulement quand s'annonçaient les examens, ou qu'elle avait une requête à formuler.

— *Maman*, je te promets de prier au prochain semestre, répondit-elle avec une de ces grimaces dont elle était coutumière. Pour le moment, je suis en vacances, qu'est-ce que tu veux que je dise à Allah?

Simin l'incendia du regard. Mais Pari avait participé au pèlerinage, et c'était déjà ça.

*

Au retour de Mechhed, elles trouvèrent la maison vide. Javad était parti. Il avait rassemblé ses livres et ses brochures, jeté dans une valise quelques vieux vêtements qui lui allaient encore et il s'en était allé en laissant un billet :

Maman,

Il n'y a plus de place pour moi à Téhéran. Je suis adulte, je ne peux continuer d'être à ta charge. Et je ne veux pas me faire entretenir par Abbas, grâce au salaire qu'il a volé au peuple. Pardon de ne pas t'avoir prévenue, mais je savais que tu ne m'aurais pas laissé partir. Je vais rejoindre un camarade à Rasht, il m'a dit qu'il y aurait là-bas du travail pour moi, soit en usine, soit sur le port.

Avec affection,

Javad

9

La barbe d'Ali

En 1963, Mohammad Reza Shah, sur la suggestion de l'administration Kennedy, mena une série de réformes qui entrèrent dans l'histoire sous le nom de *Enqelab-e sefid*, la Révolution blanche. L'objectif était de prévenir un virage communiste en opérant une modernisation rapide du pays grâce à une redistribution des terres, la nationalisation des pâturages et la réforme des systèmes électoral, administratif et scolaire.

Le Shah soumit cette initiative à un référendum, et l'emporta de façon douteuse avec 99,9 % des suffrages. Les religieux et les étudiants boycottèrent le scrutin. Pour toute réponse, l'armée occupa l'université de Téhéran où des centaines de jeunes gens avaient manifesté en criant : "Oui aux réformes, non au Shah !"

Avec la Révolution blanche, Mohammad Reza prit le risque de perdre de nombreuses sympathies. Les mollahs et les latifundistes, les grands propriétaires terriens, n'appréciaient pas vraiment une redistribution des terres qui menaçait leurs privilèges séculaires. Pas plus que le clergé n'accepta la création de l'"armée du savoir", une légion de jeunes diplômés envoyés dans les campagnes pour y enseigner la lecture et l'écriture, tâche traditionnellement dévolue aux mollahs qui garantissait une base solide à leur influence. Enfin les marchands désapprouvaient une politique fiscale et un contrôle des prix qui risquaient de précipiter nombre d'entre eux à la ruine.

C'est ainsi qu'en juin, pendant trois jours, la population descendit dans la rue pour protester. Les religieux le firent par la voix de Ruhollah Khomeyni qui eut le courage de s'opposer ouvertement au Shah. Plusieurs fois arrêté, il ne cessa jamais de contester le souverain et s'insurgea lorsque Mohammad Reza, pour s'assurer de nouvelles fournitures d'armes, accepta d'accorder l'immunité diplomatique à tous les Américains. Le Shah invita Khomeyni à observer une attitude plus mesurée ; en définitive, ses déclarations valurent à ce dernier d'être exilé, en Turquie d'abord, ensuite en Irak.

Puis le Premier ministre Hassan Ali Mansour fut assassiné par un fondamentaliste islamique en signe de protestation contre les mesures du souverain, les concessions faites aux États-Unis notamment, et le Shah révoqua l'immunité. La Révolution blanche poursuivit cependant son cours. La moindre étincelle suffisait à déclencher des manifestations que le Shah, le plus souvent, réprimait dans le sang – ainsi, en 1963, quand les protestataires furent jetés en prison, torturés et assassinés.

Les ennemis du souverain appartenaient à trois catégories : les nationalistes héritiers des idées libérales de Mossadegh ; les communistes organisés en divers mouvements ; les religieux opposés à la laïcisation de l'État et à l'émancipation des femmes. Le Shah, qui devait son pouvoir au soutien des États-Unis, se méfiait surtout des premiers. Il redoutait de les voir s'allier aux

Américains pour le renverser, chose que les religieux ou les communistes ne feraient jamais.

Mais les communistes risquaient de devenir la tête de pont dont l'Union soviétique pouvait se servir pour mettre en place un gouvernement ami, et atteindre les eaux du Golfe. C'était finalement le clergé qui apparaissait comme le moins dangereux. Opposé comme il l'était à la laïcisation de l'État, il ne pouvait faire alliance ni avec la libérale Amérique, ni avec l'URSS athée. Le souverain, une fois Khomeyni exilé, adopta à son égard une attitude moins restrictive, ne fût-ce que pour ne pas s'attirer l'hostilité d'une grande partie d'un peuple depuis toujours profondément religieux. Mais il sous-estima l'influence des mollahs sur les gens ordinaires ; eux seuls entretenaient des contacts directs avec toutes les classes sociales, et surtout avec les plus pauvres.

En 1977, le fils aîné de Khomeyni, Mostafa, trouva la mort en Irak dans un accident de la route dont les circonstances donnèrent lieu à des versions nombreuses et contradictoires, qui allaient de la distraction à l'attentat. Le rite funèbre organisé en son honneur se conclut par un affrontement entre la foule et les forces de l'ordre. L'événement, selon toute apparence, avait embrasé une mèche impossible à éteindre, qui risquait de faire exploser les tensions de l'Iran. Les manifestations se succédèrent. Les intellectuels réclamaient la liberté, les religieux s'insurgeaient au nom de Khomeyni et les ouvriers en grève mettaient l'économie nationale à rude épreuve. Le 8 septembre 1978, après une manifestation particulièrement importante, le Shah donna l'ordre à l'armée de tirer dans la foule ; cette date est entrée dans l'histoire sous le nom de "Vendredi noir".

Effrayé par le poids des religieux, il tenta par la suite d'éloigner Khomeyni, et obtint que celui-ci fût expulsé par le voisin irakien. Toutefois, le transfert de Khomeyni à Neauphle-le-Château, en région parisienne, tourna à l'avantage du religieux. En effet, il venait de se voir offrir un moyen de propager son message grâce aux médias. En peu de temps, Khomeyni devint le seul leader reconnu par tous les opposants au Shah, lequel se trouva devoir affronter l'unique situation qu'il n'avait pas prévue, qu'il n'aurait pu même imaginer, un pacte d'alliance entre les nationalistes, les communistes et les islamistes pour renverser la monarchie au cri de : "L'union jusqu'à la victoire !"

Je descendais moi aussi manifester dans les rues. Après des années à tout supporter en gardant le silence, j'avais découvert à l'université l'ivresse de l'opposition et la conviction de pouvoir agir. Mais si j'avais protesté jusqu'alors contre l'augmentation des droits d'inscription, j'eus le sentiment en 1978 qu'il nous revenait à nous, à nous tous, de changer le pays. C'était notre droit. J'en frémissais de fierté.

Avec mon mari et quelques amis, nous nous rassemblâmes en cortège pour crier notre slogan : "L'indépendance, la liberté, la République islamique !" À ce moment-là, je croyais vraiment que la République islamique nous apporterait l'indépendance et la liberté. Tout ce que je craignais, c'était de ne jamais voir venir le jour de notre victoire sur le Shah.

La manifestation allait de la mosquée de Ghaba à la place Azadi. Le défilé s'était ébranlé à 8 heures, et il ne cessait de grossir. De petits groupes affluaient des rues adjacentes disséminées le long du parcours et venaient gonfler le fleuve humain. Lorsque nous l'eûmes rejoint à notre tour, je me retrouvai entourée par plus de monde que prévu, des hommes et des femmes scandant à l'unisson notre volonté de changement.

Les uns brandissaient le portrait de Mossadegh, d'autres celui de Khomeyni. Le temps a passé, me disais-je : l'ancien Premier ministre incarnait l'espérance d'hier, il est mort, et c'est à l'ayatollah de l'incarner aujourd'hui.

Un groupe d'islamistes se joignit à nous. Ils venaient d'une cour située sur notre gauche. Ils avaient à leur tête un mollah. Puis venaient des adeptes aux cheveux très courts et à la barbe hirsute. Parmi eux, il y avait Ali. Je sursautai en le voyant ; c'est à peine si je l'avais reconnu. Je n'avais plus de contact avec la famille depuis que Pari était partie en Angleterre se former à sa spécialité.

Ali avait grandi. Je découvris un jeune homme trapu qui allait tête basse et portait une photo de Khomeyni. Son visage autrefois pacifique affichait une expression mécontente ; une barbe naissante lui obscurcissait les joues.

— Alors, c'est toi ? Comment vas-tu ? Quel jour de gloire ! Et Pari ? Voilà un bail que je n'ai pas de nouvelles !

Les communications téléphoniques avec l'étranger coûtaient des sommes prohibitives, et nous nous contentions de quelques lettres paresseuses qui arrivaient quand leur contenu avait perdu toute actualité.

— La dernière lettre, poursuivis-je, je l'ai reçue il y a des mois. Vous autres, à la maison…

Il m'interrompit brusquement :

— Ma sœur, le nombre de ceux qui soutiennent l'islam augmente, et même Pari, *Inch Allah*, ne tardera pas à rentrer en Iran pour servir le peuple, vous verrez.

Il s'exprimait sur un ton distant, formel, qui me laissa stupéfaite.

— Ali, c'est moi, Shirin ! Tu ne m'as pas reconnue ?

Il se tut, puis garda les lèvres obstinément closes. Il fixait obstinément un point sur le sol. C'est alors que je compris. À sa façon, il me reprochait de ne pas porter le foulard. De crainte de pécher en posant les yeux sur une femme non voilée, il regardait par terre. J'étais abasourdie ; je n'arrivais pas à ouvrir la bouche. Il avait quatorze ans de moins que moi, il aurait pu être mon fils. Je l'avais tenu tout petit dans mes bras, j'avais joué avec lui, je l'avais aidé à faire ses devoirs. Voilà maintenant qu'il m'appelait "ma sœur", me disait vous et me traitait avec un mépris sans fard.

Mon mari me tira par le bras :

— Shirin, qu'est-ce que tu fais ? On va se retrouver à la traîne.

Je le suivis, encore sous le choc. Ali se remit en route sans rien ajouter.

Je continuai de l'observer pendant le parcours. À la fin, je reconnus son mollah, c'était celui qui avait lu les prières lors de la cérémonie organisée par Simin pour demander la libération de Javad. Javad m'avait confié à l'époque que le mollah avait deux épouses et cinq fils, et qu'il vivait dans un pauvre appartement de deux pièces.

— C'est un brave homme, disait Simin.

Elle avait pitié de lui, aussi lui versait-elle un peu d'argent tous les mois, lors des rituels de *khoms o zakat*[1].

1. Impôt traditionnel collecté dans les mosquées chiites.

Et ce même mollah marchait à présent avec une assurance qui frisait l'arrogance, en criant: "À mort le Shah!"

Ali le suivait comme son ombre.

*

Pari rentra deux mois après, comme toujours inconsciente et désinvolte. Elle s'était fait faire une jolie coupe de diva du cinéma muet, s'était acheté une valise rien que pour transporter ses nouvelles toilettes.

L'attitude d'Ali m'avait vexée et, ne pouvant le cacher, je lui en parlai à la première occasion.

— Oh! que ce frère-là est embêtant, répondit-elle en soufflant sur sa jolie frange pour l'ébouriffer. Il ne nous manquait plus qu'un fondamentaliste dans la famille! Tu sais qu'il reste à la mosquée même la nuit?

— Mais toi qui es tellement émancipée, il ne te dit rien?

— Si. Il nous explique comment faire pour que la maison reste digne. Mais dès qu'il commence à réciter son catalogue de la bonne musulmane, je me jette sur lui et je l'embrasse. Tu devrais voir comme il s'en va, écœuré, conclut-elle en riant.

— Mais c'est toi qui l'as élevé! Comment ose-t-il te traiter ainsi?

Une fois de plus, je trouvais incroyable l'insouciance de Pari. Voir se distendre des liens autrefois si forts! Je craignais qu'il ne soit plus possible de revenir en arrière.

— Je suis peut-être la seule qui ressemble vraiment à notre père. Je me dis toujours que ce qui compte, c'est la famille. Le reste finira bien par s'arranger tout seul.

Elle se remit à boire son thé au jasmin à petites gorgées, en s'absorbant dans ses pensées.

J'aurais voulu lui dire que la philosophie de Hossein avait malheureusement échoué deux fois, qu'Ali risquait d'être la troisième erreur et que c'était la famille elle-même qui était en train de se désintégrer. Mais Pari suivait le fil de ses réflexions.

— À propos, tu sais que Javad est revenu? Il dit qu'il n'a plus de raison de rester à Rasht maintenant que c'est la révolution. Il a laissé tomber son travail à l'usine et il est rentré chez nous “pour donner un coup de main aux camarades”. La joie de *maman* était à son comble, tous ses fils autour d'elle. Dommage que mes frères ne puissent pas se retrouver dans la même pièce sans se disputer. Il n'y en a pas un qui soit d'accord avec l'autre!

Elle me lança un regard entendu.

— Pauvre Abbas. Maintenant, quand il veut revenir dans la maison qu'il a contribué à payer, il est obligé d'attendre que Javad, et même Ali, soient sortis. Il n'arrive à supporter ni l'un ni l'autre.

*

Comme toujours, Pari racontait la partie amusante de l'histoire, en gardant pour elle le plus inquiétant. C'est de nombreuses années plus tard seulement qu'elle m'apprit ce qui se passait alors entre ses frères.

Les premiers mois pendant lesquels Ali se mit à suivre le mollah, Javad décida de ne plus le lâcher d'une semelle dans la maison.

— Javad, arrête! l'implorait Ali.

Ali était encore un jeune garçon très susceptible à ce moment-là. Il slalomait entre les meubles anciens, accélérait le pas dans le couloir quand il gagnait la cuisine ou le salon, se faufilait entre le fauteuil rouge et le divan, allait s'asseoir sur le lit. Et Javad le suivait à quelques centimètres de distance, en lui marchant pratiquement sur les talons.

— Ce n'est pas ce que tu fais avec ton mollah ? Lui, pourtant, ça ne l'embête pas.

— C'est un guide, il est normal qu'il marche devant moi. Il m'apprend.

— Des bêtises. Tu t'es fondu le cerveau à force de prier.

— Javad, arrête.

— Tu devrais réfléchir avec ta tête, Ali. Réfléchir avec ta tête. Et s'il te plaît, rase-toi la barbe. Je ne supporte pas de te voir comme ça. Tu ne veux pas qu'on te rafraîchisse les joues ?

Chaque fois que Javad le rencontrait, il lui demandait la même chose, en mimant des ciseaux de ses deux doigts. Ali se contentait de répondre par un grognement. Il avait renoncé à fournir des explications raisonnables. Il voulait être comme ça et voilà tout : la barbe et les cheveux courts. Même s'il ne s'agissait encore, en réalité, que d'un duvet clairsemé et incolore.

Javad avait pris l'habitude de faire ce même geste aussi avec les mollahs qu'il croisait dans la rue – qui en vérité ne s'en apercevaient même pas. Derrière leur dos, il rapprochait son pouce et son index en signe de mépris. Ils l'énervaient, non les mollahs en tant que tels, même s'il ne les aimait pas ; ce qu'il détestait, c'était leur barbe. Il était exaspéré par ces longs attributs grisâtres et sales, hirsutes, toujours les mêmes sur toutes les figures. Quand il voyait une barbe, il avait envie de l'arracher. Pour résister à cette tentation, il avait inventé ce geste avec ses doigts, cette imitation des ciseaux qu'il faisait sans rien dire. Il s'imaginait ainsi en train de la couper, ce qui apaisait son envie instinctive de tout arracher.

Mais une nuit, cédant à son impétuosité habituelle, il décida qu'il allait s'en occuper lui-même puisque Ali ne voulait pas se décider. Il l'entendit qui rentrait, se déshabillait, se couchait. Javad se tint immobile dans le noir jusqu'à ce que lui parvienne la respiration lourde et régulière de son frère. Il se rendit dans la cuisine, ouvrit le tiroir et y prit les ciseaux sans faire le moindre bruit. Toujours à pas de loup, il s'approcha du lit, s'agenouilla et vint tout près, un centimètre après l'autre. Mais alors qu'il levait les ciseaux, un os de son genou émit un craquement sec et aigu. Ali ouvrit les yeux et poussa un cri.

— Qu'est-ce qui se passe? s'exclama Simin en se précipitant comme autrefois, quand ses garçons étaient petits et qu'ils avaient fait un mauvais rêve.

— Il veut me tuer!

Ali se dressa sur ses jambes, en sueur. Javad resta accroupi, humilié par l'échec de son plan; il secouait la tête d'un air indigné face à une accusation aussi absurde.

— Je voulais juste lui rafraîchir le poil. C'est dégoûtant, cette barbe. Elle pue. On la sent dès qu'on passe la porte.

Pari, accourue elle aussi, éclata de rire. Simin la gifla.

— *Maman*, pleurnicha Pari, plus stupéfaite que blessée.

Les deux frères s'envoyèrent des claques. Simin les fixait, trop furieuse pour pouvoir parler. C'est pour ça qu'on la réveillait en pleine nuit, pour ça qu'on lui faisait une peur bleue !

Elle retourna dans son lit, repensant à l'époque où ils étaient petits, quand il lui suffisait, pour apaiser leur chagrin, de les prendre dans ses bras, de les caresser et de leur dire à voix basse que ce n'était rien. Désormais, elle se sentait impuissante. Quelle mère supporterait de trouver un de ses fils en train de menacer son frère avec des ciseaux ?

10

Allah akbar

Tout le monde le savait, le Shah était gravement malade. Les médicaments destinés à maintenir la tumeur sous contrôle lui brouillaient l'esprit, et il semblait incapable de prendre la moindre initiative alors même que le pays se révoltait. Il remplaçait ses collaborateurs, acceptait toutes les requêtes, puis faisait tirer sur la foule. Il n'avait pas de ligne claire. Ses officiers ne savaient quels ordres exécuter. Même les États-Unis paraissaient avoir abandonné l'Iran à son destin.

Pendant ce temps, les protestations allaient croissant, les manifestations se faisaient imposantes, les grèves se développaient à l'échelon national et les indécis de la veille descendaient à leur tour dans la rue. À l'autre bout du monde, la voix de l'ayatollah Khomeyni portait le seul cri derrière lequel pouvaient se rassembler tous les drapeaux : "Dehors le Shah !"

Dans une tentative désespérée pour reconquérir la confiance de son peuple, Mohammad Reza intervint à la radio et à la télévision. Il avait entendu la voix de la révolution, disait-il, et nommait Shapour Bakhtiar Premier ministre. Ce dernier, dans le but d'endiguer la tempête, promit de suspendre la loi martiale et conseilla au souverain de quitter provisoirement le pays. Les États-Unis eux-mêmes appuyèrent cette solution par l'intermédiaire de leur ambassadeur, William H. Sullivan. Quand le message lui fut transmis, Mohammad Reza réagit par ces mots :

— Très bien, mais pour aller où ?

Les Américains, ses alliés de naguère, ne voulaient pas se compromettre, de peur de s'attirer l'hostilité des révolutionnaires et de les pousser à une alliance avec l'Union soviétique.

À la mi-janvier, le souverain s'envola pour l'Égypte où l'attendait le président Anouar el-Sadate. Au cours des mois suivants, il alla d'un pays à l'autre, mais sa tumeur, qui était grave, exigeait des soins sophistiqués. Finalement, le président américain, Jimmy Carter, accepta de l'accueillir aux États-Unis comme citoyen en visite privée le 22 octobre 1979. Désormais, son état de santé était gravissime. Le Shah quitta les États-Unis pour retourner en Égypte où il mourut le 27 juillet 1980. Son ami Sadate lui fit l'honneur de funérailles nationales.

Les autorités fermèrent les aéroports pour empêcher le retour de Khomeyni mais, le 1er février, l'ayatollah débarqua à Téhéran. Interrogé sur ce qu'il ressentait, il répondit : "*Hiccî*", autrement dit : "Rien." Un mot unique, sec, qui déçut profondément les patriotes. Quelqu'un justifia cette réaction en lui attribuant une signification ironique. Mais la multitude accueillit l'ayatollah comme le libérateur. Ceux qui, comme moi, ne réussirent pas à rejoindre l'aéroport pour le saluer regardèrent l'événement historique à la télévision. Le 12 février, les forces armées passèrent dans son camp.

À 9 heures précises, des mois durant, religieux et communistes, intellectuels et illettrés grimpèrent sur le toit de leur maison pour crier : “*Allah akbar*”, “Allah est grand”, comme le recommandait Khomeyni. Le cri qui résonnait dans la clarté du soir, circulant d’un immeuble à l’autre, d’une maison à l’autre, exprimait un fervent délire d’attente et d’espérance. Qu’allait devenir notre Iran bien-aimé ? Nul ne le savait, mais l’avenir nous paraissait chargé de promesses.

Khomeyni profita de la faiblesse du gouvernement de transition pour renforcer le pouvoir des religieux et s’entourer d’une équipe sûre, composée des plus fidèles. Il s’empara des richesses des Pahlavi et s’en servit pour entretenir les *Pasdaran,* les nouveaux gardiens de la Révolution, qui devaient épauler l’armée. Les 30 et 31 mars, la population fut consultée par référendum et la République islamique approuvée par un vote improbable : 98 % des voix. Khomeyni fut nommé Guide suprême et prit en peu de temps le contrôle du pays.

La nouvelle Constitution confiait le sort de l’Iran à un petit nombre de personnes. Depuis lors, la situation est demeurée quasi inchangée. Le Guide suprême, un représentant religieux, détient de fait les pouvoirs législatif, judiciaire et exécutif. Il n’est responsable ni devant le Parlement, ni devant les électeurs ou quelque institution que ce soit, même s’il est établi par l’article 5 qu’il doit être reconnu par le peuple à une large majorité. En fait, c’est au Conseil du discernement de le nommer – un organe composé d’un groupe de représentants religieux élus par le peuple, choisis dans une liste dressée par le Conseil des gardiens de la révolution.

Le Conseil des gardiens détient un énorme pouvoir. Les membres du Parlement ou le président de la République ne peuvent être élus qu'avec son approbation ; en outre, il peut exercer un droit de veto sur les lois approuvées par le Parlement, s'il juge qu'elles violent la Constitution ou les principes islamiques. Étant donné qu'il y a toujours chez les musulmans des divergences d'opinion sur les principes fondamentaux de l'islam, il est facile au Conseil des gardiens de rejeter les lois qui le dérangent un tant soit peu. Il ne faut pas s'étonner qu'une organisation constitutionnelle à ce point blindée et autoproclamée n'ait introduit aucune démocratie en Iran, et que la République islamique ait tué tous les rêves de liberté.

Et sûrement pas au sens figuré ! Le nouveau régime voulut faire place nette parmi les opposants, les rivaux et même ses anciens alliés. Il commença par faire fusiller les représentants du gouvernement précédent, au terme de procès sommaires qui ne respectaient même pas les droits les plus élémentaires des accusés, sans parler de ceux de la défense. La radio, les journaux et la télévision donnaient chaque jour un retentissant écho à ces lâches homicides, comme s'il s'agissait d'une œuvre méritoire. Puis vint le tour des Kurdes : prenant prétexte de la revendication sécessionniste du Kurdistan iranien, Khomeyni condamna à mort des centaines de personnes. Affront suprême, il demanda le remboursement des projectiles aux familles qui voulaient que le corps leur soit rendu pour l'inhumation. Enfin, les organisations marxistes furent frappées. D'abord le Mojahedin-e Khalgh qui avait commis l'imprudence d'opter pour la lutte armée, ensuite les membres du Tudeh et des autres partis de gauche.

Parmi les premières mesures du nouveau gouvernement de la République islamique pour amorcer le virage tant attendu en Iran, figurèrent la légalisation de la polygynie et l'obligation de porter le voile.

*

Le seul à se réjouir de ces changements fut Ali. Ses frères avaient perdu. Et Pari également. Quand nous avions encore foi en la Révolution et que nous chantions les louanges de Khomeyni, Pari était la seule à dire avec une authentique prescience : "Vous verrez que la situation ne s'améliorera pas. Ils nous supprimeront même les dernières gouttes d'alcool auxquelles nous avons encore droit."

Ali, lui, croyait toucher à son rêve : Khomeyni avait instauré la *velayat-e faqih*, le "gouvernement du jurisconsulte", de l'expert en droit – en droit islamique évidemment. Car c'était de fait le gouvernement du clergé, le seul selon Ali qui fût légitimé par Allah et non par les hommes. Désormais, les *fuqaha* étaient donc au pouvoir, ces virtuoses du droit islamique qui allaient bientôt transformer l'Iran en un îlot d'ordre et de moralité. L'ayatollah exporterait sa philosophie politique et réunirait tous les pays musulmans sous sa bannière au sein des États-Unis islamiques. La troisième superpuissance était sur le point de naître, autonome et indépendante, neuve et invincible. La seule crainte d'Ali, c'était que l'ayatollah ne vive pas assez longtemps pour accomplir ces projets grandioses, et son principal souci était de s'informer tous les matins de la santé du Guide.

Pour atteindre ses objectifs, Khomeyni appuya les moudjahiddines afghans dans leur révolte contre le gouvernement socialiste. L'Union soviétique envoya des troupes afin de prévenir le renversement du régime, et les moudjahiddines persécutés serrèrent les rangs jusqu'à devenir le plus redoutable des groupes islamiques. Non encore satisfait, l'ayatollah soutint la fondation du Hezbollah dans le but de coopter les chiites libanais.

Tout cela n'était que le début du rêve d'Ali. Et d'innombrables cauchemars pour le monde entier.

*

Son mollah était un vieil ami de Khomeyni ; aussitôt la République proclamée, il obtint le poste de procureur général. Ce petit bonhomme, qui la veille encore allait dans les maisons réciter les prières et vivait de la charité, occupait maintenant une charge au sein de la justice. Et il n'avait même pas étudié les lois ; il n'avait peut-être même pas de diplôme. J'étais écœurée.

Avant lui, le poste était occupé par un de mes anciens professeurs de jurisprudence, un homme âgé, doté d'une grande expérience, regardé par tous avec un immense respect. Étudiante, j'avais souvent collaboré avec lui ; je l'avais aidé dans la rédaction des arrêtés et des articles. Docteur en philosophie, en droit et en économie, il enseignait à l'université, écrivait sur les fondements du droit et connaissait à la perfection l'anglais comme le français. En dépit de sa fonction, il menait une vie simple, preuve qu'il était intègre. Il conduisait lui-même sa vieille Peykan de fabrication iranienne ; le nouveau procureur, lui, se déplaçait en véhicule blindé de marque étrangère, escorté par une vingtaine de *Pasdaran*, comme si l'on était en guerre. À ses côtés se trouvait toujours Ali.

Le nouveau procureur se donnait beaucoup de mal pour montrer l'importance de son rôle et la portée des changements en cours. Il procédait à des inspections dans les administrations, où il se penchait sur des dossiers auxquels il ne comprenait rien, pour le simple plaisir de donner des ordres. Je le rencontrai quelques mois plus tard, dans le plein exercice de ses fonctions.

J'avais été récemment révoquée de mon poste de juge pour la seule faute que je ne pouvais effacer : celle d'être une femme. Avec ma licence, mon doctorat et mes dix ans d'expérience professionnelle, on m'avait rétrogradée au niveau d'une simple employée. Un jour, alors que je travaillais dans le bureau qui me tenait lieu d'exil, une collègue m'avertit que le procureur général arrivait pour une visite surprise. Juges, fonctionnaires et simples commissionnaires étaient convoqués en salle de prière.

Chaque fois que j'entendais prononcer cette expression, j'éclatais de rire. À l'époque du Shah, c'était la salle de conférences. On s'en servait surtout pour rencontrer les journalistes et recevoir les hôtes de marque. À présent, s'y réunissaient les fidèles inébranlables et tous les jours, à 10 heures, les révolutionnaires rivalisaient d'efforts pour exhiber leur zèle religieux. Ils quittaient leur fauteuil en faisant le plus de bruit possible, se précipitaient dans la salle, laissaient leurs chaussures bien en vue pour être sûrs que leur présence n'avait échappé à personne et s'agenouillaient dans un bel élan. Ils s'inclinaient encore et encore, se frappaient la tête contre le *mohr* comme si un dos courbé était la seule preuve de leur piété. Au bout de dix minutes de ces prières urgentes et ostentatoires, ils commençaient à invectiver le Shah et les États-Unis, criant à gorge déployée leurs slogans rebattus.

Je préférais prier à la maison, en privé. Je n'avais jamais mis les pieds dans cette salle. Je me levai en soupirant et suivis mes collègues. À l'entrée, j'ôtai mes chaussures comme tout le monde. C'était une vaste pièce rectangulaire, éclairée par de grandes fenêtres. Au centre, on avait dressé une estrade à la hâte, avec des fauteuils pour le procureur et sa suite. Devant l'estrade, du côté droit, s'alignaient en bon ordre les sièges pour les hommes ; à gauche se trouvaient ceux des femmes.

J'allai m'asseoir. J'étais dégoûtée. Je pensais à l'apartheid en Afrique du Sud, à la ségrégation raciale aux États-Unis. Pour la première fois, je compris ce que signifiait être Noir.

Tandis que mes collègues prenaient place, je commençai à être saisie de nausées. L'hygiène, pour quelque mystérieuse raison, était considérée comme contre-révolutionnaire. Parfums et déodorants étaient scandaleux. À cette époque, plus vous étiez sale, plus vous étiez reconnu comme un bon partisan de la République et de l'islam. L'odeur de pied et de sueur rance empestait l'atmosphère et la rendait irrespirable. Je me demandai combien de temps j'allais pouvoir tenir.

Malheureusement, le procureur se fit attendre plus d'une demi-heure. Nous entendîmes claquer les portières de quatre ou cinq voitures, puis le pas lourd des souliers militaires le long des couloirs déserts. Enfin, le procureur fit son entrée triomphale. Il apparut en saluant d'un geste plutôt hautain et se hissa sur l'estrade. Les gardiens formèrent un demi-cercle derrière lui. Deux d'entre eux restèrent à l'entrée, brandissant leur fusil. Le procureur se leva en bombant son maigre torse. Dans cette attitude imposante, le petit personnage gracile semblait une caricature de lui-même. Je songeai que j'allais raconter tout ça à Pari le soir même.

Il entreprit de vanter les mérites du nouveau gouvernement et récita une fois de plus la liste des grandioses promesses de l'ayatollah, si souvent entendues. Tous les deux ou trois mots, il glissait dans sa phrase un *inch Allah* de bon augure, comme une formule magique. Il gardait obstinément les yeux tournés du côté des hommes, autant pour ne pas se laisser corrompre que parce que les femmes ne méritaient pas ses paroles de grâce.

Après les louanges, vinrent les menaces ; l'époque du Shah était révolue, les criminels et les incroyants devaient disparaître. Il était du devoir de tout bon Iranien de se dévouer à son pays et de gagner, *inch Allah*, une place au paradis. Qui refuserait d'obéir serait licencié.

En moi, écœurement et indignation grandissaient de pair. Mais ce qui me fit vraiment mal, ce fut de voir Ali auprès de cet homme, approuvant avec vigueur chacune de ses affirmations abjectes.

11

Un mariage sans *nabat*

— *Maman*, tu voulais tellement que je me marie. Eh bien ! voici ta belle-fille, Fariba.

— Bonjour, dit Fariba, intimidée.

Simin demeura immobile durant quelques secondes. Puis elle salua Fariba avec un filet de voix.

— Javad ne m'avait rien dit. C'est un peu bizarre, j'ignorais jusqu'à aujourd'hui que j'avais une belle-fille, lui lança-t-elle en la fixant.

La désapprobation se lisait sur son visage.

Javad poussa Fariba vers le couloir et la guida jusqu'au salon où Pari lisait un livre, étendue sur le divan. Il ralentit, afin de se ménager une entrée par surprise. Il s'approcha d'elle de ce pas feutré dont il usait pour ses meilleures farces et lui lança soudainement, d'une seule traite :

— Ma sœur, je te présente ma femme !

— Tu es devenu fou? Tu m'as fait peur ! Mais comment es-tu entré ? Par la fenêtre ?

Pari, qui avait bondi sur ses pieds, secouait ses cheveux comme pour chasser la frayeur. Elle observa attentivement son frère en se demandant si c'était sérieux.

Javad sourit d'un air amusé et se tourna vers Fariba, une fille maigre et menue, plantée au milieu du salon, qui se tordait nerveusement les mains. D'abord Pari la toisa. Puis, se rendant compte qu'elle restait là à la regarder sans un mot, elle s'approcha d'elle avec une expression chaleureuse.

— Salut ! Quel plaisir de faire ta connaissance ! Incroyable, que mon frère ait trouvé quelqu'un qui le supporte !

Et, dans son élan, elle embrassa Fariba.

Elle me donna rendez-vous l'après-midi même ; elle tenait à me raconter la lumineuse idée de son frère.

— Une femme, comme ça, comme si de rien n'était, sans prévenir personne. Comment a-t-il pu ? Il savait que maman le prendrait mal. Elle s'est enfermée dans sa cuisine et on ne l'a plus revue pendant deux heures. Je l'ai trouvée qui buvait son thé et mangeait des petits gâteaux les yeux fixés sur la fenêtre. Elle parlait toute seule. J'ai eu toutes les peines du monde à la convaincre de revenir dans le salon.

— Elle a déjà fait la paix avec Javad ? demandai-je, curieuse.

— Pas encore. Mais ça arrivera. Elle rouspète, elle rouspète, mais à la fin elle pardonne toujours, surtout à Javad. Et puis qu'est-ce que ça peut faire ? Il est marié, maintenant. La belle-fille, c'est elle. Inutile de commencer à se disputer tout de suite. Pour ça, on a bien le temps, conclut Pari en me lançant un clin d'œil.

— Mais Javad, il la connaît depuis longtemps ?

— Ça date de son retour à Téhéran. Un ou deux mois, pas plus.

— Je n'arrive pas à le croire. Javad s'est vraiment marié aussi vite ? dis-je.

À présent, je me mêlais de l'affaire. Pari acquiesça en tournant mécaniquement sa cuillère dans sa tasse de thé.

— Je te crois, que Simin doit être furieuse ! m'emportai-je.

— Ce n'est pas qu'elle voulait choisir elle-même la femme de Javad. Mais être prévenue, oui. Faire connaissance avec la fille, se renseigner sur sa famille, faire les choses dans les règles, avec une belle cérémonie comme pour Abbas. Je jurerais qu'elle avait déjà décidé le repas qu'elle voulait préparer. Et voilà, le parti lui a encore volé la possibilité de gâter son fils. Je crois qu'elle se sent coupable envers notre père, ajouta-t-elle. Depuis qu'il est mort, mes frères se sont éloignés. Ils se sont retranchés dans des positions différentes, et maintenant ils ne parviennent même plus à rester cinq minutes dans la même pièce sans se disputer. C'est comme si… oui, voilà, c'est comme si chacun s'était enfermé dans une cage dorée, une belle cage certes, solide, sûre comme n'importe quelle idéologie, mais une cage néanmoins, qui les empêche de regarder à l'extérieur et de communiquer avec les autres.

Pari secoua la tête.

— Si notre père était encore en vie, reprit-elle, il saurait peut-être comment aplanir leurs divergences. *Maman* n'en est pas capable, et ça la culpabilise.

Je perçus une tonalité triste, inhabituelle dans la voix de mon amie ordinairement si spontanée et si prompte à dédramatiser. Vite, j'essayai de lui changer les idées :

— Quels sont les projets de Javad et de sa femme ?

— La semaine prochaine, ils s'installent dans leur appartement.

— Elle, Fariba, comment tu la trouves ?

— Hum… Elle n'a pas l'air trop mal, dit-elle d'une voix contrainte. Elle est agréable. Un peu timide, d'accord. Mais gentille. Calme. *Maman* dit qu'avec des hanches aussi étroites, elle aura du mal à avoir des enfants, mais dans quelques jours elle n'y pensera même plus. Sûr qu'on aurait pu tomber sur pire, conclut Pari avec une pointe d'optimisme.

Mais moi qui la connaissais bien, je sentais qu'elle se forçait ; je percevais une discordance entre ses paroles et ses pensées. C'est seulement au moment de partir qu'elle donna libre cours à ses sentiments :

— Tu vas me trouver idiote mais, au début, elle m'a fait peur, m'avoua-t-elle à voix basse.

Elle avait l'air coupable de celle qui confesse une lubie honteuse. D'ailleurs elle se dépêcha de lever les mains devant moi pour protester d'avance :

— Ne me fais pas dire ce que je n'ai pas dit. Ne t'imagine pas que je joue les sœurs jalouses et hyperprotectrices. Mais… Dès que je l'ai vue, avec son chemisier blanc, quasi phosphorescent dans la pénombre, avec ses cheveux très noirs, j'ai pensé à une créature maléfique. Ça doit être un effet d'éclairage, je ne sais pas. C'est peut-être parce qu'elle est petite et silencieuse comme un spectre, mais c'était tellement peu naturel de la voir comme ça, immobile au milieu de la pièce…

Je considérai Pari avec surprise. Cela ne lui ressemblait pas de se laisser gagner par des superstitions bizarres.

Elle ajouta un peu honteuse :

— Tu crois que je suis en train de devenir une belle-sœur aigrie ?

*

— Shirin *joon*, où sont les fleurs ? me demanda ma mère.

— Je ne les ai pas prises, *maman*, tu sais bien que Javad estime que ce sont des coutumes bourgeoises. Tu veux qu'il nous fasse une scène ? répondis-je avec impatience.

— Qu'il essaie ! S'il ne veut pas de fleurs, ce sera pour Simin ; ça lui fera plaisir de voir que nous, au moins, nous respectons les traditions.

Après que ma mère eut balayé ainsi toutes mes objections, je choisis de prendre un bouquet de lys.

Simin, qui ne s'était pas résignée à un mariage impromptu, s'était hâtée d'organiser une petite fête pour présenter Fariba aux parents et aux amis. C'est Javad qui vint nous ouvrir, en jean et T-shirt, comme toujours. Je lui donnai les fleurs sans lui laisser le temps de dire un mot :

— Tiens. Et le bourgeois, c'est toi !

Il éclata de rire.

— Viens, Fariba. Que je te présente le cerbère dont je t'ai parlé.

Il faisait allusion aux sempiternelles discussions de notre adolescence. Dès qu'il s'était mis à lire les brochures du Tudeh, il était devenu un de ces gamins prétentieux qui adorent polémiquer du haut de leur science politique. Bien que superficiel, son savoir dépassait de loin celui de ses amis, et le mien, à une époque où je ne me souciais guère de partis et d'idéologie. Cela dit, comme je ne supportais pas le ton pédant qu'il employait, j'avais fini par apprendre à lui clouer le bec et à le mettre en difficulté avec un certain plaisir.

Fariba se tenait droite à ses côtés. Elle était menue, comme disait Pari. Elle devait avoir à peu près le même âge que Javad, mais sa petite figure ronde et le teint clair de sa peau lui donnaient une expression enfantine qui évoquait celle d'une fillette. Elle portait un jean et un simple chemisier blanc qui faisait ressortir sa longue chevelure noire. Elle était jolie, oui, et un peu inquiétante en effet. Je m'adressai secrètement des reproches : j'étais en train de me laisser influencer par les étranges impressions dont mon amie était la proie.

Fariba me salua avec politesse, en affichant un sourire timide, puis elle suivit Javad dans le salon. Simin s'était surpassée, tout l'espace était envahi par des brochettes de viande, des coupes de yaourt et de riz saupoudré de safran, des variétés de *khoresh* et des plateaux de pâtisseries. Il y avait cependant bien peu d'invités sur le divan et les tabourets. Tout juste quelques vieux amis et les parents les plus proches. Abbas et les siens n'étaient pas là. Ali se tenait à l'écart, assis sur le bord d'une chaise.

Voyant qu'il était sur les charbons ardents, Javad s'empressa de lui envoyer des piques.

— Eh! Ali, Qu'est-ce que tu as fait de ton mollah?

Comme Ali ne répondait rien, il poursuivit :

— Quand est-ce que vous allez venir nous voir, toi et ta barbe? Non, il ne vaut mieux pas. Viens plutôt tout seul. Pas de barbiche de chèvre sale dans ma maison.

Ali reposa son verre de liqueur de cerise et s'éloigna avec lassitude, pendant que Javad embrassait Fariba.

Avec ma mère, nous profitâmes de cet instant de silence pour aller dans la cuisine retrouver Simin. Elle s'essuya les mains à son tablier et nous prit dans ses bras. Elle n'attendait que cette occasion d'ouvrir son cœur.

— Vous avez fait connaissance de ma belle-fille? Une fille comme il faut, non? Même si une Iranienne honnête ne se marierait jamais comme ça, en cachette. La pauvre petite. Elle aura accepté ça pour contenter Javad. Il a agi à sa guise, vous vous rendez compte? Sans me parler de rien.

Simin secouait la tête d'un air exaspéré et laissait libre cours à ses paroles, changeant de sujet au gré du vagabondage désordonné de ses pensées.

— Vous avez vu le peu de monde qui est venu? Ils sont tous fâchés parce que nous n'avons rien dit à personne. Mais j'avais trop honte pour expliquer que nous n'avions même pas eu droit au *khastegari*, la demande dans les formes. Ces deux-là ont tout organisé sans cérémonie, qu'Allah les protège. Javad ne lui a même pas offert le Coran et les pièces d'or. Et le *nabat*! Comment peut-on se lancer dans la vie commune sans les cristaux de sucre? Le mariage, je n'ose même pas y penser. Connaissant Javad, ce serait déjà beaucoup si je pouvais être sûre qu'il y a eu un mollah.

Laissant ma mère consoler Simin, je rejoignis les autres dans le salon. Pari faisait tous ses efforts pour entretenir la conversation, mais même ses plaisanteries tombaient à plat.

*

Peut-être Simin avait-elle vu juste; au bout de trois années seulement, le mariage de Fariba et de Javad partit à vau-l'eau.

Je les rencontrai à l'enterrement de Nader, le frère de Hossein. Il était mort d'un infarctus pendant la prière. Tout juste un mois plus tôt, Morad, son fils unique, avait été exécuté pour avoir collaboré avec l'organisation des *Mojaheddine Khalgh*, les "Combattants du Peuple", des extrémistes religieux fidèles aux principes marxistes et opposés au gouvernement du clergé. Aussitôt installée au pouvoir, la République islamique ordonna une épuration de masse et, en 1981, essaya d'éliminer tous les membres du parti. En pleine guerre, les moudjahiddines s'allièrent avec l'Irak de Saddam Hussein. C'était s'attirer en plus l'hostilité du peuple, et signer leur propre condamnation.

Le nouveau régime n'avait pas donné d'autorisation pour que fût célébré le rite funéraire de Morad, de sorte que l'enterrement de Nader servit d'occasion pour commémorer aussi la mémoire du fils. La mosquée était bondée ; dehors s'alignait un imposant cordon de *Pasdaran* et d'agents de police prêts à tout interrompre au moindre désordre.

Je me faufilai pour assister au rituel. À quelques mètres de distance, parmi les membres de la famille, j'aperçus Simin et ses enfants. Une file de gens s'avançait dans cette direction pour aller présenter leurs condoléances aux parents. Visages d'hommes connus, visages de femmes sur lesquels je renonçai à mettre un nom, car elles étaient enveloppées sous le voile traditionnel. À la mosquée, les femmes doivent obligatoirement porter un *maghnae,* un ample capuchon qui dissimule entièrement les cheveux, ainsi qu'une longue cape appelée *rupush*, ou bien le tchador. Non loin de Pari, était assise une femme qui baissait la tête et semblait résolue à garder les yeux fixés sur le sol. Elle avait revêtu un tchador qui lui couvrait entièrement le corps. On disait : "Voilée par conviction et non par la contrainte." On devinait seulement que c'était une femme de petite taille mais, sous la houppelande immense, il pouvait y avoir n'importe quelle complexion.

*

Lorsque j'accompagnai Pari à la maison pour les condoléances rituelles, je ne pus m'empêcher de lui demander qui était cette femme tellement pénétrée.

— Comment, tu n'es pas au courant? C'est Fariba.

— Depuis quand a-t-elle changé comme ça?

— C'est sa sœur qui lui a fait un lavage de cerveau. Elle était *mojahed*. Quand elle est sortie de prison, elle l'a manipulée tout doucement. Maintenant, Fariba prie plusieurs fois par jour, pratique le jeûne du ramadan, fréquente les réunions de son groupe et regarde ses anciens amis de haut…

— Même Javad? l'interrompis-je brusquement, incapable de retenir plus longtemps la question qui me brûlait la langue.

— Oui, même moi, Shirin *joon*, dit Javad dans mon dos. Elle m'a fait savoir qu'elle était *haram* pour moi, autrement dit interdite. Une femme interdite à son propre mari, tu as déjà vu ça?

Il s'efforçait d'employer ce ton moqueur qui lui était habituel, mais je percevais une tension dans sa voix.

Ali, qui venait d'arriver, sauta sur l'occasion :

— C'est vraiment une grande œuvre d'Allah, qu'une militante ait tourné le dos à l'aveuglement des incroyants pour s'engager sur une voie meilleure et servir le peuple iranien. Cela te sera peut-être bénéfique, Javad, d'avoir à tes côtés une vraie musulmane.

Pari regarda son jeune frère d'un œil désapprobateur, certaine que ce genre de propos ne déboucheraient sur rien de bon.

— Ça ne me fera sûrement aucun bien d'avoir une femme rétrograde et vieux jeu. On se dispute sans arrêt.

— Javad, tu n'as vraiment pas de chance. Moi qui pensais que le mariage, et pourquoi pas des enfants, t'apporteraient une vie plus heureuse, plus tranquille, dit Simin, compréhensive. Au contraire…

Ali allait intervenir mais Javad ne lui en laissa pas le temps.

— Pas un mot, ou je te frappe.

— Javad !

— *Maman*, ne te mêle pas de ça. Je ne vais pas lui taper dessus. Mais qu'il essaie de me dire que ce que fait Fariba est bien, et je ne sais pas si je pourrai résister.

— Pour l'amour de Dieu, Ali ! Laisse ton frère tranquille. Peu importe vos opinions ! Ça se voit qu'il n'est pas heureux en mariage, et j'entends m'occuper seulement des questions familiales. La politique ne m'a jamais intéressée. Et je n'en peux plus de vos disputes.

Pari ne parvint pas à prononcer un mot. Elle aussi détestait voir ses frères se quereller. Ali et Javad, Javad et Abbas – ils se bagarraient sans cesse, surtout depuis la Révolution, et il n'y avait pas moyen de les arrêter. Quand ils commençaient, Pari n'intervenait pas. Elle évitait pratiquement de se montrer. Elle s'asseyait au bord du lit et se répétait sans interruption : "Fais qu'ils arrêtent ! Fais qu'ils arrêtent !" À présent, elle se répétait encore sa formule magique : il était déjà arrivé que ça fonctionne.

— Mon chéri, tu es si malheureux. Ne t'en prends pas à Ali pour ses idées.

— Je ne m'en prends pas à Ali, je m'en prends à tous ces rétrogrades qui ont fait subir un lavage de cerveau à Fariba. Il a fallu que je tombe sur une femme extrémiste ! Moi, le responsable culturel de mon mouvement politique ! J'ai honte quand je la vois prier.

Ali agitait la tête ; il la penchait à droite puis à gauche, comme s'il voulait la détacher de son cou. Il n'essayait même pas de dissimuler son sourire.

— Tâche d'avoir un peu de patience, Javad, et rappelle-toi que ta mère sera toujours là pour t'aider, tant que ce sera possible, dit Simin.

— Merci, même si tu ne peux pas faire grand-chose quand Fariba me traite d'hypocrite et de traître. Et vraiment je n'arrive pas à comprendre qu'elle ait pu trahir nos idéaux, notre mouvement, nos camarades. Je suis fatigué de lutter jusque chez moi. Je n'y remettrai plus les pieds.

Simin fit signe à ses fils de baisser le ton. Elle avait vu venir le lourd tchador qui dissimulait Fariba.

— Je l'avais bien dit. Un mariage sans *nabat*, ce n'est pas un bon début.

12

Une *pagosha* révolutionnaire

Dès que ses fils commencèrent à grandir, Simin ne fit que rêver, envisager et préparer leur mariage. Non qu'elle prétendît choisir elle-même leurs épouses, mais elle s'était attendue à être consultée, puis à accueillir sa nouvelle belle-fille avec le sourire. *"Mobarak bashe"*, lui aurait-elle dit. Elle l'aurait félicitée, puis embrassée. Elle ne se serait pas mêlée du choix du trousseau, et aurait approuvé tous les achats de sa belle-fille en matière de verres, de plateaux, de couvertures et de casseroles. Enfin, elle aurait peut-être eu son mot à dire sur la question des casseroles, en tant que cuisinière renommée... Mais c'est elle, à coup sûr, qui aurait préparé les gâteaux aux amandes, aux pistaches, au riz et au miel destinés à la première cérémonie nuptiale. Elle avait imaginé une réception grandiose, dans un jardin semblable à celui qu'elle avait dans sa maison d'autrefois, à Abbas Abad, avec des fleurs partout. Et elle se serait chargée de préparer elle-même, en se surpassant, le dîner plus intime, celui des proches parents.

Elle avait fini depuis longtemps de recopier ses recettes secrètes dans les trois petits cahiers reliés à couverture de peau qu'elle aurait offerts, en cadeau spécial, à ses trois belles-filles, au retour de leur lune de miel.

— Tiens, c'est pour toi. À toi maintenant de prendre soin de mon fils.

Mais seule Touran avait eu le sien. Les deux autres, c'est Pari qui en hérita. Fariba, quand elle était encore proche de Javad, excluait de s'adonner à ces rites bourgeois : en bonne combattante, elle cuisinait peu.

La dernière déception vint d'Ali. Il se choisit pour femme la nièce de son mollah, Mariam, une gamine de moins de seize ans nullement préparée à faire une épouse. Simin se promit à nouveau de lui offrir le cahier de recettes dès qu'elle aurait acquis un peu d'expérience, mais l'occasion ne devait jamais se présenter.

Le principal désir exprimé par Ali pour son mariage fut que le *khotbeh-ye aghd*, le sermon du mollah durant la cérémonie, soit lu par Khomeyni. Le procureur général, oncle de la mariée, intervint auprès de son vieil ami, et c'est l'ayatollah en personne qui présida aux noces.

Néanmoins, pour des raisons de sécurité, il fallait une cérémonie discrète. N'y participèrent que les parents des mariés et l'oncle de Mariam.

— Même moi, je n'ai pas pu y aller, tu te rends compte? me fit aussitôt remarquer Pari. Mais c'était peut-être mieux ainsi. J'aurais vraiment voulu voir le mariage d'Ali, mais sûrement pas l'ayatollah Khomeyni.

Par respect envers le nouveau régime, son frère avait imposé la plus grande sobriété. Pas de réception, pas de fête et, surtout, pas de déjeuner, ce qui déplut fortement à Simin. On lui permit seulement d'organiser la *pagosha,* la présentation officielle de la mariée aux parents et amis du marié. Ali se montra catégorique :

peu à manger, et des choses simples, car les vrais révolutionnaires haïssaient le gaspillage et le luxe ostentatoire. Sa mère en fut réduite à servir du riz à la vapeur avec un peu de salade, des yaourts et presque pas de viande.

*

Lorsque je me présentai à la réception en l'honneur d'Ali et de Mariam, je trouvai le petit appartement envahi par les invités. Pari vint tout de suite à ma rencontre pour me débarrasser de mon manteau. Je l'enlevai, mais quand je voulus ôter aussi mon foulard, elle me saisit le poignet en chuchotant :

— S'il te plaît, garde-le.

Seulement alors je me rendis compte qu'elle portait elle-même son foulard, bien noué sous le menton pour couvrir ses cheveux. L'obligation de porter le foulard s'appliquait aux lieux publics. D'ordinaire on l'enlevait à la maison ; seules les plus fanatiques ne l'ôtaient jamais.

Je remis le mien. Pari haussa les épaules.

— Excuse-moi, dit-elle.

Et elle me prit par le bras pour m'entraîner dans le salon. La pièce, vidée pour l'occasion de ses meubles les plus encombrants, accueillait en son centre la vieille table du *korsi* nettoyée et astiquée ; on y avait disposé les rafraîchissements de Simin, un buffet beaucoup plus modeste qu'elle ne l'aurait voulu. Deux rangées de chaises étaient réservées aux hommes ; même chose en face pour les femmes qui presque toutes portaient le tchador, à part quelques cousines d'Ali qui se contentaient du foulard. Cette vision me fit suffoquer.

— Je sais ce que tu penses, me dit Pari à voix basse. Je t'en prie, assieds-toi et endure. Dès que je pourrai me libérer, on ira bavarder toutes les deux.

Je m'installai dans un coin tranquille et je me demandai au bout de combien de temps j'allais pouvoir filer sans paraître malpolie. Les hommes poursuivaient une discussion animée. Les femmes restaient assises en silence, les yeux fixés sur le plancher. L'une d'elles, parfois, osait se pencher vers sa voisine et lui murmurer un mot à l'oreille.

Ali, debout au milieu du salon, prêtait une oreille attentive aux propos de son mollah. Il avait toujours les cheveux très courts, mais sa barbe, qui avait poussé de façon informe, recouvrait ses joues creuses. Son visage se faisait plus dur à présent, et ses yeux exprimaient constamment la sévérité. Il avait beau se donner des airs adultes, on voyait qu'il n'avait que dix-huit ans. Le trahissaient ses épaules étroites, ses mains encore molles et cette attitude complaisante, quasi infantile, qu'il adoptait quand il se tournait vers le mollah.

Au mur, on avait accroché une grande photo du mariage. Le photographe avait saisi l'ayatollah Khomeyni en train de lire le *khotbeh-ye aghd*, tandis que les jeunes gens apparaissaient au second plan. La mariée portait un vêtement tout simple, sans prétention.

Je la cherchai parmi les invités et l'aperçus assise à l'écart, désorientée par tant d'agitation et de dérangement. Elle avait un visage rond et de petites lèvres en forme de cœur qui se fronçaient et grimaçaient toutes seules dès qu'on lui adressait la parole. Quand elle souriait, deux fossettes lui perçaient les joues. Simin, passant à côté d'elle, lui donna une pichenette affectueuse. Ce geste suffit à me faire comprendre qu'elle aimait sa jeune belle-fille, en dépit de ses pauvres aptitudes culinaires.

Pari me rejoignit au bout d'une heure.

— Tu peux me donner un coup de main pour débarrasser?

Je la suivis dans la cuisine.

— Excuse mon manque d'hospitalité, mais c'est cette ambiance d'enterrement. Je n'en peux plus!

— Merci de me tirer de là!

Elle se mit à faire du thé.

— Tu as vu la belle-sœur sur laquelle je suis tombée. Téhéran ne manque pourtant pas de filles sympathiques. Il a fallu qu'Ali aille se chercher une femme dans les familles les plus fanatiques et ignorantes.

Elle qualifiait d' "ignorants" les révolutionnaires, car ils ne savaient pas profiter de la vie, jugeait-elle. Au temps de la Révolution, quand je descendais dans la rue pour aller soutenir Khomeyni, elle m'apostrophait d'un ton sarcastique:

— Tu n'es rien d'autre qu'une ignorante!

Pari était restée fidèle à son projet de ne pas se laisser embarquer dans la politique. Javad avait tenté deux ou trois fois de la traîner à des réunions du Tudeh, mais il s'était entendu répondre qu'elle connaissait de meilleures façons de passer son temps.

Je comprenais maintenant que son attitude n'avait rien de superficiel. C'était au contraire un choix réfléchi, nécessaire si elle voulait garder ses frères, maintenir ce qui subsistait encore du lien familial. Si elle ne voulait pas finir enfermée dans une cage dorée, comme ils l'étaient eux. Son intérêt pour son prochain, Pari l'exprimait d'une autre manière. Après sa spécialisation à Londres, elle avait été engagée comme professeur à l'université de Téhéran. Le matin, elle enseignait et se consacrait à un travail "chic et intellectuel" ; l'après-midi, elle s'occupait d'un petit dispensaire en banlieue. La plupart des patients n'avaient pas les moyens de la payer, pourtant elle n'aurait pas échangé ce travail obscur contre un meilleur emploi en ville.

— Ce que je gagne à l'université me suffit. Qu'est-ce que je ferais avec plus? disait-elle en haussant les épaules.

Et il valait mieux ne pas essayer de lui répondre qu'elle était bonne et généreuse.

Du salon, nous parvint le *salawat*, le chant à la louange d'Allah et du Prophète. Avant la Révolution, on ne l'entonnait qu'à l'occasion des deuils, mais depuis que la musique et les applaudissements étaient interdits, il célébrait également les moments heureux.

— Ouf! Tu as déjà vu une *pagosha* pareille? De vraies funérailles! s'exclama Pari en faisant la grimace. Écoute-moi ça, maintenant ils vont recommencer avec leurs hymnes révolutionnaires. "Ô Khomeyni! symbole d'honneur, martyr de notre idéal!", reprit-elle en singeant les invités.

— Pari, tu es incorrigible, dis-je en me retenant avec peine d'éclater de rire. Ils pourraient t'entendre et s'offenser. En fin de compte, chacun fait la fête à sa guise. Tu penses que tout le monde doit la faire à ta façon?

— Ils peuvent bien chanter le *salawat* tant qu'ils voudront, pour ce que j'en ai à faire. Je voudrais juste pouvoir m'amuser, moi aussi, et à ma manière. Ce sont eux, les révolutionnaires, qui m'empêchent de me conduire comme j'estime qu'il est juste de le faire.

Et comme si ça ne suffisait pas, ils me prennent mon petit frère.

Je voyais mieux à présent la raison de sa mauvaise humeur.

— Ali s'est trouvé un appartement?

— Dans l'immédiat, ils vont avoir une chambre dans sa famille à elle. Jusqu'à ce qu'ils trouvent un petit logement.

— Il ne pouvait pas rester ici?

— *Maman* aurait bien voulu. C'est Ali qui a refusé. Et tu sais quel est le problème? Moi! Mon comportement, ma façon de parler. Ça pourrait heurter la pauvre Mariam. Tu t'imagines un peu?

Il y eut un instant de gêne, que Pari s'efforça de chasser d'un de ses haussements d'épaules caractéristiques.

— Tu sais ce qu'a dit Ali le jour de son mariage? Il a demandé à son saint Khomeyni la permission de donner son prénom à son premier fils. Quel insupportable lèche-cul.

— Qu'a répondu Khomeyni?

— Mieux vaut avoir un âne comme adepte, que tout un village. Il a répondu oui, évidemment. "Je vous le souhaite, *inch Allah*."

— Et ta mère, que pense-t-elle de Mariam? J'ai l'impression qu'elle lui plaît.

— Oui, elle dit que c'est une fille bien. Et puis c'est la nièce du procureur. Il aidera sûrement Ali dans sa carrière. Pour le moment, il l'a nommé enquêteur judiciaire, expliqua-t-elle en me lançant un coup d'œil à la dérobée.

Je sursautai à cette nouvelle. Avec l'expérience qui était la mienne, je devais faire le gratte-papier, et lui devenait enquêteur alors qu'il n'avait jamais ouvert un livre de droit?

— Ali n'est pas formé pour ça. Depuis quand les enquêteurs judiciaires n'ont-ils pas leur capacité en droit ?

— Depuis que les procureurs ne l'ont pas non plus, conclut Pari avec une logique implacable.

13

Sous contrôle

Une première sonnerie, une deuxième, une troisième. Pari courut au téléphone.

— Allô ? Allô ?

Rien. Elle raccrocha.

— Qui était-ce ? demanda Simin de la cuisine.

— Personne.

— Encore ?

Pari ne se donna même pas la peine de répondre. Elle reprit le combiné, composa un numéro puis raccrocha.

— C'est la deuxième fois aujourd'hui, dit-elle en se tournant vers moi. Ça dure comme ça depuis deux mois. Ils appellent deux fois par jour, et ne disent rien. C'est à devenir fou.

— Un plaisantin ? hasardai-je, peu convaincue.

— J'ai peur que non. *Maman* n'en peut plus. Hier, elle a éclaté en larmes en tenant le téléphone. À mon retour du dispensaire, je l'ai trouvée le combiné à la main. Elle est dévorée par l'angoisse.

— Que se passe-t-il, Pari ? Tu sais que tu peux te fier à moi, insistai-je.

Elle prit une profonde inspiration. Elle se laissa glisser sur le divan et étreignit un coussin de soie. Ses lèvres tremblaient. Elle s'efforçait de retenir ses larmes.

Son visage avait la même expression tendue que lors de l'arrestation de son frère. Et quelque chose me disait que c'était pour la même raison.

— C'est au sujet de Javad, n'est-ce pas? avançai-je.

Depuis que le Shah s'était enfui, l'alliance entre nationalistes, communistes et groupes islamistes avait fondu comme neige au soleil. Et depuis que Khomeyni avait pris le pouvoir, il pourchassait un par un tous ceux qui le soutenaient la veille encore. L'épuration visait les ennemis d'Allah et de l'Iran. Les membres du Tudeh, à cette époque, représentaient sa cible principale.

— Oui. Il dit que c'est pareil chez lui, comme chez les parents de Fariba. C'est une nouvelle méthode d'écoute. Ils font sonner, ils attendent que quelqu'un décroche, ils raccrochent.

Ainsi, lors de l'appel suivant, la ligne du correspondant était automatiquement écoutée.

— Il m'a expliqué qu'il fallait tout de suite appeler le central. Comme ça, ils écoutaient la mauvaise ligne.

— Tu en es sûre? Ce n'est pas de l'exagération?

J'avais encore de la peine à croire ce qui se répétait partout sous le manteau.

— C'est ce que j'ai pensé d'abord, moi aussi. Que Javad, vu sa mauvaise expérience, était en train de devenir paranoïaque et se sentait persécuté, comme au temps de la Savak. Mais les appels ont continué. Ils sont trop réguliers. Et tous ses anciens camarades tombent l'un après l'autre. Ceux qui ne sont pas arrêtés disparaissent dans la nature…

Pari n'arrivait plus à parler. De grosses larmes lui glissaient sur les joues et trempaient la soie brune du coussin. J'allai m'asseoir à côté d'elle et je l'embrassai. Je ne l'avais jamais vue aussi vulnérable.

— Excuse-moi, Shirin, c'est que je ne supporte plus cette tension. Rester là, attendre… Tu te rends compte que je suis presque soulagée quand personne ne répond? Chaque fois que le téléphone sonne, je me dis qu'on vient m'informer de l'arrestation de Javad. Ça arrivera tôt ou tard.

Elle essuya ses dernières larmes d'un revers de main et se redressa.

— Toi, qu'est-ce que tu en penses?

— Il ne ferait pas mieux de se rendre? Au fond, dans le Tudeh, il était responsable culturel, rien de plus. Il s'en tirera peut-être avec une petite peine, hasardai-je.

Je savais que le nouveau gouvernement avait ordonné aux membres du parti de se présenter spontanément aux autorités qui, en échange, se montreraient clémentes.

— Non, il n'a pas confiance. Et pour une fois, il a raison. Je n'ai pas envie qu'il finisse dans la descente du Repentir.

Les détenus politiques étaient transférés à la prison d'Evin, au nord de Téhéran. Avant d'y arriver, on descendait une côte très raide ; pour se moquer des contre-révolutionnaires, les gardiens disaient que la plupart d'entre eux se repentaient déjà lors de cette descente, avant même d'avoir franchi l'entrée de la prison.

— Et puis tu le connais, poursuivit-elle, il n'est pas du genre à se repentir. Même s'il finit en prison, il ne trahira pas ses anciens camarades, pas plus qu'il ne reniera ses idées. Y compris sous la torture. Il aimerait mieux mourir. Déjà, avec la Savak, il n'en est pas passé loin.

La Savak, acronyme de *Sazeman-e Ettela'at va Amniyat-e Keshvar* – Organisation nationale pour la sécurité et l'information –, était la police secrète à l'époque du Shah. Officiellement, son rôle était de protéger le pays. En fait, elle pourchassait les activistes politiques qui s'opposaient à la monarchie. Ses prisonniers avaient droit aux électrochocs, aux flagellations, au fer rouge, et parfois on leur arrachait les ongles. Ces méthodes étaient peut-être terribles, elles n'avaient pourtant rien d'original. Les polices secrètes du monde entier y avaient eu recours bien avant la Savak. Mais les *Pasdaran* étaient pires. Convaincus d'agir au nom de l'Iran et d'Allah, ils se sentaient appelés à remplir une mission divine qui leur vaudrait le salut éternel. C'est pourquoi ils ne faisaient preuve d'aucune pitié : ils agissaient au nom d'un "bien" supérieur à des concepts aussi terre à terre que la miséricorde, et torturaient leurs prisonniers avec une cruauté inouïe. Certains pensaient que tuer des infidèles leur ouvrait à coup sûr la porte du paradis. Sans compter le goût âpre et enivrant du pouvoir. La Savak était aussi une organisation militaire bien encadrée, où chacun avait à répondre devant ses supérieurs. Les *Pasdaran* étaient comme des chiens détachés de leur laisse qui ne connaissaient qu'un seul maître : Khomeyni. De sorte que chacun avait la possibilité de construire son propre règne de la terreur sans encadrement hiérarchique.

Tout cela me traversa l'esprit pendant que Pari me parlait, mais je gardai ces réflexions pour moi. Je lui demandai plutôt :

— Javad n'a pas pensé à quitter la ville ?

— Pour aller où ? Téhéran ou ailleurs, c'est la même chose selon lui. La vérité, c'est qu'il ne veut pas abandonner le bateau qui est en train de couler : le parti. Lui et son idéalisme !

Quand Pari me raccompagna à la porte, elle me dit :

— Je t'en prie, tout ce dont je t'ai parlé doit rester entre nous.

Je la regardai fixement, vexée. Comment pouvait-elle mettre ma loyauté en doute ? Mais cela aussi, c'était la faute des *Pasdaran* : ils arrivaient à semer la suspicion même entre les amis et au sein des familles.

*

Javad quitta son appartement en grand secret, résigné à vivre dans la clandestinité. Il n'emporta ni livres ni vêtements, voulant laisser croire qu'il serait de retour sous peu. Fariba déménagea dans sa propre famille en promettant de le rejoindre bientôt, mais toute dévotion à l'égard de son mari s'était dissipée désormais. Pour autant qu'il y en ait jamais eu chez elle. Ce fut seulement plus tard que Pari me révéla la vérité sur leur union : c'était le parti, auquel ils appartenaient tous les deux à l'époque, qui leur avait imposé de se marier, pour qu'ils dirigent ensemble une cellule clandestine. Comme époux, ils n'avaient même pas un regard l'un pour l'autre.

Deux jours après son départ, les *Pasdaran* se présentèrent chez lui et ne le trouvèrent pas. Ils allèrent frapper à la porte de Simin et Pari, et retournèrent tout l'appartement dans l'espoir d'y dénicher un indice. Ils revinrent le lendemain, et le jour d'après aussi, pour fouiller les mêmes endroits.

— Quels imbéciles ! Qu'est-ce qu'ils s'imaginent ? Que mon frère se cache dans le buffet ? disait Pari à bout de nerfs.

Mais tant qu'ils perquisitionnaient, elle était sûre au moins que Javad était libre.

Lui n'envoya jamais de nouvelles, pour éviter de compromettre sa mère et sa sœur. Quand la nostalgie devenait étouffante, il reparaissait à l'improviste, sans prévenir personne. Pendant les quelques semaines qui précédaient ce retour impromptu, il s'était laissé pousser une barbe mal soignée, de façon à ressembler aux fidèles de l'ayatollah.

— Voyez à quoi j'en suis réduit pour pouvoir venir vous voir, disait-il en embrassant sa mère et sa sœur.

Il mena cette vie une année durant, se terrant dans un endroit, puis dans un autre, toujours plus seul. Quand il eut enfin le sentiment que les eaux s'étaient calmées, il retourna chez sa mère. Son mariage avec Fariba était vraiment terminé. Les coups de téléphone ne tardèrent pas à recommencer, inévitable fond sonore d'un drame dont la fin était déjà écrite.

14

Vingt ans en une nuit

Simin et Pari voulaient me voir d'urgence pour une consultation juridique à domicile. J'allai chez elles le lendemain même, alarmée par l'inquiétude qui s'exprimait dans leurs voix.

— Shirin *joon*, c'est vraiment gentil de ta part. Que Dieu te protège, dit Simin en m'accueillant sur le seuil.

Je n'avais pas eu le temps d'appuyer sur la sonnette que la porte s'était déjà ouverte. Elle me fit asseoir dans le salon où m'attendaient trois plateaux couverts de toutes les pâtisseries possibles. Pari apparut avec le thé.

— Comme tu vois, *maman* a fait les choses en grand. Aujourd'hui, tu es une invitée de marque, me dit-elle en me saluant.

Ce ton désinvolte me rassura ; il ne devait pas s'agir de quelque chose de grave.

— Shirin est toujours une invitée de marque, reprit Simin.

— En réalité, *maman* n'arrive pas à rester tranquille. Elle a passé l'après-midi à préparer de la pâte et à la mettre au four. C'est toujours ce qu'elle fait quand elle est nerveuse : de la cuisine. Vu les soucis que Javad nous a donnés dans la dernière période, on ne peut plus fermer le garde-manger tellement il est plein, ricana Pari.

— Quand tu seras mère, tu comprendras, dit Simin pour lui imposer le silence.

— Alors de quoi s'agit-il ? demandai-je, histoire d'en finir avec cette prise de bec.

— Cette fois, il s'agit d'Abbas. Même mon grand frère si posé peut nous donner des soucis. Qui l'aurait cru ? Comme tu le sais, peu avant la Révolution, il a rejoint Borna et Arya en Amérique. Il espérait qu'ils pourraient rentrer tous ensemble avec son Shah, mais ma foi… Bref, il reste en Amérique. Le problème, c'est son appartement. Ils veulent le confisquer, expliqua Pari en me tendant une lettre.

Après la Révolution islamique, une loi avait été promulguée, d'après laquelle il revenait à l'État de gérer les propriétés des citoyens iraniens qui résidaient à l'étranger depuis plus d'un an. Pour ce qui était des personnes poursuivies et en attente de condamnation, leurs biens étaient confisqués, c'était l'expropriation automatique. Dans les autres cas, la mesure avait officiellement un caractère provisoire : à son retour, le propriétaire pouvait rentrer en possession de sa maison, non sans avoir versé à l'État une lourde contribution destinée à couvrir des frais de gestion "considérables". La loi essayait ainsi de décourager l'expatriation, mais elle n'y parvint pas vraiment. Près de quatre millions d'Iraniens quittèrent le pays, abandonnant leur maison et leurs biens, sans parler des êtres aimés. Les révolutionnaires s'enrichirent considérablement en rachetant des immeubles pour la moitié de leur valeur. Si le propriétaire revenait, c'était pour constater que son appartement appartenait à quelqu'un d'autre. Quant au modeste produit de la vente, il était retenu pour “frais de gestion”.

À l'époque, j'étais très peu au fait de ces trafics. Prenant le document que Pari me tendait, je commençai à lire la notification. Abbas devait se présenter dans les huit jours, sinon l'État se réservait le droit d'appliquer les mesures nécessaires, etc. Le terme était déjà échu.

— On peut faire quelque chose? me demanda Simin, anxieuse.

— Je regrette, mais je n'en sais rien. Je dois étudier l'affaire. M'informer sur les cas analogues. Ne vous en faites pas, dès demain j'en parlerai à une de mes ex-collègues et je vous dirai s'il existe une solution.

— Merci, nous t'en serons redevables. Nous avons décidé de ne rien dire à Abbas. *Maman* a peur que l'idée ne le prenne de rentrer immédiatement, et d'arranger les choses à sa façon, dit Pari doucement.

— Ne t'inquiète pas, tout ira bien, répondis-je, affichant une assurance que je ne ressentais pas.

*

Abbas et Touran étaient partis par une claire matinée d'hiver, il y avait de cela de longs mois. C'était à l'époque des manifestations et des grèves, quand les nouvelles se faisaient de plus en plus alarmantes, et que le Shah semblait sur le point de s'en aller. Mais Touran n'aurait renoncé pour rien au monde à sa visite annuelle à ses fils. Le couple était parti avec une valise légère; à Los Angeles, il ne faisait pas froid, on n'avait pas besoin de beaucoup de vêtements. Tout le reste, ils le trouveraient chez leurs enfants.

Abbas avait fait la queue à l'embarquement pendant que Touran se reposait dans un fauteuil, non loin de là. Lorsqu'ils en étaient encore à envisager ce voyage, Abbas, l'espace d'un instant, avait songé à la laisser partir seule, et à rester pour combattre cette horde de possédés qui voulaient chasser le Shah. Puis il avait regardé sa femme assoupie devant la télévision et le cœur lui avait manqué. Elle dormait recroquevillée sur elle-même, les genoux repliés et les bras sur la poitrine. Son teint cireux et ses traits creusés étaient encore plus inquiétants dans le reflet du miroir. Ses longs cheveux noirs répandus sur ses épaules commençaient à se strier de gris. Mais elle lui paraissait encore très belle, comme au temps où il l'épiait, jeune fille étendant le linge dans le jardin.

On lui avait diagnostiqué une tumeur au sein, et le mal était avancé. Touran avait accueilli la nouvelle de sa maladie avec résignation, ainsi qu'avec une certaine sérénité. Elle s'en remettait à Dieu, comme elle l'avait toujours fait. Elle avait subi l'intervention avec confiance. Abbas l'avait accompagnée à l'hôpital, il avait pris sa main dans la sienne, l'avait rassurée, lui parlant sans cesse jusqu'à ce que les médecins l'emmènent.

À leur retour en Iran, il était prévu qu'elle recommence un cycle de chimiothérapie qui ferait tomber ses cheveux – ses cheveux encore épais et soyeux. Abbas en était inconsolable. Que serait sa vie sans Touran? Perdre l'Iran, le Shah, son travail, ce n'était rien, lui semblait-il, à côté de Touran qui était son appui, son bien le plus précieux.

Il s'était dit que la monarchie millénaire n'allait pas s'écrouler durant les deux semaines où il serait absent.

De toute façon, pensait-il aussi, il était impossible pour un homme de faire la différence à lui tout seul. Il ne pouvait pas laisser Touran partir sans lui pour l'Amérique, ni la priver de la joie d'embrasser Borna et Arya. Ils allaient former de nouveau une famille, pour la dernière fois peut-être.

*

Le soir de ma visite, Pari me téléphona :

— Shirin, inutile de te renseigner, pour l'appartement. Un de mes amis nous a prévenues : la saisie est pour demain. Si seulement le gardien nous avait remis la première notification ! Elle s'est égarée au milieu des factures.

— Je suis vraiment désolée. J'imagine que ça doit être un coup terrible pour Abbas.

— Nous ne lui avons encore rien dit. Le mal est fait à présent. Je préfère l'avertir quand tout sera fini. Ce soir, avec *maman*, nous allons récupérer les choses les plus précieuses. On mettra tout dans un vieux garage. Après, on verra, répondit lentement Pari, d'une voix chargée de lassitude.

J'étais très déprimée quand je lui dis au revoir. Je regardai autour de moi avec une impression désagréable : le divan, les fauteuils, les coussins brodés, le tapis assez élimé, le vase ventru où je dressais mes fleurs, les bibelots dont je connaissais de mémoire la forme et les imperfections minuscules. J'avais toujours considéré ces objets comme étant fortement, absolument miens. Il avait suffi d'un instant de distraction du gardien pour enlever à Abbas ce qu'il avait mis une vie à construire, les signes tangibles de son passage et de ses affections. Des inconnus allaient entrer chez lui, modifier la distribution des pièces, abattre des cloisons peut-être. Et lui ne pourrait rien faire pour s'y opposer. J'avais le sentiment qu'ils se préparaient à violer ma propre maison.

Je rêvai toute la nuit de voleurs et de perquisitions.

Ce soir-là, sans même le réconfort d'un quartier de lune, Simin et Pari se rendirent chez Abbas. On aurait dit que la maison était abandonnée depuis des années. Sombre, pleine de poussière comme si une pluie de gravats était tombée des plafonds, malodorante. Qui savait de toute façon si Abbas aurait jamais voulu remettre les pieds dans une demeure qui avait vu passer la Révolution et dont l'état de décrépitude faisait écho à la chute du Shah ?

— Ne pleure pas, *maman*, je t'en prie. Ce n'est pas le moment. Il faut faire vite, avait dit Pari sur le seuil.

En jetant un coup d'œil à l'intérieur, elle avait anticipé la fatigue qu'elle allait ressentir. Ayant allumé, elle gagna le milieu du salon en essayant de respirer sans tousser cet air irrespirable.

— Je ne peux plus m'en faire comme ça pour tes frères, Pari. Ce n'est pas juste. Une mère n'a pas à souffrir à ce point. Pourquoi Dieu a-t-il voulu me faire ça ?

Les derniers temps, se lamenter sur ses fils était devenu son refrain préféré, ce qui ne l'empêchait pas de les accueillir à bras ouverts dès qu'ils donnaient signe de vie.

— Ne mêle pas Dieu à ça, s'il te plaît, ou je me fâche pour de bon. Il s'en fiche, Dieu. Il n'y a que toi et moi, ici. Et si tu ne veux pas me donner un coup de main, alors il vaut mieux que tu t'en ailles, dit Pari en déplaçant sur le tapis une table basse en bois sombre.

Il ne manquait plus que ça, que je sois obligée de tout faire toute seule.

Jetant un regard à sa mère, qui hésitait encore entre tout planter là et fuir son chagrin, ou récupérer ce qui pouvait être sauvé, elle se mit à rouler le grand tapis qui recouvrait entièrement le sol du salon. C'est le sens du devoir qui finalement l'emporta, et l'habitude de ne pas rester les bras ballants. Simin dénoua son foulard, s'agenouilla à côté de sa fille et saisit de ses fortes mains le bord du tapis richement frangé. Le tapis de sa propre grand-mère. Il était encore en bon état. On aurait pu en tirer un bon prix.

— Merci, dit Pari, à deux doigts de se laisser vaincre par l'émotion.

Quand elles furent venues à bout des quatre tapis, elles entreprirent de regrouper les meubles dans l'entrée de la maison.

— Pas celui-là, ils n'y tiennent pas tant que ça, dit Simin en montrant un chiffonnier de bois clair, presque décoloré.

Pari en ouvrit le premier tiroir : des liasses de papiers.

— Ça ne vaut pas un clou, dit-elle, approuvant sa mère.

Puis elle alla dans la chambre à coucher pour évaluer l'état des lieux.

Simin déploya une énergie et un sens pratique étonnants, et cette détermination inattendue leur fut précieuse, vu le peu de temps dont elles disposaient. Elle entrait dans la pièce à débarrasser, inspectait les meubles et indiquait à Pari lesquels devaient être laissés sur place ; il y en avait très peu, la maison d'Abbas était belle et aménagée avec goût. Pari, de son côté, passait rapidement en revue les petits objets, en particulier ceux du bureau et de la chambre à coucher, afin de récupérer ce qui avait de la valeur – un bijou, un porte-plume en argent. Puis, ensemble, elles traînaient les meubles jusqu'à l'entrée et examinaient la pièce suivante.

Elles continuèrent ainsi pendant plusieurs heures. Au lever du jour, comme promis, un de leurs nombreux cousins sonna à la porte. Il les aida à charger les meubles dans une fourgonnette. À 7 heures, tout était fini. Une nuit avait suffi pour que les traces d'Abbas soient effacées de la maison où il avait vécu durant vingt ans.

15

L'Onu, des dattes, un fax

Donald Rumsfeld échangeait une poignée de main avec Saddam Hussein et souriait aux caméras de la télévision. Impossible de me débarrasser de cette image. Je regardai l'écran fixement, attendant presque de le voir imploser devant mon incrédulité et mon indignation. Mais le présentateur de la BBC était déjà passé à un sujet d'une actualité brûlante, les jeux Olympiques de Los Angeles. Comme s'il ne venait pas d'annoncer la fin du monde. De notre monde. Nous étions perdus.

— Maliheh, tu reçois encore CNN, par hasard? On peut réécouter la nouvelle? demandai-je à ma sœur.

— Attends, j'essaie de trouver le canal.

Cette année-là, nous avions décidé de faire un bref séjour dans la villa de ma sœur au bord de la mer Caspienne. Depuis le début de la guerre contre l'Irak, en 1981, la nourriture était rationnée et les biens de première nécessité manquaient. Chez ma sœur, il était plus facile de se ravitailler car nous pouvions compléter les quotas auxquels nous avions droit avec des produits achetés au marché noir, lequel prospérait, à proximité du port, grâce à la contrebande avec la Turquie.

Autre avantage, la situation là-bas était plus calme. L'invasion irakienne avait fourni au gouvernement le prétexte idéal pour serrer les boulons et battre le rappel de la population au nom d'Allah, de Khomeyni et de l'Iran. Résultat, nous avions eu droit à une fracassante campagne nationaliste, et à une persécution encore plus féroce et radicale vis-à-vis des opposants accusés d'espionnage pour le compte du Grand Satan – les États-Unis –, et du Petit Satan – l'Irak. Chaque mot devait être soigneusement pesé si l'on voulait éviter d'être soupçonné et dénoncé ; chacun avait intérêt à encenser la révolution et la guerre sans faire mine d'hésiter.

Quotidiennement, les journaux et la télévision faisaient état de courageuses conquêtes, d'actes de résistance héroïques, de hauts faits formidables et d'affrontements victorieux. Les morts tombés au combat étaient célébrés comme des *shahid*, martyrs sacrifiés à la cause d'Allah ; les familles savaient qu'on leur garantissait une place au paradis. On insistait sur le fait que nos pertes étaient inférieures à celles de l'ennemi, ces milliers d'Irakiens qui, jour après jour, étaient exterminés par notre armée bénie du destin.

— À en croire les journaux, la population irakienne devrait déjà être nettoyée depuis belle lurette, disait mon mari en repliant furieusement son journal.

Les seules nouvelles dignes de foi venaient de l'extérieur, mais il était de plus en plus difficile d'y avoir accès. En Iran, il est interdit de posséder une antenne parabolique, comme d'essayer de regarder les télévisions étrangères. Aujourd'hui encore, il arrive que les agents du régime fassent irruption dans les maisons et saisissent les antennes illégales. Les propriétaires se voient contraints non seulement de supporter de pénibles procédures, mais aussi de payer des amendes exorbitantes. Néanmoins ma sœur en possédait une dans sa villa de la mer Caspienne, loin des contrôles. Elle avait ainsi la possibilité de capter les émissions des principales chaînes internationales. Tout d'abord, la possibilité de regarder enfin un présentateur qui ne soit pas imposé par le régime nous avait emplis d'une sensation d'ivresse que je n'oublierai jamais. Mais nous comprîmes bientôt la situation dans laquelle se débattait l'Iran et, comme elle était bien pire que ce que nous avions imaginé, le journal télévisé devint un angoissant supplice quotidien.

Ce jour-là, nous fûmes confirmés dans nos pires appréhensions ; les États-Unis, nos alliés historiques et envahissants, nos alliés de trente ans, soutenaient l'Irak. Donald Rumsfeld venait d'y être envoyé spécialement par Ronald Reagan pour témoigner en mondiovision de l'isolement absolu de notre pays.

La nouvelle, d'abord, eut un impact dévastateur. Mais elle déclencha presque tout de suite l'effet inverse : les opposants au régime se transformèrent en amis. Cette même séquence fut diffusée quelques jours plus tard à la télévision nationale à des fins de propagande intérieure, laissant une impression terrible à tous les Iraniens : Satan était réellement contre nous. Le pays se sentit acculé, traqué par un chacal aidé de riches amis surarmés ; pour certains, ce fut le déclic qui les fit passer d'un bond dans le camp du soutien solennel et inconditionnel à la République islamique.

Jeunes et vieux s'enrôlèrent et allèrent grossir les rangs d'une armée décimée d'abord par les épurations post-révolutionnaires, puis par les morts tombés au champ d'honneur. Les plus pauvres, surtout, se jetèrent dans la mêlée, attirés par la promesse d'une pension pour eux et leur famille. Leur vie ne valait pas grand-chose. Même Ali s'était engagé sous l'aiguillon de la ferveur politique et de son amour pour Khomeyni. Il avait emmené avec lui Mariam et leur petit Ruhollah, et les avait installés à Ahvaz, la capitale du Khuzestân. Cette région, située à la frontière de l'Irak, avait été rapidement envahie par Saddam Hussein qui entendait mettre à genoux l'économie iranienne : là se trouvaient les principaux puits de pétrole et la grande raffinerie d'Abadan. L'Irak comptait sur le soutien de populations locales composées de nombreuses minorités ethniques, dont trois millions d'Arabes, héritiers d'une longue persécution. En revanche, la population iranienne garda sa cohésion et se battit route après route avec le courage d'un lion. Dans les rares messages qu'il parvenait à envoyer, Ali disait combien il se sentait fier d'être aux côtés de compatriotes aussi valeureux.

Javad, lui, avait quitté Téhéran pour fuir la nouvelle vague d'arrestations et était retourné à Rasht.

La supériorité militaire de l'Irak était écrasante et Saddam Hussein n'eut aucun scrupule à faire usage d'armes chimiques et à bombarder les villes. Il commença par celles du nord, puis vint le tour de Téhéran où des pluies de missiles s'abattaient la nuit, illuminant le ciel de leurs traînées brûlantes. Impossible de dormir avec ces frappes lointaines – ou terriblement proches –, et avec ces alertes incessantes. Nous nous réfugiions alors en masse dans des abris de fortune où nous nous sentions moins seuls, à défaut d'être en sécurité. L'esprit s'accrochait au sifflement des missiles. Nous suivions leur course les yeux fermés. Puis arrivait le soupir de soulagement quand c'était le tour d'un autre quartier. Cette fois, ce n'était pas nous que la mort regardait.

Exaspérée par la peur et par de trop nombreuses nuits sans sommeil, je me réfugiai de nouveau chez Maliheh, sur la mer Caspienne, avec ma famille et mes parents. Enfouis dans nos fauteuils, nous écoutions toujours le bruit des mêmes missiles, mais retransmis cette fois par la télévision ; puis nous courions appeler les amis et les parents qui vivaient dans les secteurs touchés pour savoir s'ils allaient bien. La mauvaise humeur et la nervosité ne nous quittaient pas, s'accompagnant d'un sentiment de culpabilité permanent à l'idée d'échapper à notre destin.

C'est à mon père qu'il revint d'exprimer ce qu'aucun de nous n'osait dire :

— Aujourd'hui, je m'en vais. Je rentre à Téhéran.

Nous le dévisageâmes, pétrifiés. Nous savions que l'heure viendrait, tôt ou tard, où il faudrait retourner à Téhéran, mais aucun d'entre nous n'avait encore trouvé le courage de le déclarer ouvertement devant les autres.

— Je veux rentrer chez moi, poursuivit-il. Si quelqu'un souhaite venir avec moi, qu'il se prépare. Ceux qui préfèrent rester n'ont qu'à continuer à manger tranquillement.

Ma sœur intervint :

— Il vaudrait peut-être mieux attendre quelques jours. Le danger n'est pas encore passé.

— Ma chère Maliheh, on n'échappe pas au destin. Tous les habitants de Téhéran n'ont pas une villa où aller se cacher !

Elle le fixait sans comprendre.

— Tout ce qui leur arrive nous arrive à nous aussi, conclut mon père.

J'avais peur pour mes petites filles et je ne voulais pas qu'elles aient à pâtir de quelque imprudence, mais pour rien au monde je n'aurais laissé mes parents seuls à Téhéran. C'est ainsi que je décidai de retourner à ma vie de tous les jours, entre les bombardements et les décombres. Je me sentais inconsciente, et délivrée en même temps de ce sentiment de culpabilité subtil et incessant.

*

De retour à la maison, je préparai le dîner pour les filles, je les mis au lit, puis je commençai à écouter les messages de mon répondeur. La plupart avaient été laissés après l'énième bombardement par des amis et des connaissances qui cherchaient à savoir si nous allions bien. Nous n'avions prévenu que quelques personnes de notre départ, de crainte que l'appartement ne soit pris d'assaut par les voleurs, ces chacals pressés de s'emparer du peu qu'il restait de nos vies en lambeaux.

Parmi ceux que nous avions informés, il y avait Pari. D'où mon étonnement quand je trouvai ses trois messages. Elle me priait d'une voix agitée de la rappeler dès que possible. Ce que je fis, en dépit de l'heure tardive – minuit. Je lui trouvai la même voix que sur ses messages : anxieuse et essoufflée.

— Il faut que je te voie le plus tôt possible, Shirin *joon*. C'est urgent, dit-elle.

Il n'était pas difficile de deviner qu'elle ne pouvait parler au téléphone, aussi nous convînmes d'un rendez-vous chez moi le lendemain matin à 10 heures. Pari arriva avec un quart d'heure d'avance. Très perturbée, elle se mit à parler en me laissant à peine le temps de lui ouvrir et de l'inviter à s'asseoir.

— Ils ont arrêté Javad, dit-elle dans un souffle.

Et son corps parut s'avachir, éreinté par cette nouvelle qui depuis des jours la maintenait sous tension.

— Quoi?

— Nous ne savons rien. Ils l'ont pris voilà déjà quelques semaines. La police a attaqué la cellule du parti. Deux sont morts, et les autres en prison. Dont Javad.

— Où l'ont-ils incarcéré? demandai-je.

Pari haussa les épaules.

— On ne sait pas.

— Qui t'a prévenue?

— Un de ses camarades qui n'était pas à Rasht au moment de l'invasion, c'est ce qui l'a sauvé. Voyant ce qu'il restait de l'appartement où ils vivaient, ce camarade s'est enfui au Pakistan par le Baloutchistan. Il m'a appelée tout de suite après avoir été inscrit par l'Onu dans le programme de protection des réfugiés politiques, expliqua Pari en se passant nerveusement la main dans les cheveux.

— Fariba le sait? hasardai-je.

— Celle-là? Ne m'en parle pas. Voilà un moment qu'ils ne se voient plus. Elle dit qu'elle ne veut rien avoir à faire avec un incroyant. Tu devrais entendre le mépris avec lequel elle prononce le nom de mon frère. Pauvre Javad, ajouta-t-elle doucement, comme s'adressant à elle-même. Il a été très malheureux ces dernières années: la fin de son mariage, pas d'enfant, la clandestinité, l'obligation de fuir toujours… Mais je préfère ne pas imaginer ce qu'il doit endurer en prison.

Elle avait les larmes aux yeux. Tout comme moi, elle pensait à l'état dans lequel il était revenu de sa première incarcération.

— Maintenant nous sommes en guerre. Ce sera pire. Bien pire.

— À ton avis, qu'est-ce qu'on peut faire? demandai-je à Pari.

J'essayais d'imprimer à ma voix une intonation résolue et rassurante, mais la vérité était que je n'avais aucune idée de la façon dont nous pouvions venir en aide à son frère.

— Shirin *joon*, tu ne m'as pas laissée tomber, l'autre fois. Je suis ici pour te demander la même chose. Tu ne connais pas un juge qui accepterait de me recevoir et de me dire au moins où est Javad? Tu sais que je ne te mêlerais pas à ça si j'avais une autre solution.

— La plupart des juges que je connais ont été virés, comme moi. Ceux qui sont encore en place obéissent totalement aux ordres, et n'ont aucun pouvoir, surtout sur les détenus politiques.

J'étais la proie d'un désespoir absolu. Je me levai et gagnai nerveusement la cuisine, cherchant une idée encore et encore.

— Alors il n'y a rien de possible? insista Pari.

— En tout cas, pas avec les juges, répondis-je, amère. Et Ali? Cette fois, est-ce que ce ne serait pas à lui de l'aider? finis-je par suggérer, même si je connaissais déjà la réponse.

— Non. Ali déteste Javad. Il ne lèvera pas le petit doigt. Depuis l'ascension de Khomeyni, Ali déteste pratiquement tous ceux qui ne sont pas de son côté. Javad, il ne lui parle plus, et il se refuse même à prononcer le nom d'Abbas. Il dit que c'est une honte d'avoir un frère qui a été général.

Une fois encore, je me pris à penser à tout ce qu'Abbas avait fait pour ses frères, même s'il avait montré une loyauté aveugle envers le Shah, et même s'il n'était pas d'une grande intelligence. Il les avait entretenus tous les deux, leur avait permis de faire des études et s'était imposé des sacrifices pour leur bien. Et maintenant, l'un comme l'autre le haïssaient et le désavouaient.

Nous sommes restées quelques minutes sans plus rien dire. Nos pensées s'agitaient avec frénésie, mais nous étions comme enfermées dans une pièce sans issue, sans solution. Puis Pari s'exclama :

— Tu pourrais t'adresser aux autorités internationales, à Amnesty International, par exemple, ou à Human Rights Watch ! Qu'est-ce que tu en dis ?

Il me revint à l'esprit que la Commission des droits de l'homme des Nations unies avait envoyé récemment en Iran un « représentant spécial permanent ». Son nom était Reynaldo Galindo Pohl. Les violations des droits de l'homme avaient pris une tournure tellement grave, ces dernières années, que l'Onu avait dépêché dans notre pays un émissaire chargé de dresser un bilan de la situation. Bien évidemment, de retour à l'Onu, l'émissaire avait décrit ce qu'il avait vu, et le gouvernement iranien avait annoncé que son visa lui serait désormais refusé.

Je dis à Pari :

— Je vais écrire à Amnesty, à l'Onu, à Reynaldo Galindo Pohl, à la Commission des droits de l'homme des Nations unies, à Human Rights Watch et à toutes les organisations que je connais, pour les informer de ce qui est arrivé à Javad.

Mon amie aussitôt se sentit soulagée. Prenant dans le tiroir de mon bureau un stylo et du papier, je commençai à écrire en farsi, pendant que Pari traduisait en anglais. Après avoir corrigé et récrit plusieurs fois nos lettres, je les signai. Il fut décidé qu'elles partiraient par la poste dès le lendemain. Avant de les mettre sous pli, nous les relûmes encore pour être sûres de ne rien avoir oublié. J'avais écrit que je connaissais bien Javad et qu'il n'appartenait pas à la lutte armée ; il était le responsable culturel de son parti et avait été arrêté du seul fait de ses idées politiques. On lui refusait les droits minimaux d'un prisonnier, comme celui de pouvoir rencontrer un avocat et de voir sa famille.

Quand nous eûmes fini, je préparai le thé et nous servis. La tâche accomplie, l'épuisement s'était abattu sur nous, mais nous n'arrivions plus à nous quitter, aussi nous continuâmes de bavarder à bâtons rompus, comme pour essayer désespérément de retrouver un peu de normalité. Pari avait même souri à une ou deux reprises et la tension allait se relâchant quand, soudain, elle reposa sa tasse en disant :

— Shirin, à la poste, ils vont regarder à qui les lettres sont adressées. Elles seront interceptées. Surtout quand ils verront que tu en es l'expéditrice. On a fait tout ça pour rien. Il n'y a pas d'issue.

Elle avait malheureusement raison. En Iran, l'oppression atteignait son point culminant ; sous prétexte de sécurité nationale et de guerre contre l'Irak, les lignes téléphoniques et les correspondances étaient placées sous contrôle. Naturellement, ceci n'était pas valable pour tout le monde, mais à n'en point douter pour tous ceux que le régime soupçonnait d'avoir des contacts avec des organisations internationales. Et je comptais parmi ces personnes-là. Il m'était déjà arrivé plusieurs fois de ne pas recevoir des lettres ou des paquets que des amis assuraient m'avoir expédiés.

Il n'était pas dit que la censure les avait interceptés, mais mon courrier au sujet de Javad risquait fort de n'être jamais distribué.

— On ne ferait pas mieux d'essayer le téléphone ? proposa Pari.

— Non, répondis-je. Même en appelant d'une cabine, ça ne servirait à rien. Ces dénonciations doivent être faites par écrit. Néanmoins…

— Néanmoins ? répéta Pari, anxieusement.

— Si on trouvait un fax, ça pourrait être une bonne solution.

De nouveau ce silence absorbé de nos esprits au travail. Puis, après un temps assez court, Pari releva la tête.

— Il y aurait peut-être un vieil ami d'Abbas, à Téhéran… Il s'appelle Farid. Il a une petite entreprise d'exportation de dattes. Il ne s'intéresse pas à la politique, et son téléphone n'est pas écouté.

— S'il ne s'intéresse pas à la politique, il n'acceptera pas de prendre des risques pour nous, dis-je d'un ton hésitant.

— Mais son fils, oui ! s'exclama Pari avec enthousiasme.

— Quoi ?

— Ce Farid a un fils qui sympathise avec la gauche. C'est un de mes élèves. Je le connais bien. Il pourrait accepter d'agir pour faire connaître les crimes du régime.

Je réfléchis une minute ; c'était peut-être une bonne idée, en effet.

— Le principal, c'est que son père ne se rende compte de rien, dis-je en souriant.

Cette fois, nous tenions la solution.

— Évidemment, répondit-elle.

Nous sortîmes les lettres des enveloppes et j'inscrivis pour Pari, sur une feuille de papier, les numéros auxquels elle devait adresser les fax. Elle décida de prendre contact avec son étudiant le soir même, pour lui demander son aide.

Je nous servis encore un peu de thé. À peine les tasses vides étaient-elles de nouveau sur la table que Pari soupira :

— Tu n'as pas honte, Shirin? Tu ne m'offres même pas de déjeuner! Tu ne t'es pas aperçue que tu avais une invitée? Je suis pratiquement en train de mourir de faim.

Dès lors que l'espoir était revenu pour Javad, Pari avait recouvré son esprit irrévérencieux.

— Tu as débarqué à l'aube, rétorquai-je. Je n'ai eu le temps de rien préparer. Mais pour que tu ne meures pas de faim sur place, je vais commander un *chelow kebab.*

— Tu es gentille. Allons le manger dehors. Pour une fois, il ne sera pas détruit par ta manie de mettre trop de safran, conclut-elle avec le sourire.

16

La justice et le docteur

L'affaire de Javad ne relevait certainement pas de l'exception dans l'Iran de Khomeyni. La chose nous fut tristement confirmée peu après la nouvelle de son arrestation. Un matin, ma mère me téléphona et me dit sur un ton angoissé, sans même un bonjour :

— Shirin, ils ont arrêté le docteur.

Le "docteur", comme nous l'appelions, était mon oncle. Mon grand-père était mort prématurément et mon père, encore très jeune, avait été contraint de s'occuper de sa mère et de son jeune frère. Au prix de multiples sacrifices, il avait réussi à les entretenir tous les deux. Avec son aide, mon oncle avait suivi en Europe des études de médecine et s'était spécialisé en ophtalmologie. Par la suite, il devait compter parmi les praticiens les plus appréciés du pays. À présent qu'il avait passé la soixantaine, il avait laissé sa chaire à l'université et son cabinet en ville pour couler une vie paisible auprès de sa famille. Je ne comprenais absolument pas comment il avait pu heurter le régime.

— Tu es sûre ? Qu'est-il arrivé ?

— Je ne sais pas exactement, ils ont téléphoné ce matin pour nous prévenir, on l'accuse d'avoir participé à un coup d'État, répondit-elle d'une traite.

— Mais c'est ridicule ! Comment peuvent-ils croire qu'un homme âgé, un médecin respectable, se mette à comploter contre le régime ?

Aucun doute, il devait s'agir d'une erreur. Comme il y en avait tant, hélas ! Le gouvernement vivait en état d'alerte permanent, surtout depuis la déclaration de guerre, et n'importe quel comportement pouvait provoquer un malentendu. L'accusation de participation à un coup d'État était la plus courante ; sans cesse, des criminels vrais ou supposés se voyaient taxés de ce chef d'accusation. Un simple soupçon suffisait, quand bien même aucune preuve ne venait l'appuyer, pour qu'un innocent soit arrêté, incarcéré pendant des mois, torturé jusqu'à l'obtention d'improbables aveux et exécuté. Sauf si les autorités changeaient d'avis et reconnaissaient une “erreur judiciaire” – il était déjà arrivé que le gouvernement s'excuse d'avoir procédé à des exécutions injustifiées et célèbre finalement la victime comme un martyr, comme si c'était lui qui avait choisi de mourir pour faire taire la paranoïa des autres. La famille recevait automatiquement une pension égale à celle des morts au champ d'honneur.

Mon oncle s'était certainement retrouvé prisonnier de ce mécanisme pervers et imprévisible. Il fallait intervenir immédiatement pour déterminer les éléments à charge et le disculper. Si tant est que la chose fût possible.

— *Baba*, qu'est-ce qu'il dit ? demandai-je, abasourdie.

— Je ne le sais pas encore, je n'ai pas eu le courage de le lui dire. C'est pour ça que je t'appelle, Shirin. Je préférerais que tu le fasses toi. Tu sais comment le calmer, conclut ma mère d'une voix implorante.

Mon père, qui sortait d'un infarctus, n'aurait pas supporté de savoir son frère en danger. Ils étaient trop liés.

— Très bien, je viens tout de suite.

J'arrivai chez mes parents à l'heure du déjeuner, feignant de passer par hasard. Après le repas, mon père avait coutume d'aller se reposer et je comptais en profiter pour discuter avec ma mère. Je lui fis signe de ne rien dire et d'attendre qu'il se soit retiré.

Ce fut le déjeuner le plus pénible de ma vie. Mon père continuait de parler de sujets qui subitement n'avaient plus d'importance – le rationnement, les magasins vides, le couvre-feu –, pendant que mes pensées battaient la campagne. J'essayais d'entretenir la conversation, mais avec le sentiment que tout ce que je disais sortait de la bouche de quelqu'un d'autre. Me pesait surtout le sentiment d'être, d'une certaine façon, en train de tromper mon père.

Dès que je fus seule avec ma mère, elle me dit avoir déjà reçu une dizaine de coups de téléphone. Amis et parents avaient appris l'arrestation et appelaient pour venir aux nouvelles, manifester leur solidarité ; maman était obligée de répondre évasivement et de mettre fin brusquement à ces conversations car elle craignait que papa ne l'entende. Mais mon père aurait fini tôt ou tard par découvrir la vérité, et d'une façon brutale ; aussi avait-elle décidé d'affronter le problème le plus vite possible. Le temps pouvait se révéler un facteur déterminant, y compris pour le docteur.

Quand il descendit après s'être reposé, je le rejoignis dans le salon avec une bonne tasse de thé fumante. Je m'assis en face de lui et murmurai par-devers moi une brève prière. Le moment était venu.

— Tu as entendu, *baba*? Les arrestations sont de plus en plus nombreuses. Le régime ne se gêne pas pour accuser des innocents. Heureusement, ils sont libérés quand les juges s'aperçoivent de leur erreur. Je dirais même que nous avons maintenant de bonnes garanties pour que les victimes de ces injustices soient relâchées, dis-je en le regardant droit dans les yeux.

Mon père se montra surpris. Il ne m'avait jamais vue aussi conciliante avec le régime.

— Comment disait-on, avant? “La tête de l'innocent arrive jusqu'à la pique, mais elle ne finit pas sur la pique.” Ce n'est peut-être pas une consolation pour ces malheureux, mais du moins ils échappent au pire.

Il m'observait toujours, l'air de se demander où je voulais en venir.

— Oui, exactement, c'est ce que je pense moi aussi.

Rassemblant mon courage, je lui dis tout.

— Et voilà, *baba*, le docteur aussi s'est retrouvé avec ces innocents.

Je le vis pâlir d'un coup. Il reposa sa tasse de thé et resta silencieux quelques instants. Je ne voulais pas le laisser seul avec ses pensées, aussi me hâtai-je de parler à nouveau.

— Tu verras, *baba*, ce sera facile de démontrer qu'il n'a rien à se reprocher. Je m'en occuperai. Il suffira…

Il m'interrompit doucement.

— Shirin, ça va, ne t'en fais pas pour moi. Je crois juste que c'est un pays bien mauvais, que celui où un vieux professeur ne peut passer sa retraite en paix. Qu'est-ce que les jeunes pourront jamais y faire?

— Ils pourront toujours s'occuper de leurs oncles, non? répondis-je en m'efforçant de dédramatiser.

Mais j'avais la voix qui tremblait et mon sourire était forcé. Mon père secoua la tête. Posant la main sur mon épaule, il reprit :

— Merci, je suis content que ce soit toi qui t'en occupes.

Je me dépêchai de rentrer chez moi pour alerter les organisations de défense des droits de l'homme. Le fax du marchand de dattes fonctionnait à merveille. Deux jours plus tard, ma tante me téléphona pour me dire ce qu'elle avait découvert. Grâce à une connaissance, elle avait obtenu de pouvoir rencontrer son mari en prison. L'entretien avait été bref, une dizaine de minutes seulement, et en présence d'un gardien. Cependant, l'oncle allait assez bien. Il était amaigri mais pas découragé. Il avait expliqué les raisons de son arrestation. Le frère d'un de ses amis d'enfance dirigeait une organisation d'opposants politiques dont les membres avaient été récemment arrêtés par les *Pasdaran*. Dans l'agenda de cet homme figurait le numéro de téléphone de mon oncle. Celui-ci, en vertu d'une logique vraiment implacable, avait été interpellé en qualité de suspect, comme tous ceux dont le nom apparaissait dans ce même carnet d'adresses. En d'autres circonstances, l'absurdité de la situation m'aurait fait rire mais, là, je sentais monter la rage en moi. Qu'était devenu notre système judiciaire, si la violation des droits était à ce point manifeste et la sécurité de chacun à ce point précaire ?

Heureusement, l'oncle semblait sûr d'être libéré sous peu. À la maison, nous laissâmes tous échapper un soupir de soulagement puis attendîmes la suite des événements avec optimisme. Cependant les jours passèrent, puis les mois ; toujours rien. Nous commençâmes à nous inquiéter sérieusement, et à glisser peu à peu vers une autre sorte d'attente, celle d'une mauvaise nouvelle. Laquelle ne manqua pas de nous parvenir.

Un après-midi, un cousin éloigné rendit visite à mes parents et demanda à s'entretenir en tête à tête avec mon père. Mais mon père insista pour que j'assiste à la discussion.

— Je n'ai pas de secrets pour Shirin, tu peux tout dire devant elle.

Une fois de plus, je n'en eus que plus d'estime pour lui, d'avoir élevé tous ses enfants dans l'égalité. C'est de lui que j'avais appris à faire valoir mes droits en tant que femme; et à n'accepter aucune discrimination. Si l'égalité entre les sexes n'a jamais existé dans le reste de l'Iran, il en allait tout autrement chez nous. Mon père l'exigeait, bien plus que ne l'exigeait notre mère ; celle-ci, en tant que femme traditionnelle, avait souvent tendance à nier pour elle-même les droits auxquels elle aurait dû aspirer.

— Le fils d'un grand ami à moi est un *Pasdar* et travaille à la prison d'Evin, commença le cousin. Il savait que le docteur était détenu là, et il a ouvert ses oreilles quand on prononçait son nom. Il paraît qu'il serait sur la liste des condamnés à mort. L'exécution pourrait être imminente.

Mon père se laissa tomber dans un fauteuil, très pâle. Sa respiration se fit difficile. Je courus chercher l'oxygène et restai auprès de lui, à lui tenir la main. Je cherchais désespérément quelque chose à dire pour le rassurer, mais rien ne me venait. J'étais accablée, tout comme lui.

— Le fils de mon ami connaît le président du tribunal, reprit le cousin lorsque mon père se sentit mieux.

Il pourrait vous mettre en rapport avec lui. Une enveloppe, et le problème sera résolu.

Nous savions tous à quel point les tribunaux étaient corrompus. Commissions et pots-de-vin étaient pratiques courantes. Le gouvernement lui-même avait dû se séparer de nombre de juges « de confiance » pour des raisons de corruption. Bien entendu, en la circonstance, ce qui aurait dû me scandaliser me valut au contraire un mouvement de joie : tout espoir n'était pas perdu.

— Je paierai, quel que soit le montant. Mais fais savoir au *Pasdar* que je ne paierai pas sans avoir d'abord parlé à mon frère, s'empressa de dire mon père.

Le soulagement se lisait sur son visage.

*

Une semaine plus tard, la convocation au parloir d'Evin nous parvenait. Manifestement, la « justice » fonctionnait en Iran. Il suffisait de savoir la faire démarrer. Mon père m'avait demandé de l'accompagner, tant il redoutait de ne pouvoir maîtriser ses émotions, mais ce ne fut pas nécessaire. La veille du jour prévu pour la visite, on sonna chez mes parents. Ma mère alla ouvrir, puis se précipita dans le salon en criant de bonheur :

— Le docteur est là ! Ils l'ont relâché ! Ils l'ont relâché !

Elle répétait cette phrase obsessionnellement, comme cédant à la folie. Mon père et moi avons échangé un regard incrédule. Nous fixâmes la porte des yeux, craignant une mauvaise plaisanterie.

Mais ce fut bien lui, le docteur, qui se matérialisa sur le seuil. Certes pâle et amaigri, un peu plus voûté que dans notre souvenir, plus vieux aussi, mais c'était lui en chair et en os. Il vint à nous en souriant et nous étreignit tous les deux. Ma mère courut prévenir sa famille pendant que je préparais du thé pour tout le monde. Comme mon père, et comme moi, le docteur aimait beaucoup le thé ; je devinais combien cela lui avait manqué en prison.

Lorsque nous nous retrouvâmes à nouveau assis dans le salon, mon oncle expliqua pourquoi on l'avait libéré.

— À Evin, il y a un petit hôpital pour les détenus. Quand ils se sont aperçus que j'étais médecin, ils m'ont demandé de soigner ceux qui avaient besoin d'une intervention chirurgicale aux yeux. Au début, je voulais refuser. L'idée de collaborer avec les *Pasdaran* m'horrifiait. Puis je me suis rendu compte que je pouvais au moins soulager la souffrance des prisonniers. De toute façon, cela ne me convenait pas de passer le temps sans rien faire. J'avais besoin de me sentir utile, de donner un sens à mes journées. C'est comme ça qu'a commencé ma brillante carrière de chirurgien à l'hôpital. Nous n'étions que deux ophtalmologues et nous nous partagions les opérations, les soins, les pansements. Je n'ai jamais autant travaillé de ma vie.

En dépit de son visage émacié, mon oncle paraissait de bonne humeur et n'avait rien perdu de son humour. Les traits de mon père se détendaient à chaque mot.

— Comment se fait-il qu'il y ait tant de malades des yeux. Il y a une épidémie ? demandai-je.

— Ce n'était pas une épidémie, ma petite Shirin. C'était la conséquence des coups. Ils peuvent déclencher un choc nerveux qui fait exploser des veines dans le cœur, les reins et les yeux. Si on ne soigne pas l'hémorragie tout de suite, le patient peut rester aveugle, dit mon oncle.

Ma mère intervint d'un ton impatient :

— Tu nous raconteras après. Dis-nous plutôt comment tu as été relâché.

— Par pur hasard. Je travaillais à l'hôpital quand le nouveau médecin-chef a fait sa visite. Il m'a reconnu. Il a été mon étudiant à l'université. Ensuite, il s'est lancé dans une brillante carrière avec l'aide de son beau-père, un mollah du cercle de Khomeyni. Dès qu'il a su mon histoire, il s'est offert de m'aider. C'est lui qui est allé voir le président du tribunal. Il a obtenu ma libération en deux jours. Il est venu me chercher ce matin pour m'emmener signer ma levée d'écrou – je ne l'attendais pas. Je n'ai même pas eu le temps de vous prévenir, conclut-il avec le sourire.

L'administration de la justice peut être fière d'elle, pensai-je amèrement. Ma grand-mère avait bien raison, elle qui disait : "Qui vit longtemps voit de très grandes choses avec ses petits yeux." Petite fille, ce vieux proverbe persan ne me parlait que dans sa signification littérale, mais en grandissant, j'ai compris ce qu'il signifiait vraiment : l'expérience que nous accumulons au fil des jours nous amène à découvrir et à accepter des réalités étranges et incompréhensibles, par exemple qu'un homme soit arrêté par erreur, échappe à l'exécution grâce à un pot-de-vin et soit libéré par hasard.

17

Visite à Evin

Tandis que j'essayais avec ma famille de faire libérer le docteur, les courriers que nous avions fait partir pour Javad commençaient à donner des résultats. Un jour, Pari trouva sur son répondeur un message l'informant d'une date et d'une heure pour une rencontre avec le prisonnier. Une communication sèche et sans détour qui pourtant fit naître une grande espérance chez elle et chez sa mère.

La veille de la visite, Simin alla au bazar acheter des kilos de fruits frais : des pommes, des figues, du raisin. Elle voulait gâter Javad comme quand il était petit. À cause du rationnement et de la guerre, ce cadeau lui coûta une petite fortune, mais elle ne regardait pas à la dépense dès qu'il s'agissait de ses enfants.

Le jour venu, elle s'habilla avec soin, même si sa décision était prise : elle mettrait le tchador. Elle trouvait normal d'essayer de s'attirer les bonnes grâces des gardiens, et de passer pour la mère irréprochable d'un fils en définitive honnête.

Pari observa silencieusement ces préparatifs. Elle préférait se taire. Elle aurait craint que son propos et le ton de sa voix ne trahissent ce qu'elle ressentait vraiment : de la pitié. Pitié pour elle-même, qui depuis des années assistait aux excès de ses frères. Pour Javad et la vie infernale à laquelle il s'était condamné. Pour Ali et Abbas, enfermés dans leur silence plein de rancœur. Pour Simin surtout, qu'elle voyait émue comme une gamine à l'idée de revoir enfin un de ses fils. Les dernières années lui avaient brisé le cœur. Abbas coincé en Amérique, et qui peut-être ne reviendrait plus. Ali qui avait décidé d'aller s'établir sur le front et qui ne prenait même plus la peine de lui écrire. Javad toujours injoignable, à cause de la clandestinité d'abord, maintenant parce qu'il était en prison. Sans eux, et sans ses petits-enfants, elle se sentait comme une femme seule. Pis, comme une femme inutile. Mais plus encore que la nostalgie, les conflits et les tensions la rongeaient. Ses fils s'étaient tellement crispés sur leurs positions respectives qu'ils ne supportaient même plus de se voir. Pour ainsi dire, ils n'étaient plus frères. Ils ne demandaient jamais de nouvelles les uns des autres et s'insultaient à distance. Quand ils étaient encore à Téhéran, ils venaient la voir à tour de rôle. Les bruyants déjeuners dans la vieille maison d'Abbas Abad n'étaient plus désormais que souvenirs fanés…

*

Comme les prisonniers, elles connurent la descente du Repentir et Pari se demanda si Javad avait envisagé de reconsidérer ses choix, fût-ce un instant. Vaine question. Javad n'était pas du genre à changer d'avis. Quel que fût le prix à payer, pour lui et pour les autres.

À l'entrée, les gardiens les arrêtèrent et arrachèrent les sacs de Simin.

— Vous n'êtes pas là pour venir pique-niquer, grand-mère, se moqua un gardien.

Il avait beau essayer de se faire pousser la barbe, il ne devait pas avoir plus de dix-sept ans.

— Ce sont seulement des fruits, je les ai pris pour mon fils, répondit-elle en regardant d'un air affligé ses deux sacs entre les mains du jeune homme.

— Non, grand-mère. C'est confisqué. Tu ne sais pas que les prisonniers ne peuvent pas recevoir de cadeaux ? Ce sont des traîtres, pas des hôtes de marque.

— Laisse, maman, ne faisons pas d'histoires, la supplia Pari en la prenant par le bras.

Elle redoutait de voir sa mère répliquer à ce gamin insolent. Mais Simin, en fait, était au bord des larmes.

— Tu veux voir ton fils, ou pas ? renchérit le gardien.

Il se délectait d'avoir mis la pauvre femme mal à l'aise.

— Viens.

Pari s'avança, entraînant doucement sa mère avec elle, et toutes deux baissèrent humblement la tête avant d'entrer.

Elles étaient en avance. Le parloir précédent n'était pas fini. Elles attendirent dix minutes debout, sans dire un mot, les yeux fixés sur les murs sales. Puis un gardien les fit entrer dans la salle des visites ; c'était le moment où le groupe précédent se préparait à sortir et nombre de parents se courbaient pour voir une dernière fois leur cher prisonnier avant que la toile grise ne retombe complètement sur lui, le faisant disparaître. C'était une salle vilaine et sombre, large de quatre mètres et longue de vingt. Elle était séparée en son milieu par une paroi transparente comportant de part et d'autre des cabines de moins d'un mètre de large, séparées par une mince cloison de contreplaqué.

Dès que la toile se leva, Simin aperçut son fils de l'autre côté de la paroi. Elle se jeta sur le téléphone de la cabine et commença à pleurer dans le combiné. Pari la suivit ; elle la réconfortait en lui serrant l'épaule sans quitter Javad des yeux. Elle se demanda d'abord s'il souffrait du chagrin qu'il leur infligeait à toutes les deux, si sa conscience abritait seulement une ombre de regret. Puis, à sa grande surprise, elle s'aperçut qu'elle n'éprouvait plus le moindre ressentiment envers son imbécile de frère, cette tête de mule. Seule comptait l'urgence de se graver dans la mémoire son visage, ses yeux, ses cheveux et ce sourire désinvolte dont il ne se défaisait jamais.

La visite ne durait que quelques minutes : les détenus d'un côté de la paroi, les parents de l'autre, impossible de se toucher. Ni même de se voir vraiment, le halo de graisse qui recouvrait le verre voilant la figure de Javad. Mais il était évident qu'il avait perdu au moins dix kilos, et beaucoup de ses cheveux. La barbe qui lui salissait le menton et les joues donnait plus de relief encore à sa bouche sombre, bien dessinée.

S'étant rendu compte que sa sœur le dévisageait avec insistance, il la fixa à son tour et lui sourit chaleureusement.

— Salut, petite sœur, murmura-t-il dans le combiné, interrompant le flot de larmes de Simin.

Sa voix prenait une sonorité métallique et déformée derrière le contreplaqué. Pari se révolta ; même cet instant, ils le leur volaient.

— Écris la lettre de repentir, demande-leur ta grâce, je t'en supplie, l'implora Simin avec une vigueur toute neuve, rassurée par les premiers mots affectueux de son fils.

Javad ne répondit pas, il se contenta de secouer légèrement la tête, comme s'il n'était pas concerné.

Quand les prières de sa mère se muèrent en une lamentation unique, monocorde, il dit :

— Pari, explique à maman pourquoi je ne peux pas faire ça.

— Javad, Javad, aie pitié de ta jeunesse. Tu as encore la vie devant toi, tu peux recommencer à être heureux. Vois comment s'est fini ton mariage. Regarde où t'a mené ton obstination.

— Si c'est pour me décourager, il vaut mieux ne pas venir, répliqua-t-il d'un ton impatient. Vous savez que je n'ai pas l'intention de renier mes idées. Si je sortais, comment pourrais-je regarder mes camarades en face ? Les chefs du parti sont âgés, pourtant ils ont résisté même à la torture. Et moi, je devrais céder, pour quelques mois de prison ?

Pari soupira, vaincue. Elle savait qu'il en irait ainsi. Elle avait même deviné les propos que tiendrait son frère. Elle avait pourtant espéré, au moins un peu. Depuis le temps qu'il était dans une cellule d'isolement, il ne pouvait savoir que beaucoup de ses camarades avaient bel et bien cédé. Même les journaux avaient publié de très longues lettres de repentance. D'excellentes personnes avaient renié leurs idées et bien davantage. Pari le lui aurait dit si elle avait pensé pouvoir l'ébranler, mais il était évident qu'il ne l'aurait pas crue. Et peut-être même, en définitive, que cela ne changerait rien pour lui.

Simin, en revanche, refusait d'entendre raison :

— Dis-le-lui, toi, Pari, qu'il doit demander pardon, dis-lui qu'il est en train de se faire du mal pour rien.

Tes amis, Behruz et Amir, ont fait quelques mois de prison, et maintenant ils sont dehors. Si tu signes la lettre de repentir, ils te relâcheront, ils l'ont promis à tout le monde.

Sa mère le regardait droit dans les yeux, pressée d'y voir paraître un signe d'assentiment. Pari s'empara du combiné. Elle ne savait que dire ; le temps leur était tellement compté qu'insister lui semblait peine perdue. Cependant sa mère attendait une aide de sa part.

Javad se chargea de la tirer d'embarras :

— Et vous, comment vous allez?

Il leur souriait avec douceur.

Pari commença à évoquer les petits événements quotidiens ; elle lui était reconnaissante de ce semblant de normalité. Elle parla des réparations effectuées dans l'appartement, du bruit que faisaient les voisins, de son travail, d'une de ses patientes qui était insupportable. Elle parlait encore quand la toile se mit à descendre. Un quart d'heure, c'était vraiment trop peu. Simin, Pari et Javad se baissèrent par réflexe, sans cesser de se regarder dans les yeux, de plus en plus courbés.

Simin et Pari jetèrent encore un regard à la toile grise, puis s'éloignèrent, tête basse. Dès qu'elles eurent quitté Evin, elles éprouvèrent toutes deux le besoin de lisser les plis de leurs vêtements et de leur voile pour se débarrasser de l'odeur de la prison. Et tandis qu'elles remontaient la descente du Repentir, la mère dit à sa fille :

— Il n'a même pas demandé de nouvelles d'Abbas et d'Ali. Des fils pareils, je ne m'y ferai jamais.

18

Iraniens d'Amérique

Quelques années plus tard, je participai à Seattle à un congrès sur les droits des femmes. Parmi les orateurs figuraient Parvaneh Forouhar, une activiste politique connue, militante du Front national, et Maurice Danby Copithorne qui avait succédé à Reynaldo Galindo Pohl comme représentant de l'Onu en Iran. J'avais accepté l'invitation au dernier moment, dans le but surtout de m'entretenir avec ce dernier sans risquer d'être espionnée. Je voulais l'informer sur les dernières violations des droits de l'homme.

Dix jours avant mon départ, je reçus un coup de fil d'une femme qui avait été mon professeur de lettres au lycée ; elle avait déménagé à Los Angeles après la Révolution islamique. J'avais entretenu avec elle une relation privilégiée, car elle m'avait aidée à surmonter un problème de bégaiement. Elle me forçait alors à parler lentement, en articulant chaque mot. Résultat, je bégayais moins. Mes interrogations à l'oral duraient deux fois plus longtemps que celles de mes camarades, mais le blocage avait fini par être vaincu, à force de conviction. En ce temps-là, j'étais loin d'imaginer à quel point il me serait utile de savoir m'exprimer en public. Quand cette enseignante s'aperçut que je comptais parmi les intervenants, elle me convia à lui rendre visite et m'offrit de participer à une rencontre avec d'autres immigrés iraniens. Ce n'est pas un hasard si Los Angeles est surnommée "Teherangeles". La ville accueille une importante communauté de mes compatriotes exilés au lendemain de la Révolution. Comme le veut l'usage dans la culture iranienne, j'opposai à cette invitation le *ta'arof*, autrement dit je déclinai pour la forme, avant d'accepter finalement, seulement après que l'on eut insisté plusieurs fois.

Sachant que je devais m'arrêter aussi à Los Angeles, Simin me demanda d'aller voir Abbas et de lui rapporter des nouvelles. Son fils lui écrivait régulièrement et n'oubliait jamais de lui envoyer pour son anniversaire un flacon de son parfum favori, mais cela ne suffisait pas à tranquilliser Simin.

— Une mère le sent, quand quelque chose ne va pas. Comment se fier à des lettres stupides et à quelques coups de téléphone? répondait-elle à qui essayait de lui faire entendre raison.

Je n'avais pas vu le général depuis des années et j'acceptai volontiers de passer lui dire bonjour. Simin en profita pour me confier "quelques provisions". Le jour du départ, elle m'apporta un sac de dix kilos contenant les aliments préférés d'Abbas : des légumes, des fèves, de la salade, des fruits et des citrons séchés, des pistaches, ainsi que notre pâtisserie traditionnelle, le *gaaz*, comme si tous ces produits étaient introuvables aux États-Unis.

C'est ainsi que mon bref voyage à Seattle se transforma en un long pèlerinage chez les Iraniens d'Amérique, vieux amis, simples connaissances et parfaits inconnus unis seulement par le fait d'être du même pays. J'étais toujours émue quand je pensais à l'intensité des liens produits spontanément par la culture orientale, où il suffit d'une parenté lointaine ou d'un prétexte, même fragile, pour se sentir immédiatement solidaires les uns des autres.

Mon enseignante m'en apporta une preuve immédiate. Elle fut la première à se lever de son siège pour applaudir mon intervention lors de la conférence. Ses yeux brillaient de fierté, tant j'avais parlé d'une voix fluide et maîtrisée.

— Shirin, je dois admettre que j'ai bien travaillé avec toi. Tu es devenue une oratrice hors pair.

Elle se félicitait elle-même sans modestie aucune.

— Vraiment, professeur? répondis-je, amusée et ravie de lui faire ce plaisir.

Au fond, vingt ans après, elle me regardait toujours comme son élève ; et elle n'avait pas tort, car moi-même je ne pouvais m'empêcher de l'appeler "professeur".

*

Le lendemain, Arya vint me chercher pour me conduire à San Diego, où vivait Abbas. La dernière fois que je l'avais vu, avant qu'il ne parte faire ses études en Amérique, Arya était un garçon imberbe et disgracieux, si grand qu'il avait toujours l'air d'être près de basculer en avant. Mais les années lui avaient fait cadeau d'un beau corps svelte et athlétique, sans parler du sourire désinvolte de celui qui est sûr de son pouvoir de séduction. Il avait les mêmes cheveux noirs que son père, et les mêmes yeux sombres, mais son regard était encore empreint de cette gentillesse qu'Abbas avait perdue en grandissant trop vite. Il portait des vêtements de la meilleure qualité et semblait complètement américain ; la seule concession à ses origines était sa barbe noire bien taillée, ainsi que cet accent chantant qui lui venait même en anglais, et dont il ne pouvait se défaire.

De Los Angeles à San Diego, il y a environ deux heures de voiture, mais le voyage passa vite, entre bavardages et échanges de souvenirs. Arya avait fourni beaucoup d'efforts. Pendant ses études d'architecture, il avait rejoint une agence en tant que stagiaire, histoire d'apprendre le métier rapidement et de mettre un peu de côté. Un an après son diplôme, il était déjà prêt à lancer sa propre activité et, avec un associé, il ouvrit un cabinet d'étude spécialisé dans la restauration et la vente de maisons anciennes. Un *business* très rentable et stimulant, comme il me l'expliqua fièrement. Le mot *business* revenait avec insistance dans un discours où, sans même qu'il s'en aperçoive, le farsi se mélangeait à l'américain.

Son associé venait de financer un nouvel investissement : ils avaient acheté un terrain dans une zone résidentielle, à la périphérie de Los Angeles, et entrepris d'y construire une série de pavillons destinés à être vendus avec un fort bénéfice. Arya travaillait beaucoup, mais cela lui plaisait ; et ce qui lui plaisait encore plus, c'était de n'avoir de comptes à rendre à personne. Il se sentait arrivé et content de lui.

— Alors qu'est-ce que tu attends pour te marier? lui demandai-je en cochant mentalement chacune des mille questions que Simin m'avait recommandé de poser.

— Pourquoi devrais-je me marier? Les États-Unis, ce n'est pas comme l'Iran, où ils se marient tous parce que leurs parents n'attendent que ça. Ici, chacun est libre de faire ce qui lui plaît et de s'affranchir des traditions si elles ne lui conviennent pas, répliqua-t-il en fixant la route des yeux.

Sa voix soudain s'était voilée et je me demandai s'il n'avait pas connu une déception sentimentale.

J'allais lui répondre que le mariage est un choix amoureux, y compris en Iran – moi-même, son aînée de quatorze ans, j'avais épousé l'homme que j'aimais en dehors de toute contrainte. Cependant je m'aperçus qu'il était contrarié. Abbas devait l'avoir déjà suffisamment tourmenté avec ça, inutile d'insister.

Je battis en retraite vers le terrain quasi neutre de la littérature pour découvrir, à ma grande surprise, qu'il connaissait fort bien la production iranienne récente, alors qu'il vivait en Amérique depuis des années. Il me dit en confidence qu'il écrivait lui aussi : des poèmes tendres et musicaux, ainsi que je pus m'en rendre compte car il m'en récita quelques-uns, imprégnés de nostalgie pour sa terre natale.

— Tu es vraiment excellent. Tu n'as jamais pensé à les publier ?

— Si. J'ai envoyé deux ou trois poèmes à une revue littéraire en Californie. Ils les ont édités. Ceux en anglais, évidemment. Ceux en farsi, je les garde pour moi et pour les rares personnes qui peuvent les comprendre.

Je le regardai avec une admiration sincère. Tout jeune qu'il était, il s'était déjà bâti une carrière prometteuse et adapté à un autre pays. Il avait révélé en outre, dans deux langues, un talent inattendu pour la poésie. Voilà la récompense, me dis-je, de tous les sacrifices accomplis par Abbas et par Touran pour que leurs enfants puissent vivre à l'étranger.

— Et Borna ? Qu'est-ce qu'il fait, lui ? demandai-je.

Je venais de me rendre compte qu'il ne m'avait pas encore parlé de son frère.

Arya se mit à se gratter la barbe, manifestement embarrassé.

— Borna ne fabrique rien de bon. À son arrivée en Amérique, il avait en tête de devenir metteur en scène. Puis il a découvert que même ça, ça exigeait de l'implication, et il a laissé tomber. La fac, il n'a jamais pu la finir. Il feignait d'étudier, uniquement pour continuer de se faire entretenir. Il a eu du mal à s'inscrire en deuxième année. Il a arrêté de jeter l'argent par les fenêtres seulement quand nos parents sont venus en Amérique. Ils ont tout perdu avec la révolution, ils n'arrivaient même plus à payer les soins de ma mère. Et cet idiot de Borna qui continuait à changer de travail tous les deux ou trois mois : personne ne pouvait se fier à lui, il se faisait renvoyer de partout.

Je ne savais que répondre. Il employait un ton dur, méprisant, comme Abbas autrefois quand il parlait de Javad en disant "celui-là".

— Tu ne sais pas ce qu'il a manigancé ? poursuivit Arya. Quand il se faisait encore passer pour un étudiant, il a joué au casino, à Las Vegas, tout l'argent de son inscription universitaire. Il a téléphoné à notre père, en larmes, pour lui dire qu'il avait eu un accident et qu'il devait régler les dégâts sous peine de se retrouver en prison. Papa a réuni tout l'argent qu'il pouvait pour payer la bêtise de mon frère. Si j'avais su, j'aurais empêché ça.

Arya se triturait toujours la barbe, les yeux fixés devant lui, une main serrée sur le volant.

— Tu es sûre que ça ne lui a pas servi de leçon? Il suffit parfois, pour trouver sa voie, d'avoir la bonne impulsion, dis-je avec l'espoir de le calmer.

— Il travaille comme présentateur dans un cabaret. Il annonce les artistes et raconte des histoires scabreuses entre les numéros. Il prétend qu'il est metteur en scène. Il gagne une misère, mais il est content. Il boit et mange gratis, retrouve ses copains tous les soirs. Ce n'est pas merveilleux, mais au moins c'est un boulot qu'il a réussi à garder un an. Quand il n'arrive pas à payer son loyer, il tape notre père. Non, Shirin *joon*, je ne crois pas qu'il ait rien appris, conclut-il.

Il ne cessa de gratter sa barbe pendant tout le reste du voyage.

*

— Shirin *joon*, quel plaisir de te revoir, dit Abbas en m'accueillant chaleureusement.

Il avait ouvert grand la porte au premier coup de sonnette, comme s'il m'avait attendue derrière. On voyait qu'il s'était préparé à ce rendez-vous avec soin. Ses cheveux étaient bien peignés, même si une mèche récalcitrante avait tendance à glisser – il la remettait en place d'un geste bref. Il portait un pantalon noir au pli impeccable et une chemise crème qui ressemblait à celles qu'il portait enfant. Physiquement, il demeurait fidèle à lui-même, grand et sec, avec toujours le même sourire lumineux.

— Abbas *khan*, c'est un plaisir pour moi aussi! Depuis le temps! Combien?

— Trop, trop.

— Je te trouve très bien.

— Shirin, tu es *douce* comme toujours, répondit-il, renouant avec les jeux de mots de notre enfance.

Car Shirin en farsi, veut dire douce.

Il quitta l'entrée pour le petit salon. Le sol de grès gris, le même que celui du couloir, était recouvert d'un grand tapis aux couleurs chaudes. Deux fauteuils bordeaux et une table basse occupaient le centre de la pièce. Juste en face, dans l'angle, sur la gauche, trônait un vieux téléviseur avec son napperon. Un buffet bien ciré complétait l'ameublement ; Abbas y avait placé un grand bouquet d'œillets parfumés. Tout respirait le propre et le frais.

Arya prit congé et s'en alla vaquer à ses affaires. Il promit d'être bientôt de retour avec le meilleur *chelow kebab* de la ville.

— Un *chelow kebab* comme à la maison. Vous ne manquez vraiment de rien, Abbas *khan*, dis-je, stupéfaite.

Chaque objet semblait avoir été acheté au bazar de Téhéran.

Abbas me regarda avec un triste sourire.

— Les produits iraniens, on les trouve, mais les objets ne sont pas tout. Ça ne suffit pas. Ça ne remplace pas l'affection et la solidarité qui existent en Iran.

Pendant qu'il préparait le thé, je pris place dans un fauteuil dont quelqu'un, Touran sans doute, avait amélioré le confort grâce à un repose-tête et des couvre-bras brodés. Je m'abandonnai aux profondeurs de son rembourrage pour me détendre après ces journées passées à courir avec frénésie. En face de moi, sur le mur blanc, était accrochée la photo de mariage de Hossein et de Simin ; à côté, parfaitement alignée, il y avait celle d'Abbas et de Touran.

— J'ai laissé de la place pour Borna et Arya, dit le général en suivant mon regard.

Il apportait un grand plateau en étain qu'il déposa délicatement sur la table basse.

— Mais Borna n'arrivera à rien. Cet incapable. Par bonheur, ma pauvre Touran n'est plus là pour voir son aîné réduit à faire le bouffon.

Touran était morte un an après son opération, exténuée par la douleur et tourmentée par les soucis que lui donnaient ses hommes, tous pareillement perdus sans elle désormais. Abbas avait sur sa table de chevet une photo d'elle petite fille, du côté du lit qu'elle occupait naguère. Tous les matins et tous les soirs, il la saluait par une prière adressée à elle seule.

— Arya, lui, il se débrouille bien, poursuivit le général. Un garçon comme lui n'a même pas besoin de se chercher une fiancée.

Ses yeux brillaient de fierté. Il entreprit à son tour de me raconter les surprenants résultats obtenus par son fils, le travail déjà bien lancé et les merveilleuses perspectives. Dans son discours, le cabinet d'architecte était devenu une entreprise peuplant de gratte-ciel des quartiers entiers.

Un peu plus tôt, dans le couloir étroit imprégné d'indéfinissables odeurs de cuisine, Arya m'avait dit en confidence avoir proposé à son père de lui acheter un appartement plus confortable. Il aurait voulu qu'Abbas déménage dans une des villas qu'il se préparait à construire. Mais Abbas avait refusé sur un ton qui ne souffrait aucune réplique. Dans cette obstination, je retrouvai immédiatement l'homme que j'avais connu, aveuglé par l'orgueil au point de perdre ses frères. Pourvu que la même chose ne lui arrive pas avec ses fils, me dis-je.

Tandis qu'Abbas parlait, quelqu'un fit grincer une chaise sur le sol de l'appartement voisin, puis alluma la télévision. Ce bourdonnement monotone, à travers les fines cloisons, créait un fond sonore continu que fragmentaient des bruits de couverts en métal. De la fenêtre, on entrevoyait une interminable série d'immeubles pareils à celui-ci, aux couleurs pastel décolorées. Des garçons jouaient au ballon dans la rue, en hurlant parfois des grossièretés. Depuis notre arrivée dans les faubourgs de San Diego, je n'avais pas vu un seul arbre.

Même le logement propret d'Abbas m'apparut tout à coup sous une lumière différente, presque blafarde. Sur la surface lisse des meubles se distinguaient à contre-jour les auréoles des verres et des bouteilles. Les repose-tête brodés cachaient opportunément les endroits où les fauteuils étaient élimés, et le guéridon jetait sûrement son ombre sur un tapis trop usé. Les murs comportaient dans les angles de minces fissures que la tapisserie peinait à dissimuler. Cet effort de rangement et de propreté, ce reste de dignité forcée, m'attrista davantage que l'état de décrépitude de l'immeuble.

Abbas m'entretint longuement de la maladie de Touran, de sa mort et du vide qu'elle avait laissé ; il me raconta les dettes contractées pour payer les soins, les soucis d'argent et les sacrifices continuels. J'étais stupéfaite de le voir renouer aussi facilement avec la familiarité d'autrefois, quand il jouait auprès de nous le rôle du grand frère. Pour gagner sa vie, il avait dû se résoudre à devenir boulanger. Un ex-camarade d'école l'avait pris avec lui dans son commerce ; il se levait tous les jours à 4 heures et traversait la ville pour aller pétrir et enfourner des kilos de pain blanc.

— Tu as déjà vu ça, Shirin, un général faire le boulanger? me demanda-t-il en s'essayant à l'ironie d'une voix chargée d'amertume.

Il détestait cette nouvelle vie, ainsi que ce pays, mais rentrer était impossible. Il était venu ici retrouver ses garçons en se disant qu'il retournerait bientôt reprendre les armes en Iran. Mais entre-temps le Shah avait cédé. Il s'en était allé, jetant le pays dans le chaos, et son général le plus fidèle dans les affres de la culpabilité à cause de ce qu'il considérait comme une désertion.

Il avait bien essayé de se précipiter chez lui, durant ces jours tourmentés, mais les aéroports avaient été fermés pour empêcher le retour de Khomeyni et Abbas avait dû se résigner à assister de loin à la fin de son monde. Touran et lui étaient venus en Amérique avec une valise, pour y passer quinze jours, et ils s'y étaient retrouvés coincés, seuls et sans le sou. Tous leurs biens avaient été saisis, leurs comptes gelés, leur maison confisquée. Que leur restait-il en Iran? Et à quoi bon retourner dans un pays qui ne ressemblait plus à ce qu'il était avant? Abbas le savait; dès qu'il y remettrait les pieds, il serait fusillé sans procès.

— Mon seul regret, c'est de ne pas avoir emporté une poignée de terre, de la terre de chez moi. Le Shah, au moins, a pu le faire. Mais je ne savais pas alors que je ne reverrais plus jamais mon Iran. Si seulement je pouvais y être enterré! Touran, je n'ai pas pu la rapatrier. Quand viendra mon tour, peut-être pourrons-nous y retourner tous les deux…

Abbas fixait un point vague derrière mon épaule. Entre ses mains, sa tasse de thé avait refroidi. Des rides minuscules se dessinaient aux coins de sa bouche et de ses yeux, plissant ses cernes. Ayant renoncé à dompter sa mèche de cheveux en désordre, il la laissait retomber sur son front. Je n'avais pas remarqué plus tôt qu'il avait de nombreux cheveux gris. Il n'avait même pas cinquante ans et j'eus l'impression soudain d'être face à un vieillard.

Je lui demandai de m'expliquer pourquoi l'armée avait abandonné le Shah en 1979. Il commença à parler d'une voix plate, blanche.

— Tu te rappelles ce qui se passait? Tous les jours des manifestations remplissaient les rues, des hordes de gens envahissaient les places, l'air était saturé de slogans. Ils criaient *"Allah akbar! Allah akbar!"* aux fenêtres, sur les toits, depuis les voitures. Le même cri partout. Et ces traîtres criaient aussi: "Mort au Shah!" Les grèves ont duré des semaines, l'économie était à genoux. Nous, l'Iran des puits de pétrole, nous n'avions plus d'essence. Les commerces étaient vides. Ils avaient même fermé le bazar. Les gens avaient faim et l'argent, pour ceux qui en avaient encore, ne valait plus rien.

« Il y avait partout des portraits de Khomeyni. Lui, il poussait les gens à la révolte, il les envoyait combattre à sa place, tout en vivant confortablement à Paris, sous haute surveillance. Tu sais que les Français, les Américains et les Anglais protégeaient sa tanière comme s'ils avaient déjà affaire à un chef d'État?

« Nous avions reçu l'ordre de contrôler les manifestations, mais que pouvions-nous faire, à quelques centaines contre des milliers? Nous descendions dans la rue bien armés, avec nos tenues anti-émeutes, et nous regardions les gens défiler. Nous ne faisions même plus peur. Jusqu'à ce qu'ils nous disent de tirer. Alors on a tiré. Même moi j'ai pu voir le résultat après notre passage. Tous ces cadavres, des jeunes, des adultes, tombés n'importe comment sur l'asphalte. Des hommes étripés, l'horreur dans les yeux, d'autres tranquilles, qui avaient l'air de dormir. Le sang coagulait en caillots rougeâtres, écœurants, aussitôt couverts de mouches. Les restes humains avaient fini dans le caniveau et devaient empester la ville pendant des semaines.

« Les manifestants avaient fui comme des rats apeurés dans les cours des immeubles voisins, ils s'étaient hissés jusqu'aux fenêtres ou bien avaient défoncé les portes cochères. Combien on en aurait débusqué, si on avait perquisitionné ! Mais l'ordre n'est pas tombé. Tous avaient encore sur eux les traces du sang de leurs camarades et l'odeur de la peur. Ils s'enfuyaient précipitamment. Et nous, nous n'avions plus qu'à pleurer sur tous ces jeunes gens corrompus par les communistes et par les mollahs ; à penser aux familles honnêtes qui avaient perdu un fils.

« Après, ils ont cessé de nous faire tirer sur la foule. J'ai cru que c'était bon signe. Ils devaient avoir trouvé le moyen d'ouvrir le dialogue. Ou alors c'était trop tard. Je ne sais pas. Les gens étaient furieux. Ils croyaient en Khomeyni. Ils ne croyaient pas au Shah.

Abbas acheva ce long monologue en secouant la tête d'un air incrédule. Il n'avait jamais compris pourquoi l'Iran s'était révolté.

— Mais pourquoi le Shah est-il parti ? objectai-je. S'il était resté, il aurait pu défendre la monarchie, du moins mourir en héros. Et son fils aurait pu lui succéder.

J'avais dit cela pour essayer de lui faire quitter ce regard fixe, plus que par un vrai désir d'ouvrir le débat. Raisonner avec Abbas avait toujours été impossible.

— Shirin, tu n'as jamais rien compris à ces choses. Il était malade, il devait se soigner. Et s'il était resté, nous aurions continué à tirer sur la foule. Nous aurions tué d'autres jeunes gens. C'est pour eux qu'il a fait ça, pour éviter un bain de sang, conclut Abbas d'un ton paternaliste.

— Je ne comprends pas, Abbas *khan*. Si le Shah se savait très malade, il n'aurait pas dû avoir peur de mourir en défendant son trône. Et pour ce qui est du bain de sang, tu n'as pas entendu parler du nombre de gens qui meurent tous les jours? Les opposants, ou présumés tels, sont arrêtés, torturés, tués. Tu sais combien d'exécutions capitales ont eu lieu sous la Révolution? Combien de procès sommaires? Combien de morts?

J'avais encore en tête mon rapport présenté au congrès de Seattle et dans le cœur le sentiment de désolation qui m'avait envahie quand je m'étais retrouvée face à mon impuissance.

— Shirin, ce n'est pas la faute du Shah mais celle de Carter qui nous a laissé tomber. Peu après l'opération de Touran, en décembre peut-être, ou même en janvier déjà, ils ont convoqué d'urgence l'état-major des Armées, à 7 h 30. Nous devions discuter de la situation politique et décider si les militaires avaient une possibilité d'étouffer la Révolution.

« À mon arrivée, toutes les grosses pointures de l'armée étaient là, un groupe important dont la loyauté ne faisait pas le moindre doute pour moi. C'est seulement après, alors que je quittais le pays, que j'y ai repensé. Et non, ils n'étaient pas tous présents. Il manquait des noms et des visages que je connaissais depuis des années. Les traîtres, des généraux comme moi, avaient déjà fait leurs valises et quitté le navire avant le naufrage.

« De toute façon, nous avions ce général Huyser sur le dos. Les États-Unis l'avaient envoyé exprès pour contrôler la situation. Des conneries ! Tout ce qu'il voulait, c'était nous lier les mains. Il s'est levé pour nous dire à tous : "L'armée ne peut pas intervenir. Trop de soldats sont croyants. Ils se révolteraient. Khomeyni a sur eux une grande influence. On ne compte plus les désertions dans les casernes. Si l'armée intervient brutalement, ça va déclencher une guerre civile."

« Son propos a été accueilli par un silence total. Comment cet Américain pouvait-il se permettre de décider pour nous ? Et de choisir la reddition ? Mais Huyser se moquait bien de nous : "À la conférence de la Guadeloupe, les États-Unis, l'Angleterre, la France et l'Allemagne sont tombés d'accord. Il faut empêcher la guerre civile. L'Iran possède un armement trop sophistiqué – des jets, des missiles –, ce serait un carnage. Et les armements risqueraient de passer aux mains de l'Union soviétique. En revanche, si nous nous entendons avec les chefs révolutionnaires, l'armée ne sera pas désintégrée." Voilà ce qu'il préconisait : une entente avec les chefs révolutionnaires.

Abbas n'avait jamais considéré la politique d'un œil objectif et il n'arrivait toujours pas à prendre du recul sur ce qui s'était passé. Sa rancœur et son désespoir étaient aussi violents que si la Révolution se déroulait toujours.

— J'écoutais Huyser délirer et j'attendais que quelqu'un le fasse taire. Mais personne ne disait rien. À la fin, c'est moi qui me suis levé : "Général, cela signifierait trahir Sa Majesté. Comment imaginez-vous que nous puissions accepter ces conditions ?" Je pensais que quelqu'un allait me soutenir. Au contraire, le chef d'état-major m'a fusillé du regard, m'a fait signe de me rasseoir et a répliqué : "Bien sûr que nous sommes fidèles au Shah. Comment osez-vous en douter, général ? Cela dit, il est dans l'intérêt du pays et de la famille royale que nous restions neutres. Et c'est ce que nous allons faire." J'ai dit : "Rester neutre veut dire offrir le pays aux mollahs de Khomeyni." Le commandant de l'aviation a pris la parole et demandé si le Shah était d'accord avec ces mesures. Le chef d'état-major a répondu que Sa Majesté était très mal et que l'on ne pouvait risquer de mettre sa santé en danger avec ces nouvelles déplaisantes. Huyser approuvait. Tu ne comprends pas, Shirin ? Ils l'avaient laissé tomber, sans avoir même le courage de le lui dire ! Pour la première fois, j'ai eu honte de mon uniforme.

« Je suis sorti de là en me disant que j'allais me tuer. Je ne pouvais supporter le déshonneur de trahir Sa Majesté. Puis j'ai vu Touran devant la porte, chez nous, et je n'en ai pas eu le courage. Elle avait encore besoin de moi. Je ne pouvais pas l'abandonner. C'est comme ça que je suis parti en laissant tout derrière moi. Je vais t'avouer une chose, Shirin : lorsque j'ai pris cet avion pour venir à Los Angeles, une part de moi-même savait que je ne retournerais plus en Iran, que j'étais en train de laisser tomber mon pays exactement comme ces traîtres. Après tout, il est peut-être juste que je fasse le boulanger, puisque je n'ai pas été un bon général.

— Abbas *khan*, vous n'auriez pas pu sauver le pays tout seul, dis-je pour essayer de le consoler. De trop longues années d'injustice et de violence avaient exaspéré le peuple. Le seul espoir, c'était que le Shah reste et prépare la succession de son fils.

Abbas se dressa d'un bond.

— Shirin, tu ne m'as pas écouté. Je viens de t'expliquer que le Shah n'avait pas le choix. C'est la faute des États-Unis qui ont abandonné leur plus fidèle et important allié au Moyen-Orient. Tu ne me crois pas? dit-il en me défiant du regard.

Je pensais qu'Abbas ne réussissait pas à admettre que le Shah ait pu commettre la moindre erreur. Il préférait rejeter la faute sur l'Amérique.

Devant la déception qui était manifestement la mienne, il se précipita pour aller chercher deux livres dans l'armoire. Tous deux étaient abîmés et très écornés ; tandis qu'il les feuilletait, je vis que de nombreux passages étaient soulignés.

— Tiens, regarde, les Américains eux-mêmes le disent, qu'ils ont fait tomber le Shah, reprit-il avec fougue en agitant les deux volumes sous mon nez. Tout est écrit là. Dans ses mémoires, l'ambassadeur William Sullivan a reconnu que les États-Unis avaient conseillé à Sa Majesté de quitter l'Iran dans l'intérêt du pays. C'est l'ambassadeur lui-même qui l'a dit au Shah. Et le Shah, qui lui a fait confiance, a seulement répondu : "Très bien, mais pour aller où ?" Même Huyser parle de cette "opération" : ici, regarde.

Il me présenta grand ouvert le livre du général Huyser, *Mission to Teheran*, et s'exclama en pointant du doigt les phrases soulignées :

— Lis, il le reconnaît. Il avait débarqué en Iran avec mission de convaincre l'armée de se proclamer neutre, afin d'empêcher un putsch. Quand on pense qu'à peine quelques mois avant, Carter était venu en visite et avait confirmé son soutien au Shah… Ils ont traité l'Iran comme la lampe d'Aladin : ils croyaient presser le pays et ils ont réveillé le génie. Maintenant ils ne savent plus comment faire en sorte que ce monstre retourne d'où il est venu. Ils ne parviennent plus à le contrôler et ils ont peur. *Maintenant* ils ont peur. C'est ce traître de Carter, tout est sa faute, pas celle du Shah. Tu es encore imprégnée d'idées communistes.

En toute autre circonstance, je l'aurais pris de front et je lui aurais dit que les États-Unis nous avaient toujours contrôlés et manipulés, y compris sous le règne de sa chère Majesté le Shah. Je lui aurais rappelé Mossadegh et notre vieille discussion. Mais j'étais trop heureuse de voir qu'il n'avait plus cette expression d'homme au bout du rouleau. Ses joues avaient repris des couleurs. C'est pourquoi je préférai me taire. Du moins était-il un tant soit peu redevenu l'Abbas belliqueux que je connaissais.

J'avais eu du mal à me retenir d'éclater de rire quand il avait fait allusion aux communistes : pour lui, quiconque était antimonarchique avait des opinions marxistes. Presque tous ceux qui soutenaient le Shah, en tout cas les quelques-uns qui avaient survécu, pensaient la même chose. On les appelait les *"Shah-ol-Llah"*, le parti du Shah, par opposition au *"Hezbollah"*, le parti de Dieu, expression qui désignait les partisans les plus acharnés de Khomeyni. Le cerveau d'Abbas, qui s'était figé pendant son passage à l'École militaire, demeurait imprégné de la propagande royale. C'est Pari qui avait raison : ses frères vivaient dans une cage dont même l'histoire ne pourrait les libérer – surtout pas l'histoire.

Abbas continua d'invectiver les États-Unis.

— Ils en ont plein la bouche, des droits de l'homme, et tu as vu comment ils ont traité le Shah ? Ils ne voulaient même pas qu'il vienne se soigner chez eux. Carter disait que ça aurait joué contre l'intérêt de l'Iran, puisque ça aurait indisposé le nouveau gouvernement.

C'est seulement à la fin qu'ils l'ont accueilli, mais alors il était trop tard.

Je le laissai s'épancher jusqu'à ce qu'Arya sonne à l'entrée. Je fus ravie de cette interruption. En effet, je commençais à trouver vraiment pénible d'écouter sans répliquer cette plaidoirie aveugle. Comme je le regardais ouvrir un tiroir pour y chercher un album de photos, j'aperçus la lueur métallique d'un revolver. Ayant surpris mon regard, il fit écran au tiroir avec son corps.

— Ce n'est rien qu'un vieux souvenir, Shirin. Que veux-tu que ce soit d'autre?

— C'est de la folie, Abbas *khan*. Cacher une arme chez toi, avec tout ce qu'on raconte sur les Iraniens vivant en Amérique!

— C'est mon vieux pistolet. Dans l'armée, ils m'ont appris que la dignité d'un officier dépend de son arme. Et même si je fais maintenant le boulanger, j'ai tout de même été général de Sa Majesté, répondit-il sèchement.

Abbas prit dans le tiroir deux albums de photos et nous les feuilletâmes ensemble: des portraits de famille, des déjeuners dans la grande maison d'Abbas Abad, ses frères et ses fils quand ils étaient petits. Passèrent sous nos yeux des images de nombre d'amis communs appartenant à notre enfance, désormais oubliés. J'en avais la gorge nouée, de penser que tous ces visages heureux et ces corps juvéniles avaient fini sous la terre.

Un cliché en noir et blanc glissa entre les pages et tomba sur le sol. Abbas le ramassa, et l'examina un instant: lui et Javad en train de jouer au foot. Abbas était déjà un garçon fort et de grande taille, qui savait courir après le ballon; derrière, trottinait son frère encore petit, les cheveux dressés par le mouvement, avec un large sourire sans arrière-pensée.

Abbas remit la photo à sa place sans prononcer un mot.

— Javad est de nouveau en prison, murmurai-je, comme suivant le fil de mes pensées.

— Oui, je l'ai su. Je lui ai toujours dit de ne pas s'engager sur ce chemin-là, quand il allait à l'école déjà. Il n'a pas voulu m'écouter. Voilà le résultat : il a fait souffrir notre mère pendant des années, il a épousé une fanatique pire que lui, et à présent il est retourné en prison. Sauf que, cette fois, personne ne pourra le sauver.

En dépit de son expérience et des bouleversements politiques, il continuait de parler de Javad sur ce même ton irrité, comme vingt ans auparavant, quand il l'avait surpris en train de lire des publications marxistes.

— Pari et Simin essaient de le convaincre de se repentir. Tant d'autres l'ont fait.

— Il ne se repentira pas. Pas Javad. Il a toujours été têtu. Ce n'est pas maintenant qu'il va changer. Il a renoncé à sa famille pour ses opinions, comment veux-tu qu'il les sacrifie aujourd'hui ?

Sa voix laissait transparaître un mélange de mépris et de fierté. J'aurais tellement voulu qu'il comprenne à quel point ils se ressemblaient, Javad et lui.

*

Abbas nous raccompagna à la voiture, Arya et moi. Il me dit au revoir affectueusement et me pressa de revenir le voir.

— Shirin *joon*, quand tu reviendras, pense à apporter dans ta valise un peu de terre d'Iran. Je veux aller la déposer sur la tombe de Touran.

Il me remit un paquet pour Simin, ainsi que des lettres à l'intention de Pari et de quelques vieux amis. C'est seulement alors que je pensai au sac de provisions resté dans la voiture. Heureusement, il n'y avait rien de très périssable. Je pris le sac dans le coffre et le rapportai à Abbas.

— Tiens, une pensée spéciale de ta mère. Tes produits préférés, général. Venus directement du bazar.

Voyant les paquets de fruits et de légumes abîmés par le voyage, après leur traversée de l'océan et de l'Amérique pour arriver jusqu'à lui, ses yeux s'embuèrent d'émotion, et une grosse larme silencieuse lui roula sur la joue. Je ne l'avais jamais vu pleurer.

— Merci, Shirin, ça m'a fait très plaisir de te revoir.

Alors que nous tournions à l'angle de la rue, Abbas me rappela et se mit à courir derrière la voiture.

— Shirin, une dernière chose. Quand Pari a vidé mon appartement, elle a pris le stylo de Mossadegh? Je le rangeais dans le premier tiroir de mon bureau, comme lui.

— Pas que je sache. Le bureau était vermoulu et elles l'ont laissé. Je suis désolée.

— Ça n'a pas d'importance, ce n'est rien qu'un souvenir ridicule, désormais.

19

La chanson de Ruhollah

— Commandant ! cria quelqu'un.

Ali fumait, appuyé à un char. Il se retourna nonchalamment pour voir qui l'appelait. Une nouvelle recrue, un de ces gamins des bas quartiers qui n'avaient pas encore compris le fonctionnement de la hiérarchie militaire, mais étaient au moins pleins d'enthousiasme.

Le garçon s'arrêta devant lui, le visage rougi par l'effort. C'est seulement alors qu'Ali comprit.

Sa première pensée fut pour Mariam qui était si jeune. Il la revit pleurant d'émotion le jour de leur mariage et de joie à la naissance de Ruhollah. Dans les familles traditionnelles, avoir beaucoup d'enfants était signe de grand bonheur et Mariam, comme toutes les femmes honnêtes, n'attendait rien d'autre que de devenir mère. Elle était tombée enceinte un an après leur mariage et Allah lui avait offert la bénédiction d'un fils, le plus grand bonheur. Elle avait commencé de pleurer aussitôt après ses couches et n'avait pas cessé jusqu'au lendemain soir. Ali s'était senti fier d'elle quand elle s'était efforcée d'étouffer les cris de douleur pendant le travail, mais davantage encore quand elle n'avait pu retenir ses larmes de joie.

Mariam n'avait pas pleuré le jour où ils avaient quitté leur appartement de Téhéran. C'était en 1981 et Ali combattait depuis quelques mois dans le sud du pays, affrontant des attaques irakiennes toujours plus violentes. Ils voulaient se rapprocher l'un de l'autre. Le devoir d'une épouse était de suivre son mari. La jeune femme prit donc Ruhollah qui venait d'apprendre à marcher et déménagea à Ahvaz. Ali, devenu commandant de sa division, avait la permission de passer deux soirs par semaine auprès des siens, sauf en cas d'opération militaire.

Mariam et Ruhollah vivaient dans deux chambres en location, appartement minuscule sans autre ameublement qu'un tapis et quelques coussins sur lesquels Ali, quand il venait, s'étendait pendant des heures pour essayer de soulager son dos douloureux. Il était satisfait du cours qu'avait pris sa vie. Tout son temps, tout son corps étaient voués à la défense du pays que Saddam Hussein avait attaqué sans le moindre préavis. Il avait auprès de lui sa femme et son fils et, du moins dans les premiers temps, il était resté en contact avec sa mère par voie postale.

À peine descendu de l'hélicoptère qui l'avait transporté au camp, il avait eu le sentiment d'avoir fait ce qu'il fallait. Il avait regardé autour de lui en se couvrant les yeux pour se protéger de la poussière, et il se serait immédiatement mis à prier pour le sort de tous les soldats si le commandant n'était pas venu à sa rencontre avec l'intention de lui communiquer les instructions de base. Il pria quelques mois plus tard, quand il devint commandant à son tour.

Son amour pour la Révolution et pour l'ayatollah Khomeyni avait rempli une existence qui autrement serait restée vide, selon son point de vue. Mais il ne se rendait pas compte que la ferveur religieuse avait fait de lui un homme obtus, fermé à toute pensée qui n'était pas dans la ligne de la révolution, de l'islam et des ordres de ses supérieurs. C'est seulement avec l'arrivée de sa femme et de son fils qu'il était redevenu capable de tendresse, un sentiment poignant qui lui inspirait presque de la honte, mais qui s'emparait de lui dès qu'il déposait son casque à l'entrée de leur petit logement. Il attendait que Ruhollah le rejoigne en trottinant à petits pas incertains ; alors il le soulevait en l'air et l'écoutait pousser ses cris de joie.

— Doucement, *baba*, doucement, disait Ruhollah d'un ton impérieux.

Alors Ali se mettait à tourner sur lui-même et son fils, écartant les bras, faisait semblant de voler. Cette image l'accompagnait quand il était au front, quand l'aviation irakienne bombardait les villes et les campements ; dans ces moments-là, il ne lui restait plus qu'à se recroqueviller sur lui-même et à espérer. Il existe aussi de bons avions, se disait-il entre deux explosions. Il pensait aux gazouillements de son fils pour tenter d'oublier le grondement des moteurs et le choc assourdissant des bombes. Sans même qu'il en eût conscience, cette litanie de mots enfantins avait peu à peu remplacé chez lui les habituelles invocations adressées au ciel.

Quand il écrivait encore à Simin, il le faisait pendant son repos, à l'ombre d'un véhicule militaire. Les progrès du petit Ruhollah, sa femme qui travaillait comme volontaire – pas de nouvelles de la guerre qui, il le savait, auraient été censurées. Mais après que Javad eut été arrêté pour la deuxième fois, ses lettres se firent plus rares. Il craignait en effet d'être "contaminé" par la trahison de son frère. Il continua d'écrire un peu, mais seulement parce que sa mère aurait fait un infarctus si elle avait cessé de recevoir des nouvelles ; il le faisait méthodiquement, dans un esprit de responsabilité, comme il accomplissait ses nombreuses corvées militaires. Près de lui, les autres soldats buvaient et dormaient. Le ciel était presque toujours bleu et limpide, presque gai, exactement comme au premier jour de son arrivée ici. Comme s'il ne risquait pas de perdre la vie à chaque instant, comme si les gens qui vivaient sous ce ciel n'étaient pas en train de combattre avec des armes réelles, avec leur vrai sang, pour avancer ou juste pour ne pas mourir.

D'habitude, le long de la file de chars à l'arrêt se formait une rangée de soldats au repos ; ils s'installaient perpendiculairement aux chenilles, les uns à côté des autres, pieds nus, la tête couverte pour se protéger du soleil et arriver à dormir. Ces moments dédiés au repos étaient les meilleurs, meilleurs même que les repas.

Mariam avait commencé à travailler comme volontaire dans un centre d'assistance aux soldats et, au bout de quelques semaines, était devenue responsable d'une section. Infatigable, elle se donnait avec tout le dévouement qu'elle avait hérité de sa famille et qu'elle observait aussi chez son mari. Elle cuisinait pendant des heures, elle reprisait les uniformes. Il y avait toujours à faire, et elle avait pris avec elle deux filles pour éplucher les légumes, cuire le riz et aller dans les villes voisines se procurer des vêtements auprès des habitants. Ali était fier d'elle. Quand il rentrait à la maison, il l'embrassait et remerciait Allah de lui avoir donné une femme aussi généreuse et pleine d'énergie.

Les attaques de l'armée irakienne, supérieure par l'aviation, les blindés et l'artillerie lourde et légère créèrent des difficultés dans la défense de l'Iran, qui dès les premiers mois perdit les villes d'Abadan et de Khorramchahr. Ahvaz devint le nouvel objectif. Les bombardements ne laissèrent pas grand-chose debout. Ce n'étaient partout que maisons éventrées, amas de briques et de décombres calcinés, enchevêtrements de fils électriques, huisseries vides, tôle tordue, murs fendus comme des écorces de fruits. Le tout recouvert de plusieurs centimètres de poussière du désert.

Mariam et Ruhollah étaient sortis indemnes de deux années d'attaques massives et maintenant que, avec la retraite irakienne, le front s'était déplacé, ils se sentaient pratiquement en sécurité. Au moment de quitter l'appartement pour rejoindre le front, Ali regardait son fils d'un air sérieux et, tout petit qu'il était, lui disait :

— Je t'en prie, prends soin de ta mère pendant que je ne serai pas là.

Ruhollah acquiesçait comme s'il avait conscience de ses responsabilités.

Mais Ahvaz demeurait la principale base militaire du Khuzestân, et l'Irak y reprit ses bombardements en 1985.

*

— Commandant, reprit le soldat.

Ali imaginait sa femme sous les gravats, en train de perdre son sang.

— Qu'est-ce qu'il y a ? demanda-t-il, essayant de ne montrer aucun fléchissement.

— Commandant, je suis désolé de vous apporter cette nouvelle. Mais le centre d'assistance d'Ahvaz a été détruit par l'aviation irakienne, monsieur.

Un frisson lui parcourut l'épine dorsale à la vision du corps sans vie de Ruhollah.

— Oui, répondit-il. Merci de m'avoir informé.

Le garçon s'éloigna en se demandant si le commandant avait bien compris. Mais ensuite, quand il se tourna à demi pour jeter un coup d'œil en arrière, il le vit s'effondrer au pied du char et se rendit compte alors qu'il avait été parfaitement clair.

Retrouver les corps s'était révélé impossible. Deux maisons s'étaient écroulées l'une sur l'autre, sur un troisième édifice, sur la route et sur les voitures en stationnement. Les deux pièces habillées de tapis et de coussins n'existaient plus. Il ne restait que l'habituel amoncellement de gravats, pareil aux autres. Les maisons, une fois touchées et détruites, devenaient toutes les mêmes. Et les morts également.

Ali avait mobilisé sa section pour creuser mais, après un jour et une nuit de recherches, les soldats avaient baissé les bras. Ils avaient fouillé pour lui, pour pouvoir lui remettre au moins les restes de sa famille ; mais au bout de deux jours le respect s'était mué en pitié quand il s'était mis à leur crier de continuer, de ne pas arrêter, car sa femme et son fils devaient être là et pouvaient être encore en vie. Il faisait nuit quand Ali lui-même abandonna les recherches. Le regard d'un soldat l'avait convaincu d'arrêter. Il l'observait comme on fixe des yeux un malade en phase terminale, ou un vieillard qui n'a plus sa raison. Alors il s'était relevé et s'était un peu dégourdi les jambes car, après toutes ces heures passées accroupi, il se sentait les genoux broyés. Ayant remis son casque, il avait dit :

— On rentre au camp.

Il n'avait pas même retrouvé un bout de tissu, une babiole, un éclat de meuble identifiable, susceptible d'être glissé dans sa poche et emporté au front.

Ali ne put rien dire à sa mère pendant plus d'un mois. Il se sentait mort, et en même temps invincible. Il se lançait dans les missions les plus périlleuses, était le premier à ouvrir le feu, se portait volontaire pour toutes les opérations.

Il se jetait dans les bras de la mort en pleine conscience, mais la mort ne voulait pas de lui. Chaque nouvelle mission lui valait une nomination et une médaille. Au retour, il s'examinait pour évaluer les dégâts, et c'était pour s'apercevoir, hélas ! que tout était en place, à part deux ou trois égratignures pas même douloureuses. Et le lendemain il repartait comme il était parti la veille, comme il repartirait le jour suivant. Il se promettait alors d'en faire encore davantage, et découvrait en lui-même une force ignorée jusque-là ; il ne se fatiguait pas, ne cherchait plus le repos à l'ombre des chars, ne regardait plus le ciel si bleu. Il n'avait d'yeux que pour les armes, les casques, les tenues de camouflage, les munitions, les missiles. Il ne parlait plus à personne et ne parvenait même plus à prier. Il craignait que les litanies n'en viennent à effacer de sa tête le son joyeux des gazouillements de Ruhollah.

20

L'ultime trahison

Les funérailles traditionnelles, en Iran, ont lieu à la mosquée. Un mollah récite les versets du Coran, parle longuement du disparu puis adresse une supplique pour que son âme traverse en paix le *po-e sarat*, le pont léger qui relie le monde terrestre à l'au-delà. Les parents prient avec lui et invitent leurs proches chez eux afin de se souvenir et de manger le *halva*.

Après la Révolution islamique, beaucoup ont exprimé leur aversion politique pour le régime en refusant totalement la religion – ils laissaient même dans leur testament des dispositions interdisant toute cérémonie religieuse. En pareil cas, on se rendait directement à la maison pour pleurer ensemble.

Pari avait organisé la cérémonie pour la commémoration du septième jour. Son appartement étant trop petit, elle avait préféré louer une grande salle vide où elle avait fait livrer cent chaises pliables. Il n'y en avait pas suffisamment en plastique noir et elle avait dû en accepter une vingtaine d'un rouge criard, qui jurèrent dans la pénombre de la pièce.

Ma mère et moi rejoignîmes la partie réservée aux femmes. D'épaisses tentures masquaient les hautes fenêtres, créant une atmosphère lourde et laiteuse.

Il y avait ici et là de gros bouquets de fleurs noués de rubans noirs. Sur la grande table, au centre de la pièce, se détachait la photo d'Abbas avec sa bordure noire. Le cliché datait de sa promotion comme général : son portrait en uniforme, de trois quarts, regard fixé sur l'objectif. Il ne souriait pas.

La section des femmes était presque pleine : tantes, cousines et vieilles relations de la famille avaient pris place et attendaient la cérémonie. Les hommes, beaucoup moins nombreux, encore debout, cherchaient des yeux un visage connu. Les rangs de l'armée avaient été décimés par l'épuration du régime et par la guerre. Bien peu d'amis et de compagnons d'armes étaient encore là.

Sans parler de la famille. Javad était en prison, Ali au front, Borna et Arya en Amérique ; quant à Simin, elle était aux soins intensifs à l'hôpital car elle avait fait un infarctus en apprenant qu'Abbas était mort. Comme toujours, Pari était seule pour maintenir le fil d'une famille désagrégée.

Elle avait essayé de persuader Ali de prendre une courte permission.

— En ce moment, je ne peux pas abandonner les combattants. On est en train de faire reculer l'armée de Saddam Hussein, lui avait-il répondu au téléphone, d'un ton pressé.

La guerre était entrée dans une nouvelle phase ; les Irakiens avaient marqué des points au début, mais Khomeyni commençait à reconquérir ses territoires et traitait avec mépris la résolution de l'Onu, espérant exporter la Révolution.

— Ali, s'il te plaît, avait repris Pari pour essayer de le convaincre.

Mais son frère l'avait empêchée d'aller plus loin ; il ne pouvait perdre son temps davantage, c'était ainsi et voilà tout.

— Je ferai une lecture complète du Coran pour le salut de son âme, concéda-t-il avant de raccrocher.

Le clic de la ligne coupée avait claqué aux oreilles de Pari comme une détonation.

La cérémonie fut simple. Les amis prononcèrent un discours en souvenir d'Abbas, puis regagnèrent leur place en silence. À la fin, Pari se leva, élégante et belle dans sa sobre robe noire. Ayant parlé du frère affectionné de son enfance et de l'adolescent généreux, elle donna la parole à un poète qui lut un passage du *Shâh-nâme*, le *Livre des Rois*. C'était honorer le patriote qu'avait été Abbas, mais également son amour de la monarchie. Certains se mirent à jeter autour d'eux des regards inquiets.

Au terme de la cérémonie, nous fîmes la queue pour aller présenter les condoléances rituelles. Ma mère étreignit Pari avec force.

— Je n'aurais jamais pensé voir mourir un des vôtres, murmura-t-elle.

Elle lui demanda aussi des nouvelles de Simin.

— Elle va mieux. Le docteur dit qu'elle va récupérer. Elle devrait quitter les soins intensifs demain. Mais elle a reçu un choc terrible. J'ai bien cru qu'elle ne s'en remettrait pas, répondit Pari.

Sa voix était douce et glissait sur les mots sans hésitation aucune, comme si le sujet ne la concernait pas. Elle semblait étrangement à distance de tout : coiffure parfaite, robe repassée, maquillage discret, maintien rigide.

Je l'embrassai à mon tour ; elle me donna une brève accolade de circonstance.

— Si tu veux me parler, tu sais où me trouver, lui dis-je seulement.

— Pas maintenant, Shirin *joon*, pas maintenant. Je passerai chez toi ce soir.

Elle vint effectivement. Nous mangeâmes une pizza tous ensemble puis je couchai les filles. Quand nous fûmes seules, Pari commença son récit.

*

Pour Thanksgiving, Abbas s'était rendu à Los Angeles chez Arya. Il était arrivé en bus, à 19 heures, juste à temps pour se laver les mains et passer à table. Ils n'étaient que tous les deux. Borna avait un spectacle à présenter et leur famille, en Amérique, ne comptait plus personne d'autre. Il n'y eut ni prière ni dinde. Ils voulaient seulement profiter de l'occasion pour passer un moment ensemble ; ils n'avaient jamais fêté aucun Thanksgiving. Pour la première fois depuis des mois, Abbas ne serait pas obligé de se lever avant l'aube pour aller faire le pain et cela était plus important à ses yeux que n'importe quelle festivité.

Le matin du quatrième et dernier jour de congé, Arya sortit pour un rendez-vous professionnel.

— Je vais me reposer un peu, demain je dois retourner au travail moi aussi, dit Abbas après avoir trempé une brioche dans son thé.

Mais il ne réussit pas à se rendormir et s'affala devant la télévision.

Sa seule distraction fut le passage du facteur qui lui demanda de signer un accusé de réception, et lui remit une enveloppe adressée à son fils. C'était un courrier de la banque. Abbas alla dans le salon le déposer sur une étagère où Arya rangeait ses factures et ses papiers. Avant de faire demi-tour, il aperçut un album, un vieil album de photos semblable à celui de son mariage, avec sa couverture verte, épaisse, à motifs floraux. Abbas le prit et alla s'asseoir sur le divan. Il ouvrit l'album sur ses genoux. Arya dans les bras de sa mère. Arya en train de bâiller. Arya avec une sucette dans la main et un doigt dans la bouche. Puis des photos de l'époque où il était plus grand, lisant un livre près de Borna qui jouait. Toute l'enfance d'Arya résumée en quelques pages. Il devait avoir pris l'album après la mort de Touran. Les deux enfants grandissaient rapidement, jusqu'aux photos à l'université. Chacun s'était fait tirer le portrait devant la fac ; leur mère le leur avait demandé pour avoir un souvenir de l'événement.

Tournant lentement les pages, Abbas éprouva une chaleur soudaine dans les mains et sur les tempes. Il avait une telle nostalgie de la vie de famille ! Lui qui avait été un père pour des frères dont il s'était détaché seulement à cause d'une fidélité jugée supérieure. Lui qui s'était marié par amour mais dans le respect de la tradition. Lui qui aimait ses fils, sa seule raison de vivre, surtout le cadet. Lui qui vivait seul et se levait tous les jours quand il faisait encore nuit. Lui qui attendait de voir naître ses petits-enfants. Un petit-fils était ce qu'il désirait le plus, un fils d'Arya pour prolonger la branche forte de la famille. Il soupira, l'album encore entrouvert, un doigt coincé entre les pages comme un signet, prêt à recommencer à le consulter dès que cette bouffée de chaleur serait passée. Qui savait si une fille ne se cachait pas dans les pages à venir ? Une future épouse qu'Arya ne lui aurait pas encore présentée…

Anxieux, il tourna la page. Deux photos qui n'étaient pas collées lui glissèrent sur les jambes.

Arya étreignait un homme. Ailleurs, il l'embrassait. La bouffée de chaleur se transforma en sensation glacée. Regardant devant lui, Abbas vit ce fauteuil même qui figurait sur la photo du baiser. Il resta immobile quelques minutes. Il n'arrivait plus à rouvrir l'album, tombé à terre comme si un serpent s'en fût échappé. Ses doigts prirent une coloration violette et devinrent terriblement raides. Sa sueur gela en un instant ; elle lui laissa des traces sur le front tandis qu'il frissonnait au passage d'un courant d'air. Il gardait les yeux grands ouverts, incapable de formuler la pensée qui était en train de lui remonter de l'estomac et lui donnait la nausée. Son fils…

— Pourquoi tu ne te maries pas ? demanda Abbas dès qu'Arya fut de retour.

Debout, en sueur à nouveau, il bafouillait comme s'il avait avalé des somnifères.

— Toujours ces mêmes questions. Je n'ai pas envie d'avoir une famille traditionnelle au sens où tu l'entends, répondit Arya en retirant sa veste.

Il ôta aussi ses souliers et fit quelques pas en direction de la cuisine. Il mourait de soif. Abbas s'avança vers lui et ajouta d'une voix encore plus pâteuse :

— Traditionnelle comme en Iran, avec un homme et une femme ?

Arya le regarda en inclinant la tête, soudain figé et sur ses gardes, mais il n'eut pas le loisir d'ajouter quoi que ce soit. Son père se jeta sur lui et lui lança à la figure quelque chose qu'il n'eut pas le temps d'identifier, en criant :

— Tu préfères un autre genre de famille ? Pourquoi ? Pourquoi ?

Arya, après les avoir reçues en plein visage, entrevit les photos alors qu'elles tombaient sur le sol. Il releva aussitôt les yeux pour les poser sur son père. Il ne ressentait aucune honte. Seulement une tristesse infinie.

*

Quelques jours plus tard, Abbas regardait la télé, assis dans son fauteuil, en tentant de calmer les douleurs qui depuis des mois tiraillaient ses os. À force de se lever d'aussi bonne heure en toute saison, il finissait par s'user à petit feu. Il n'était pas vieux, mais se sentait très las. D'ailleurs, il restait assis devant sa télévision comme un vieux, en somnolant parfois, avant de se réveiller en sursaut, et d'essayer de comprendre les images qui défilaient devant lui.

En général, il ne faisait rien d'autre que regarder les informations et, de temps en temps seulement, un vieux film.

Dehors, il faisait sombre maintenant ; le soir tombait. Il n'avait rien à portée de main pour lui indiquer l'heure – en vérité c'était sans importance, sauf qu'il commençait à avoir un peu faim.

Il se leva péniblement. Comme toujours.

Il gagna la cuisine, se réchauffa des restes et mangea. Il jeta un coup d'œil à la pendule accrochée au mur. Il était un peu plus de 18 heures. Quelques heures encore, et il lui faudrait de nouveau être au travail.

Ayant déposé son assiette dans l'évier, il retourna dans le salon et se mit en quête des vieilles photos rapportées de Téhéran. Il revit ses deux enfants, puis Touran et ses frères, des bambins eux aussi. Tous l'avaient trahi, et ceux qui ne l'avaient pas trahi étaient morts de la main de quelque traître.

Il déposa l'album sur la petite table devant lui et commença à fouiller les tiroirs du bureau.

Il repensa à Arya, à Javad, à Ali, à Pari, à son Shah, à Borna, à sa mère, à son père, à Touran, à tout cela.

Puis à l'image d'Arya étreignant cet homme.

Il appuya le pistolet contre sa tempe et tira.

*

Pari avait été la première informée du suicide de son frère, comme elle avait été la première à apprendre qu'Arya était homosexuel. Il s'était confié à elle à Londres, pendant des vacances. Pari lui avait conseillé d'en parler avec un psychologue.

— Alors? lui avait-elle demandé quelques mois plus tard au téléphone.

— Ça va mieux.

Arya avait décidé de ne pas se cacher, de ne pas avoir honte de ses désirs, il s'était même trouvé un compagnon : son collègue et associé, un garçon superbe dont Pari avait une photo. Alors elle lui avait fait promettre de ne rien dire à Abbas. Elle était certaine qu'il mourrait d'une attaque s'il venait à découvrir que son fils préféré, non seulement ne lui donnerait jamais de petit-fils, mais était homosexuel, un mot qu'il était pratiquement interdit de prononcer en Iran.

— Prends soin de toi, ne manquait jamais de dire Pari à la fin de leurs communications, et elle l'avait répété cette fois-là encore, prête à garder le secret de son neveu, heureuse de l'avoir aidé.

Pari racontait tout cela à voix basse, en laissant de grosses larmes emporter son maquillage. La tension des derniers jours était en train de la quitter ; elle se retrouvait seule avec sa douleur.

— C'est étrange, maintenant qu'Abbas est mort, je me sens comme une fille perdue. Une partie de moi-même continue de penser à lui comme à un frère généreux qui nous a tous entretenus. Sauf qu'on ne pouvait plus compter sur lui depuis des années. Il se cramponnait si fort aux barreaux de sa cage qu'il nous avait tous chassés de sa vie, et qu'elle a fini par s'écrouler sur lui, prononça-t-elle doucement.

— Que veux-tu dire ? demandai-je.

— Il était tellement attaché à ses idées obtuses qu'il n'acceptait pas la réalité. Même pas celle d'Arya. C'est un brave garçon. Il est homosexuel ? Où est le mal ?

— Abbas n'était pas prêt. Il vivait dans un monde ancien, mort depuis longtemps.

— Mais c'est absurde. Il a envoyé ses fils étudier en Amérique, il ne pouvait pas ne pas s'attendre à les voir changer ! Arya est né comme ça, et c'est en Occident qu'il a trouvé le courage de se respecter lui-même.

La passion de nouveau émergeait doucement, réveillant sa conscience engourdie par le choc. La Pari que je connaissais était de retour.

— Arya ne pouvait pas être différent de ce qu'il était, mais Abbas non plus. Il a vécu des années enfermé dans sa rigide discipline militaire. Debout à 6 heures. Extinction des feux à 21 heures. Ses idées étaient aussi embrigadées que ses journées. Tu croyais qu'il allait changer à cinquante ans ? lui dis-je gentiment.

Pari secoua légèrement la tête puis la posa, épuisée, sur le bord de la table. Je vins m'asseoir à côté d'elle et lui passai le bras autour des épaules. Je l'écoutai sangloter à petits hoquets presque silencieux.

— Pleure donc. Pleure pour Abbas, lui dis-je à voix basse, sachant qu'elle se sentirait mieux quand elle se serait épanchée.

Mais elle secoua de nouveau la tête, violemment cette fois, sans relever les yeux.

— Abbas a enterré sa femme et le Shah, il a perdu sa maison et son pays, et il a appris que son fils préféré n'était pas l'homme qu'il croyait. C'est vrai qu'il n'a pas eu de chance. Supporter tout ça ! Mais ce n'est pas pour lui que je pleure en ce moment. Je pleure pour Arya qui l'adorait et qui aura toujours le poids de sa mort sur la conscience.

21

Quelque chose de chaud

La deuxième fois que Pari emprunta la descente du Repentir, c'était au début de 1988. Elle avait apporté nombre d'articles de journaux et s'était préparée pendant des heures à cette conversation avec son frère, toujours en cellule d'isolement. Elle savait qu'il s'agirait de l'entretien le plus important de leur vie.

À force d'insistance, elle avait réussi à obtenir une rencontre en tête à tête, cela dans un but bien précis. Le nom d'Ali lui avait ouvert beaucoup de portes et elle n'avait eu aucun scrupule à s'en servir, quand bien même Ali l'ignorait. Elle s'était présentée en personne devant le président du tribunal pour l'implorer, enveloppée dans l'informe tchador de Simin. Comme sa mère lors de la visite à Evin, elle s'était dit que faire preuve d'humilité pouvait se révéler utile.

— *Hadj Agha*, avait-elle supplié avec grand respect, permettez-moi de voir mon frère à nouveau. Voilà des années qu'il est à l'isolement, il ne peut pas savoir comme les choses ont changé. Laissez-moi lui dire combien de communistes se sont justement repentis, et la clémence qui a été la vôtre. Peut-être se persuadera-t-il lui aussi que ses idées étaient mauvaises et dangereuses.

Les mots se coinçaient presque dans sa gorge. Était-elle vraiment convaincante ? Une pensée la traversa : si Javad l'entendait ! que penserait-il d'elle ? Elle la chassa de son esprit. La vie était plus importante que les idées.

— J'espère que vous y parviendrez. Son délit compte parmi les plus graves, avait répliqué sèchement le président, un de ces nombreux mollahs parvenus aux sommets du pouvoir grâce à leurs vieilles amitiés.

— Graves ? Graves en quel sens ? avait demandé Pari, perdant tout à coup la contenance qu'elle s'était imposée.

— Vous n'êtes pas ici pour poser des questions. Contentez-vous de faire ce que je vous ai dit.

Sur quoi, l'ayant saluée d'un bref *"khoda hafez"*, il lui fit signe de partir sans ajouter aucun éclaircissement. Lorsque Pari quitta la pièce, il commençait déjà de tourner les pages graisseuses d'un autre dossier.

*

Simin, encore affaiblie par les suites de son infarctus, ne put accompagner Pari. Quant à Pari, elle n'avait pas le cœur d'affronter seule la situation, c'est pourquoi je vins avec elle. J'avais déjà cessé de travailler à cette époque. L'idée d'être employée au ministère de la Justice après avoir subi une rétrogradation m'étant insupportable, j'avais demandé une retraite anticipée. Le régime m'avait autorisée à devenir femme au foyer et je disposais de beaucoup de temps libre. Cependant, la permission d'entrer dans la prison ne me fut pas accordée et je restai dehors, à observer la descente du Repentir, de l'autre côté de la route.

Un gardien fit entrer Pari dans une pièce carrée aux fenêtres couvertes d'une couche de saleté vieille de plusieurs mois, traversée seulement par de rares rayons de lumière et dont le rebord supportait un vase de fleurs artificielles aux nuances grises et orange. Javad entra, escorté par un soldat. Encore plus maigre qu'avant, vêtu de sa combinaison crasseuse de détenu, il traînait les pieds dans des savates informes. Le regarder faisait mal, mais au moins ils n'étaient séparés cette fois ni par une paroi ni par une toile grise.

Ils s'assirent l'un en face de l'autre à une table minuscule. Le gardien resta debout à côté d'eux.

— On m'a accordé un entretien en privé, dit Pari d'un ton péremptoire.

Elle était déjà lasse de supplier.

— Vous pouvez nous laisser seuls ?

— Tu n'es pas chez toi. Ici, les ordres, c'est nous qui les donnons, répondit-il.

Il s'éloigna seulement de quelques pas et s'appuya contre le mur. Pas un instant il ne la quitta des yeux.

— Laisse tomber, Pari. Tout ce qu'on va dire sera enregistré, de toute façon, intervint Javad.

Pari enveloppa son frère du regard, comme la fois précédente. Il avait beaucoup vieilli et sa peau était ridée des deux côtés de son cou. Ses cheveux d'un gris sale étaient résolument en train de blanchir. Seule la barbe demeurait noire, mais elle ressemblait presque à un postiche, maintenant. L'épais duvet qui recouvrait ses lèvres charnues dissimulait son sourire espiègle. Javad avait perdu son charme d'éternel enfant. Même ses yeux vifs et noirs ne brillaient plus, sous le voile de la fatigue et de la souffrance.

Se souvenant de leur précédent entretien, Pari se hâta de ramener son regard sur le visage de son frère et en vint directement au vif du sujet :

— J'ai parlé au président de la cour. Il m'a dit que tu devais déposer une demande de grâce, car ton délit est très grave.

C'est à peine si Javad souleva la lèvre à demi, comme pour tenter un vague ricanement sarcastique.

— Je n'ai fait qu'écrire des articles pour le journal. Il n'y a aucun pays au monde où ce serait considéré comme un délit.

Il martelait ses mots d'un ton de défi, sachant parfaitement qu'ils sonneraient ainsi dans l'enregistrement.

Pari tira les coupures de presse de son sac et les étala sur la table :

— Voilà ce qu'écrivent tes chefs. Ils se repentent, ils soutiennent Khomeyni. Ceux qui ne le font pas, on les tue. Je t'en prie, Javad, ouvre les yeux.

Sa voix trébucha sur cette phrase ; le fait de prononcer l'expression "on les tue" avait rendu la chose terriblement réelle et lui avait coupé le souffle pendant plusieurs secondes.

Mais Javad ne semblait pas troublé ; passant la main sur sa joue amaigrie, il répondit d'un air angélique :

— Moi, je n'ai à me repentir de rien. Et puis tu crois vraiment ce qui s'écrit dans la presse par les temps qui courent ? À ton avis, il y a de la liberté et de la vérité dans ces papiers ? Toi, ouvre les yeux. Ce ne sont que des mensonges.

Pari baissa son regard vers le sol et pendant quelques secondes fixa les pieds de Javad qui dépassaient des savates noires. Cette combinaison usée dont l'ourlet s'effilochait avait été intacte un jour. Comme leur famille. C'est cette pensée qui lui donna la force de relever les yeux.

— Et si c'était vrai? reprit-elle, véhémente. Si vraiment tous les autres, tous à part toi, avaient choisi de vivre plutôt que de moisir ici? Ce serait si absurde que ça, Javad?

Pour la première fois, elle vit passer dans les pupilles de son frère l'ombre fugace d'un doute. Elle continua :

— S'il suffisait pour sortir d'ici de demander pardon, même pour quelque chose que tu n'as pas fait? Tu n'en as pas assez...

Elle suspendit sa phrase, par prudence et pour lui laisser le temps de réfléchir à ce qu'il endurait, à ce qu'il perdait, et pourquoi. Mais en réalité ces derniers mots s'adressaient à elle-même. Était-il possible que Javad n'éprouve même pas de la compassion pour elle en la voyant épuisée, désespérée? Dans l'espace de quelques années, elle avait perdu un frère, sa mère était entrée à l'hôpital, un autre de ses frères, fou de souffrance, risquait sa vie tous les jours; et elle était obligée de discuter à perdre haleine pour tenter de convaincre quelqu'un de sauver sa peau.

Elle commençait à s'apercevoir qu'en dépit de l'isolement prolongé Javad n'était pas à bout de forces, ni au désespoir, ni même impatient de revenir à la vie. Il avait ce même regard absent qu'à sa sortie d'Evin, la première fois. Sauf que l'amertume se lisait alors dans le fond obscur de ses yeux. Elle se rendit compte que c'était ce sentiment qui l'avait maintenu en contact avec le monde à l'époque, et lui avait permis de réapprendre à vivre petit à petit. Aujourd'hui, c'était tout le contraire: il n'y avait dans son regard qu'indifférence. Comme Abbas, Javad se retrouvait sans cause et sans famille.

— Je ne le ferai pas, Pari.

Elle se cramponna à sa dernière carte, celle qu'elle s'était juré de ne pas jouer. Elle lui parla d'Abbas, de son suicide, de l'enterrement et de l'infarctus de Simin. Javad écouta en silence, fermant les yeux de temps en temps.

— Je suis désolé, je suis désolé pour tout. Mais je ne le ferai pas. Ça suffit, Pari, dit-il à la fin. Ne me torture pas toi aussi.

Le gardien s'avança et fit lever Javad. Le temps était écoulé.

— À ta prochaine visite, apporte-moi un pull, quelque chose de chaud, lui demanda son frère avant de franchir la porte.

Et il lui adressa enfin un sourire, mais par-dessus son épaule, comme d'une distance infinie.

— Qu'est-ce qu'il a voulu dire? demanda à Pari le gardien qui l'avait introduite.

Elle se retourna et plissa le front.

— Quoi?

Le *Pasdar* répéta sèchement sa question:

— Avec son "quelque chose de chaud"? Il faisait allusion à quoi?

Si elle n'avait pas été entre les murs d'une prison, en compagnie d'un gardien de la Révolution, Pari aurait éclaté de rire. Mais au contraire elle se concentra pour répondre calmement:

— Il a froid et il veut quelque chose pour lui tenir chaud. Des habits épais.

Elle dut répéter ces mots à d'autres *Pasdaran* de divers grades; ils se consultaient entre eux et continuaient de lui poser la question, alors que la réponse était toujours la même. Croyant que la phrase dissimulait un message codé, ils retinrent Pari pendant deux heures. Enfin ils la laissèrent partir. Quand elle m'aperçut, à l'entrée de la descente du Repentir, elle courut à ma rencontre. Elle en tremblait encore. L'image de cet ultime sourire refusait de quitter ses pensées. Comme la clarté lointaine d'une étoile déjà morte.

*

Pari n'apporta jamais de vêtements chauds à son frère. Deux mois plus tard, ils firent sortir Javad de sa cellule d'isolement et l'emmenèrent dans la cour avec cinq autres détenus. Six visages semblables, émaciés, gris à force de manquer de lumière. Douze bras tombant le long du corps, unis par les menottes. Douze jambes maigres et déformées, à peine capables de soutenir le poids d'un corps pourtant léger. Deux gardiens les firent s'aligner le long d'un mur. Six dos éreintés, voûtés, avec cette combinaison accrochée aux épaules et aux hanches comme une seconde peau élimée. Deux autres *Pasdaran* regardèrent un instant ces êtres accablés, pour ainsi dire privés de leurs caractères humains. Puis ils chargèrent leurs fusils et tirèrent. Javad avait trente-huit ans depuis une semaine.

Vingt jours plus tard, Pari trouva à sa porte un gardien de la Révolution. Heureusement, ce n'était pas Simin qui était venue ouvrir. L'homme lui remit un sac de l'armée kaki et lui récita la formule d'usage :

— Interdiction d'organiser une cérémonie, même privée. Si ces dispositions sont respectées, il vous sera communiqué dans un an le lieu où la dépouille est enterrée. *Khoda hafez*.

Sur quoi il s'en alla.

Pari fit asseoir sa mère sur le divan du salon et lui expliqua sans pleurer que Javad avait été exécuté quelques jours auparavant. Simin se prépara à subir un choc. Ensemble, les deux femmes débouclèrent lentement le sac. Elles respiraient profondément, et pour se donner du courage s'appuyaient l'une contre l'autre – épaules, hanches et cuisses. Elles tirèrent du sac une chemise, une paire de chaussures, un pantalon vert. Simin ne reconnut aucun de ces vêtements. Elle pensa qu'on devait les avoir donnés à son fils en prison. Puis, d'une poche, glissa la photo d'une femme. Ce n'était pas Fariba. Pari consulta l'étiquette accrochée au sac : le nom de Javad y était inscrit au stylo d'une écriture hâtive, sans soin. Pari avait compris. Ils exécutaient tellement de gens qu'ils n'arrivaient même plus à déterminer à qui appartenaient tels et tels effets. On leur avait envoyé le sac d'un autre condamné.

Une semaine plus tôt, trois mille prisonniers politiques étaient tombés. Ce n'était pas la première fois que des exécutions de masse avaient lieu, et ce ne serait pas la dernière, mais la recrudescence des persécutions avait épouvanté jusqu'aux représentants du clergé et les fonctionnaires du régime. Il en fut quelques-uns pour trouver le courage de se désolidariser et de faire entendre leur voix. Pour toute réponse, le tribunal qui avait prononcé la sentence affirma que chaque condamnation avait été visée et approuvée par Khomeyni en personne.

Simin craqua et éclata en pleurs. Avant que sa fille ne la prenne dans ses bras, elle eut le temps d'imaginer une mère, une sœur, quelque part en Iran, en train d'ouvrir le sac contenant les affaires de Javad. Puis, au désespoir, elle se dit qu'au fond cela n'avait pas d'importance si ce n'était pas les vêtements de son fils qu'elle trempait de ses larmes, puisque quelqu'un le faisait quelque part.

22

Une nouvelle vie ?

— À Shirin, notre redresseuse de torts, dit Pari en levant sa coupe de liqueur de cerise.

— À Shirin, répondirent en chœur tous les autres.

Rien ne m'avait été épargné pour me créer des empêchements, des tracasseries, des obstacles, ma requête s'était ensablée dans les tiroirs de tous les bureaux où elle avait dû passer, mais elle avait fini par arriver à destination. Après plus de dix années de patience et d'inactivité, je pouvais revenir à ma première passion : la justice. Non pas en tant que juge, certes, mais au moins comme avocate. Je venais d'obtenir le droit d'exercer.

Je promenai un regard autour de moi, heureuse et fière. Pari avait organisé une superbe fête surprise. Ouvrant la porte de mon nouveau cabinet, ma serviette encore à la main, je m'étais retrouvée en face d'un bataillon d'honneur en rang serré ; mes sœurs, mes parents, mes filles, des amis d'enfance, des collègues, tous là pour fêter mon retour à une activité pleine et entière. Maintenant je souriais à la ronde, tenant un verre d'une main et, de l'autre, mon cadeau, un porte-document en cuir noir. C'était mes filles qui m'avaient tendu le gros paquet enrubanné, après s'être approchées, lentes et solennelles, comme si c'était l'instant le plus important de leur vie.

Je m'en rendis compte en ouvrant ce cadeau : c'était pour elles que j'avais repris mon travail. Mon père m'avait enseigné la justice et l'égalité, et j'avais moi-même transmis ces valeurs à mes enfants. Mais comment pouvais-je prétendre à la parité dans ma maison si je ne la recherchais pas également au-dehors ? C'est ainsi que je m'étais remise à travailler. J'avais recommencé à me battre – ce n'est pas pour rien que Javad m'avait affublée jadis de ce qualificatif : redresseuse de torts. Je voulais me tailler une petite part d'activité juridique bien à moi. Mon idée du féminisme avait grandi en même temps que mes filles et ma lutte à présent n'était plus abstraite. J'avais désormais un objectif concret : servir d'exemple à mes enfants, et surtout m'employer à faire en sorte que leur Iran soit meilleur que le mien.

— Sûr qu'un toast au champagne, ça n'aurait pas été mal, me glissa Pari à l'oreille.

— Tu aurais voulu fournir aux autorités un prétexte pour fermer mon cabinet avant même son ouverture ? lui demandai-je en retour.

— Je savais que tu aurais objecté cela. C'est pour ça que je n'en ai pas apporté. Mais autorise-moi au moins à me plaindre, grommela-t-elle en faisant une grimace comique.

Et elle se mit à observer à contre-jour la liqueur dans la coupe, comme si elle attaquait une dégustation.

— Toujours aussi drôle, repris-je.

— Et toi, toujours aussi ennuyeuse, répliqua-t-elle avec le sourire.

Ce qu'il y avait de bien, avec Pari, c'est qu'elle conservait l'ironie de son enfance. La vie avait beau s'être acharnée sur elle, elle n'en continuait pas moins d'aimer chaque nouvelle journée, comme autrefois. Et sa joie indomptable était contagieuse.

*

Simin, elle, n'avait jamais repris le dessus après la mort de Javad.

— Une mère ne peut pas survivre à ses enfants, ne cessait-elle de dire, et chaque fois son dos se courbait un peu plus.

La femme solaire qui accueillait tout nouvel invité comme si c'était son meilleur ami avait cédé la place à une vieille ratatinée et aigrie. Victime d'une forme d'agoraphobie, elle ne mettait plus le nez dehors ; la lumière, le soleil, la circulation, l'air, les gens, tout pour elle devenait source d'innombrables maladies. Elle préférait vivre recluse dans la ouate de son petit univers et y passer ses heures sans bouger, devant la télévision, sur la housse froissée du divan. Au retour de Pari, elle était incapable de lui dire ce qu'elle avait regardé. Elle oubliait de préparer le déjeuner et le dîner. Il lui arrivait même de confondre le sel et le sucre, la cannelle et le safran.

— Ma mère est devenue une piètre cuisinière et ça, c'est vraiment la fin du monde, rouspétait Pari en cachant derrière son sourire une expression préoccupée.

Elle avait essayé de la convaincre de voir un spécialiste, pour se résigner, après un énième refus, à faire venir ledit spécialiste à la maison. Elle avait invité à dîner un ami psychologue, sous le prétexte de discuter travail – elle espérait en fait qu'il pourrait lui suggérer un moyen de débloquer la situation. Mais sa mère ne prononça pas un mot de toute la soirée et, quand elles furent à nouveau seules, elle mit les pieds dans le plat :

— Pari, je t'ai dit que je ne voulais pas aller voir un médecin, et je n'irai pas. N'essaie plus de me duper.

Le stratagème était percé à jour. Pari avait tenté de se justifier, mais Simin l'avait interrompue :

— J'ai élevé quatre enfants, j'ai passé ma vie à les empêcher de se disputer, et tout ça n'a servi à rien. Je suis fatiguée de me battre. Toi aussi, tu devrais arrêter. Laisse-moi tranquille.

Il y avait longtemps que Pari ne lui voyait plus dans les yeux cet éclat batailleur d'autrefois, et elle comprit que sa mère n'était pas confuse ; elle avait bien plutôt résolu de se laisser mourir au fil des jours.

Pari avait essayé d'en parler à Ali, en vain. Son frère n'était même pas capable de s'occuper de lui-même. Après la fin de la guerre, en juillet 1988, il s'était vu couvert de médailles et d'éloges. On lui avait trouvé une planque dans un ministère d'où il contemplait la ville étendue à ses pieds. Il allait au bureau tous les jours et la première chose qu'il faisait en arrivant consistait à se planter devant la grande baie vitrée. Le mur qui longeait l'avenue offrait un portrait gigantesque de Khomeyni, mort avant que n'ait pris forme son rêve d'États-Unis islamiques. Sa seule tentative pour exporter la Révolution avait coûté à l'Iran six années de guerre supplémentaires, et à Ali le bombardement dans lequel avait péri sa famille. Si l'ayatollah s'était contenté, en 1982, de chasser les Irakiens, s'il avait accepté le plan de paix de l'Onu, alors Mariam et Ruhollah seraient en vie, là, auprès de lui, de même que le million d'Iraniens exterminés par les armes chimiques, les bombardements et huit ans d'affrontements ininterrompus.

Près du portrait de Khomeyni, une scène de guerre grand-guignolesque attirait son regard : un jeune soldat gisant sur un champ de bataille jonché de sang et de cadavres ; le garçon avait beau avoir la poitrine déchirée par une blessure, il n'en affichait pas moins une expression sereine et triomphante car c'était un *shahid*, un martyr de la cause d'Allah, un homme devant qui s'ouvriraient grand les portes du paradis. Ali, chaque fois, ne pouvait s'empêcher de ressentir une émotion fort peu militaire et de penser aux ruines que ce garçon avait laissées derrière lui : une mère, une sœur, peut-être une femme et des enfants en larmes, perdus, désespérés. Pourquoi lui, Ali, n'était-il pas mort à la place de ce soldat ? Puisqu'il n'avait plus rien. Après quoi, revenant à lui, il jetait un dernier coup d'œil à cette scène chargée de rhétorique et était pris de nausées. Il ne lui restait plus qu'à retourner à son bureau remplir des formulaires dont il ne comprenait pas le sens.

À présent qu'il était rentré chez lui et qu'il n'avait plus besoin de rassurer Simin, de lui dire qu'il était bien en vie, il ne lui rendait presque plus visite. Il avait l'impression d'étouffer dans cet appartement bourré de meubles et de souvenirs. Il en avait même assez des coups de téléphone épuisants, truffés de mensonges, toujours les mêmes : "Moi, ça va bien. Et vous autres ?" Car rien n'allait bien. Ni pour eux ni pour lui.

Parvenu à la trentaine, il se demanda quel sens avait eu sa vie et n'en trouva aucun. Tout ce en quoi il avait cru s'était écroulé avec la mort de Khomeyni, ou peut-être même n'avait jamais existé vraiment… Il faisait à grand-peine un métier qui ne lui plaisait pas, feignant de ne pas voir l'opportunisme, les mesquineries et la corruption de ses collègues. Ce n'était pas pour cela qu'il avait combattu ; pas pour cela qu'il avait sacrifié Mariam et Ruhollah. Il se sentait fini, rien n'avait plus d'importance pour lui.

Lorsque Pari lui téléphonait ou passait le voir, il l'écoutait avec attention et lui était reconnaissant de cet instant d'affection sincère, mais il ne se livrait pas pour autant, et se surprenait même à la regarder comme s'il avait affaire à une inconnue. Elle tentait de briser cette barrière d'indifférence en convoquant des souvenirs de leur passé commun, ou en plaisantant, histoire de lui arracher un sourire ; mais quelle que soit l'expression d'Ali, elle s'éteignait en l'espace de quelques secondes.

*

— Tu n'as jamais pensé à quitter l'Iran ? me demanda Pari.

Elle m'aidait à remettre de l'ordre dans le cabinet après notre petite fête. Je levai la tête pour tenter de croiser son regard, mais elle me tourna le dos pour aller ramasser les verres qui traînaient sur le bureau.

— Non, sûrement pas. C'est mon pays, et je l'aime en dépit de tout.

— Mais tu n'as qu'une vie. Tu ne crois pas que ton devoir serait de la vivre de façon plus heureuse ? Je n'ai pas l'impression que l'Iran te permette ça.

— Je ne pourrais pas être heureuse ailleurs, en sachant que j'ai abandonné ma terre au milieu du chaos et des problèmes. Si les choses ne vont pas bien, notre devoir, c'est de les résoudre, pas de les fuir. Ou alors à quoi sert notre vie ? Tu n'as jamais lu la fable du *Petit Poisson noir ?*

— Mais c'est une fable, justement. Maman a peut-être raison. À un certain moment, il faut arrêter de se battre et laisser tomber, répliqua-t-elle à voix basse.

Elle se redressa et se tourna lentement de mon côté en me coulant un regard en biais, hésitant. Apparemment, elle cherchait une approbation de ma part.

— Tu te souviens de Zahra? dis-je, contrariée.

Zahra était une de ses camarades de classe. Sa sœur travaillait comme secrétaire au tribunal et je l'avais revue souvent ces derniers temps.

— Bien sûr que je me souviens d'elle. Mais quel rapport?

— Son frère aussi a été arrêté pour appartenance au Tudeh. Les *Pasdaran* pensaient qu'un autre membre de la famille était impliqué et ils ne lui ont pas laissé une minute de répit. Il n'y avait aucune preuve, mais ça, tu vois, ça n'a jamais compté.

— Et le mari de Zahra, tu t'en souviens? Un garçon magnifique, large d'épaules. Il était pilote dans l'armée. Lui aussi, ils le soupçonnaient? demanda Pari.

— Je ne sais pas. De toute façon ça n'a plus d'importance. Zahra continuait de se sentir suivie et espionnée. Elle n'en pouvait plus. Elle a fini par décider de quitter le pays. Elle vit en France aujourd'hui.

— Et son mari?

— Il n'a pas eu le cœur de la suivre, pour devenir employé ou chauffeur. Ils sont en train de divorcer. Après dix ans de mariage.

— Alors il est libre, conclut Pari en me lançant un clin d'œil.

Je la regardai d'un air impatient.

— Tu as très bien compris ce que je voulais dire. La Révolution a déjà brisé tellement de familles, diminué le pays à l'extrême. Quel bonheur Zahra peut-elle trouver loin de chez elle et des siens, sans son mari ni sa famille? Fuir à l'étranger n'est pas une solution, tu le sais aussi bien que moi. Il faut rester et combattre.

J'étais fière que les mots pour défendre mes idées me viennent aussi spontanément.

Pari se tut et se mordit les lèvres.

— Allez! je connais ce regard, repris-je. Dis-moi de quoi il s'agit. Je pourrai peut-être t'aider.

— À l'université, les choses ne vont pas au mieux. Après l'exécution de Javad, ils ont commencé à me marginaliser. Au début, c'était des mesquineries. Comme m'attribuer pour mes cours les salles les moins commodes, ou oublier de me convoquer aux réunions pédagogiques. Pour dire la vérité, ça m'arrangeait. J'avais une excuse pour ne pas me taper les sempiternelles rengaines, ajouta-t-elle avec une expression ironique. Mais après, ils m'ont refusé une promotion. Ils ont diminué mes subventions de recherche et j'ai dû me séparer de plusieurs collaborateurs. Il y a deux jours, le directeur du département m'a fait savoir qu'il avait confié un de mes cours à un collègue et supprimé l'autre sous prétexte que je défendais les idées communistes de mon frère devant les étudiants. Il a osé dire ça!

— Pari *joon*, je suis désolée. Pourquoi ne pas m'en avoir parlé?

— Tu avais assez de problèmes avec l'ouverture de ton cabinet. Je ne voulais pas en rajouter.

— Au contraire, tu aurais dû. Et maintenant, tu te déclares vaincue?

Je réfléchissais déjà aux armes dont nous disposions pour faire face.

— S'il n'y avait que ça, j'irais mon bonhomme de chemin. Mais il y a aussi mes collègues. Beaucoup m'évitent, la plupart font semblant de ne pas me voir dans les couloirs, certains ne me disent plus bonjour. Je suis seule, on ne m'informe de rien, je n'ai personne à qui parler. Même mes anciens élèves sont gênés quand ils me voient.

Elle me regardait toujours en biais, l'air d'en rajouter, avec une satisfaction bizarre, sinistre.

— Pourquoi faut-il que j'affronte tout ça? J'ai fait des études en Angleterre, je pourrais y trouver du travail – là-bas ou ailleurs. Qu'est-ce qui m'attache à Téhéran, désormais? Abbas et Javad sont morts. Ali est un fantôme. Mes seuls neveux vivent en Amérique…

— Et Simin? l'interrompis-je, soulagée de tenir un bon argument. Ta mère ne supporterait pas, si elle devait te perdre toi aussi.

— Non, tu as raison, elle ne s'en remettrait pas, conclut Pari en inclinant la tête.

Elle recommença à ranger mécaniquement les verres.

J'éprouvai de la satisfaction à cette victoire. Je comprenais que l'on puisse être tenté d'abandonner la lutte, mais le pays serait sauvé seulement au prix de l'héroïsme de tous. Je me mis à dresser la liste de tout ce qu'il nous était possible de faire pour qu'elle conserve son emploi. Elle m'écoutait, acquiesçant sans grande conviction. Patience, pensai-je, demain ça lui aura passé et elle sera plus combative.

Je m'obstinais à ne pas voir dans son regard l'ombre de la reddition. Je refusais que puisse s'effondrer une personne forte et résolue comme elle ; ou, plus simplement, je savais que si elle cédait, je perdais un de mes soutiens les plus solides et les plus chers.

23

Un long voyage dans l'abysse

— Il faut que je te parle, me glissa mon mari de la porte du salon.

D'un signe de tête, il me pressa de venir dans la cuisine.

Je jetai un coup d'œil aux filles accroupies sur le divan devant la télévision, puis rejoignis mon mari. Il avait déjà servi notre thé de la soirée.

— Le décret officiel est tombé aujourd'hui : je suis nommé responsable de la nouvelle centrale électrique. Tu sais que je ne voulais pas accepter ce poste, au début, mais j'ai pensé qu'il valait mieux qu'on s'éloigne tous quelque temps, vu la situation à Téhéran.

J'étais stupéfaite. Nous avions parlé de cette nomination quand elle était seulement dans l'air et nous étions convenus ensemble de la refuser.

— Qu'est-ce que tu veux dire par *tous*? lui demandai-je. Tu penses que je dois déménager aussi avec les filles?

Il acquiesça.

J'étais atterrée. Quitter Téhéran ! Je l'aimais, cette cité chaotique, embouteillée et sale. Lorsque j'étais obligée de m'en éloigner, même pour peu de temps, j'éprouvais aussitôt une violente nostalgie ; et puis j'avais un emploi, mes amis et ma famille vivaient à Téhéran, mes journées y étaient toujours bien remplies. Franchement, je n'avais aucune intention de déménager dans un trou perdu au nord du pays.

— Et les filles? Comment ferons-nous pour l'école? demandai-je.

— Ne t'en fais pas, répondit-il en reposant la tasse sur la table. Changer d'école en cours d'année n'est pas un problème. Et tu auras plus de temps pour travailler à ton livre.

Ce n'était pas une discussion facile. Mon mari cherchait tous les arguments possibles pour me convaincre que quitter Téhéran était la chose à faire, et moi je cherchais tous les arguments possibles pour le convaincre de ne pas me demander de partir avec lui. Si nous sautions ainsi d'un argument à l'autre, c'était juste pour ne pas aborder le vrai problème.

— Mais il n'y a pas que l'école. Il y a les leçons de piano, la gymnastique, le cours d'anglais. Si nous partons maintenant, elles risquent de prendre du retard, dis-je, revenant à la charge.

Mon mari me regarda d'un air inquiet.

— Shirin, dit-il calmement, les filles sont encore petites. Elles auront le temps de rattraper, alors que si nous restons à Téhéran…

— Quoi? dis-je d'une voix légèrement altérée.

— Rien, répondit-il. J'ai peur qu'il ne t'arrive quelque chose.

Voilà, c'était dit. Quand bien même n'étaient pas prononcés les mots indicibles, impensables. Depuis la déclaration de guerre avec l'Irak, le régime s'était acharné contre les éditeurs, les journalistes et les écrivains, en somme contre toute personne capable de se faire entendre. Tous étaient des ennemis, sauf ceux qui chantaient les louanges du nouveau gouvernement. Et la situation ne s'était pas améliorée après la fin du conflit.

La cible la plus facile était l'Association des écrivains, à laquelle j'appartenais. Les quotidiens du régime en dénigraient les membres et le *Kayhan* – l'*"Univers"* en farsi, la voix du Guide suprême – les qualifia un jour avec mépris de "vieux résistants de comptoir". L'étiquette, en vogue au temps du Shah, désignait ces réfugiés qui avaient pris l'habitude de pérorer sur la terrible situation politique iranienne dans le confort des cafés et de se complaire dans leurs propres polémiques stériles. Quelques-uns avaient bien essayé de déposer des plaintes pour diffamation, mais aucun tribunal n'acceptait de les examiner ; quant aux droits de réponse et aux protestations de l'Association, les journaux, bien entendu, ne les publiaient pas.

Les insultes ne tardèrent pas à être suivies d'actions. Le corps sans vie d'un traducteur renommé fut retrouvé à son domicile d'Ispahan. Près du cadavre, bien en vue, il y avait une bouteille de liqueur qui fut retenue comme cause du décès. La famille contesta le résultat de l'autopsie et demanda que la dépouille soit examinée à nouveau par un médecin de confiance ; l'autorisation leur fut refusée. Le corps d'un autre traducteur, Ghaffar Hosseini, fut découvert par des voisins dans un état de décomposition avancé. Arrêt cardiaque ; tel fut le plaisant diagnostic prononcé par le légiste. Un écrivain et professeur d'université très connu fut renversé par une mystérieuse voiture que personne ne parvint jamais à retrouver.

L'épisode le plus spectaculaire eut lieu quelques années plus tard, en 1996, quand plusieurs membres de l'Association des écrivains furent invités à participer en Arménie à une conférence sur la poésie. Je dus refuser de m'y rendre à cause de problèmes familiaux. Les autres louèrent un autocar et se mirent en route à travers les chaînes montagneuses de l'Iran septentrional. Au cours de la nuit, alors que tous dormaient, le chauffeur s'engagea à toute allure dans un chemin étroit et tortueux. Les cahots réveillèrent un des passagers qui vit le chauffeur ouvrir sa portière et sauter en route, laissant l'autocar se précipiter vers un ravin. Le passager eut la présence d'esprit de tirer le frein à main. Le véhicule s'immobilisa au moment ultime, alors que ses roues avant tournaient déjà dans le vide. Les écrivains descendirent les uns après les autres avec précaution, en veillant à ne pas briser, par un faux mouvement, ce fragile équilibre. Le chauffeur avait disparu. Peu après arrivèrent des voitures de la police. Les voyageurs furent transportés au commissariat le plus proche. Au terme des interrogatoires, toutes les victimes se virent recommander de ne parler à personne de l'“incident”.

Après cette affaire, nous savions tous que la mort nous poursuivait désormais comme une ombre et nous vivions en état d'alerte permanent. Chaque soir, je rédigeais avec soin mon emploi du temps du lendemain et je le collais sur la porte du frigo pour que mon mari, en cas d'enlèvement, puisse reconstituer mes déplacements. J'optais toujours pour les trajets longs et peu commodes ; j'avais l'habitude de rejoindre mes destinations en changeant de taxi en route – à Téhéran, ils fonctionnent comme de petits bus à parcours fixe.

Mais j'avais beau prendre ces précautions, je ne m'étais jamais sentie véritablement en danger. Je me fiais à une espèce de présomption du genre: "Ça ne m'arrivera pas à moi." Je devais comprendre bien plus tard à quel point j'étais dans l'erreur.

*

Les exécutions sommaires caractéristiques des premières années du régime avaient suscité la réprobation de l'Onu qui s'était enfin décidée à envoyer des représentants étudier la situation sur place. Cette mesure constituait en elle-même une forme d'avertissement préalable à de très lourdes sanctions. Pour toute réponse, et pour ne pas donner à la communauté internationale l'impression de réprimer dans le sang la dissidence politique, mais sans cesser de le faire pour autant, le régime mit en place au sein des services secrets iraniens la Section des opérations spéciales, dont la mission était d'exécuter en secret les condamnations que les tribunaux ne pouvaient plus prononcer. Un comité des sages venus du monde religieux étudiait les documents réunis par les services secrets à propos de l'"accusé" et décidait de son sort.

Si le verdict était la mort, la Section entrait en jeu. Elle se composait d'agents rompus aux opérations militaires de haut niveau, comme atteindre une cible dans une voiture lancée à cent trente à l'heure. Leur formation impliquait la possibilité d'employer tous les types d'armes, mais aussi et surtout une obéissance aveugle aux ordres donnés au nom de l'Islam ainsi que la conviction que tuer les opposants, ou mourir en s'efforçant d'accomplir sa mission, leur ouvrait de toute façon les portes du paradis.

C'est ainsi que plus de quatre cents homicides furent commis en Iran à l'abri des regards indiscrets de l'Occident. Aujourd'hui, même si mille hypothèses ont pu être soulevées, personne ne connaît le nom des juges qui ont signé ces condamnations secrètes. Mais ce que l'on sait avec certitude, c'est que toutes furent exécutées avec l'accord du ministère chargé de la "sécurité publique".

Les modalités employées par la Section des opérations spéciales variaient beaucoup. Ils pouvaient administrer à la cible un suppositoire de potassium qui provoquait la mort par infarctus. Ou bien elle était poignardée, avant d'être coupée en morceaux. Ou encore une voiture la renversait dans la rue. Parfois, ils enlevaient la personne et s'arrangeaient pour que son cadavre soit retrouvé au bout de plusieurs jours.

Les services secrets étendaient leurs tentacules jusqu'en Europe. Le 6 août 1991, Shapour Bakhtiar, le dernier Premier ministre à avoir été nommé par le Shah avant la révolution, fut assassiné dans sa résidence parisienne où il vivait sous protection. Le 9 août 1992, à Bonn, la police découvrit le corps démembré de Fereydoon Farrokhzad, un artiste iranien et chanteur bien connu, frère de la célèbre poétesse Forough Farrokhzad. Fereydoon avait longtemps critiqué la République islamique dans ses émissions télévisées. On retrouva sur le lieu de l'homicide une chemise très grande qui n'appartenait pas à la victime. La police allemande, ayant reconstitué les faits, déclara que le meurtrier avait probablement décidé de se changer après avoir accompli son geste. Le 17 septembre 1992, à Berlin, près d'un restaurant grec, Le Mykonos, quatre Kurdes connus pour leur opposition au régime islamique furent massacrés par des tirs de pistolet. La police allemande parvint à arrêter un des auteurs de l'attentat, un Iranien. Le procès souleva un important scandale et rencontra un écho remarquable dans les médias du monde entier. L'auteur de ce crime fut condamné à la perpétuité, mais les débats permirent surtout d'établir que le commanditaire de l'exécution était le ministre iranien de l'Intérieur, Ali Fallahian, contre lequel fut lancé un mandat d'arrêt international. Non seulement le ministre, mais le régime lui-même fut désigné comme le responsable du massacre.

Le 23 mai 1997, Seyed Mohammad Khatami fut élu président de la République. Cette charge lui était confiée pour deux mandats, huit ans en tout. En tant que représentant du courant réformateur du clergé iranien, il essaya de prendre un tournant modéré et garantit une plus grande liberté d'expression qui permit à la presse de dénoncer enfin les crimes politiques. Mais même après sa désignation officielle, qui eut lieu en août, les exécutions se poursuivirent.

Le 12 septembre 1998, furent retrouvés à Kermân, dans leurs lits, les corps suppliciés et coupés en morceaux de Hamid Haji-Zadeh, enseignant et poète, et de son fils Karoun, âgé seulement de neuf ans. Haji-Zadeh avait critiqué à plusieurs reprises la politique de la République islamique.

Le 18 novembre 1998, le corps du journaliste et activiste politique Majid Sharif fut retrouvé dans le désert. On avait perdu sa trace quelques jours plus tôt, alors qu'il avait quitté son domicile de Téhéran pour aller faire du jogging.

Le 21 novembre 1998, on découvrit à leur domicile de la capitale les corps de Dariush Forouhar, le secrétaire du parti *Hezb-e Mellat-e Iran*, et de sa femme, Parvaneh Forouhar ; ils avaient participé à cette conférence de Seattle sur les droits des femmes à laquelle je me trouvais moi-même. Ils avaient succombé à des dizaines de coups de couteau et été mutilés.

Le 2 décembre 1998, le poète et écrivain Mohammad Mokhtari fut enlevé en pleine rue alors qu'il sortait juste de chez lui. Quelques jours après, on retrouva son cadavre dans une zone désertique près de Téhéran.

Toujours à Téhéran, le 8 décembre 1998, l'écrivain et traducteur Mohammad Jafar Pooyandeh disparut peu après être sorti de son bureau. Son corps fut retrouvé quatre jours plus tard dans le sud de la ville.

Quand l'opinion publique commença à se réveiller, grâce aux accusations de la presse, et que le scandale éclata, Khatami força le ministère à publier un communiqué officiel dans lequel on admettait que des homicides avaient été commis par une brigade "déviante" des services secrets, laquelle avait agi de façon autonome, sans autorisation.

Les dix-huit membres de la Section opérations spéciales furent arrêtés et jugés. En qualité d'avocate des parties civiles, je représentais la famille Forouhar dans l'affaire du secrétaire du parti *Hezb-e Mellat-e Iran* assassiné avec sa femme. En faisant mon enquête, j'appris d'un des dirigeants des services secrets iraniens, responsable un temps de la Section opérations spéciales, que mon nom était le suivant sur la liste des opposants au régime. Mais les exécutions avaient été interrompues par le ramadan et, dans l'intervalle, le président Khatami avait fait en sorte de mettre un terme à la situation. S'il n'y avait pas eu le rite islamique, mon nom figurerait aujourd'hui sur la liste des victimes laissées par ces assassins sans visage.

Le procès fit grand bruit, et c'est toute la direction du ministère et des services secrets qui dut démissionner. Mais ces gens étaient trop importants pour mériter le sort des innombrables prisonniers qui avaient pourri en prison ou avaient été exécutés – ils furent certes condamnés à la perpétuité, mais tous finalement relâchés et graciés. Et ce n'est pas tout. Au bout de quelques années, le ministre démissionnaire fut nommé procureur général. Charge qu'il occupait toujours à l'heure où j'écrivais ces lignes.

*

Tout cela se déroula sur des années : en 1992, alors que je discutais avec mon mari dans la cuisine, la gravité de la situation n'était pas encore clairement établie et je me disais seulement que je n'avais pas envie d'abandonner mes amis. Je me serais sentie terriblement coupable si j'avais accepté de troquer l'amitié contre ma tranquillité. Et puis il y avait mes parents : je ne voulais pas me séparer d'eux alors qu'ils étaient âgés et malades. Nous habitions le même quartier et j'allais les voir tous les jours.

Je commençai à livrer bataille comme si mon mari était un adversaire au tribunal, démontant ses arguments les uns après les autres, tels des châteaux de cartes. Poursuivant sur le thème de la scolarité des filles, je lui expliquai que, pour elles, il vaudrait mille fois mieux rester à Téhéran. Je lui promis également de me montrer plus prudente, de cesser de fréquenter les réunions de l'Association des écrivains, de ne pas donner d'interviews aux radios étrangères et de tout faire pour ne pas fournir de prétexte au régime. Je fis toutes ces promesses et bien d'autres encore, mais mon mari continuait de hocher la tête. Il était convaincu que la situation était déjà désespérée.

— Tu es une égoïste, Shirin! Si tu ne veux pas le faire pour toi, pense au moins à tes filles. Qu'adviendra-t-il d'elles s'il t'arrive quelque chose? finit-il par me dire, exaspéré par cette discussion qui s'éternisait.

Il se leva en repoussant brutalement sa chaise. Il semblait terriblement déçu, et furieux.

Il avait raison. J'avais même reçu ces derniers temps des lettres de menace. J'avais pourtant fini par savoir les reconnaître. Mais j'avais beau en anticiper le contenu, chaque fois je les ouvrais en cherchant une raison de ne pas avoir peur, avec l'espoir que ce n'était pas ce que cela semblait être : une promesse de mort.

Les filles s'avancèrent jusqu'à la porte du salon, apeurées par nos cris. Elles n'avaient pas l'habitude de nous entendre nous disputer. Je courus les embrasser; leurs cœurs battaient fort. Je les étreignis, je respirai leur odeur et je compris que mon mari était dans le vrai.

*

Nous partîmes en catimini par un matin gris d'hiver, sans prévenir personne. Nous emportions peu de bagages, car dans la ville où nous étions affectés nous attendait une petite maison équipée. Nous ne voulions pas non plus risquer de tomber par hasard sur quelqu'un qui aurait compris que nous étions en train de déménager. Regardant par la fenêtre la ville défiler sous mes yeux, je pleurai de colère et de chagrin. Je venais juste de recommencer à travailler et voilà qu'il fallait déjà arrêter. De nouveau, j'allais me retrouver enfermée chez moi avec mes livres, sans même avoir la possibilité de bavarder avec mes amis. Une fois de plus, je détestai ce régime qui m'enlevait jusqu'à ma propre ville. Mon mari serra ma main dans la sienne et me sourit. Le moment était venu de me calmer car les filles n'allaient plus tarder à se réveiller.

Cette nouvelle vie ressembla exactement à ce que j'avais imaginé. Non seulement je me retrouvais souvent à me tourner les pouces, sans savoir comment occuper mon temps, mais j'étais sans cesse obligée de mentir pour tromper mes amis. Au concierge de notre immeuble, à Téhéran, nous avions demandé de laisser allumées, le soir, les lampes du salon, et de dire à tous ceux qui chercheraient à nous joindre que nous étions partis faire du ski en montagne, dans le nord. Tous les deux jours, je l'appelais pour savoir qui avait téléphoné ou si quelqu'un était passé. Il m'arrivait fréquemment de devoir prendre contact avec des amis pour leur raconter que j'étais bien à Téhéran, mais trop occupée pour venir à une réunion. Ainsi je pensais bluffer les agents qui écoutaient nos conversations. Pari, plusieurs fois, chercha à me joindre pour nos rendez-vous habituels. Comprenant un jour que j'inventais des excuses, elle prit un ton offensé et m'invita à la rappeler quand je serais plus libre. Après qu'elle eut raccroché, je me sentis profondément coupable.

Au début des vacances d'été, la situation était devenue insupportable. Les filles ne savaient pas quoi faire de leurs journées et j'étais encore plus énervée qu'elles. Mon mari proposa que nous allions passer quelques jours à Mechhed. Nous nous préparions à ce bref voyage quand je reçus un coup de téléphone.

— Shirin, il faut que tu rentres tout de suite. *Baba* est mal.

Ma sœur parlait trop vite. J'enregistrai mentalement, l'un après l'autre, ses mots confus et fragmentaires – "aggravation", "encore pire", "peu de temps" – mais sans parvenir à leur donner vraiment un sens. Je compris seulement qu'il y avait urgence.

Une heure plus tard, nous étions en route. Je n'avais qu'une envie : crier jusqu'à ce que le ciel s'écroule. J'allais perdre mon père, mon maître, mon guide. Au début de ma carrière de juge, lorsque j'avais une affaire importante à résoudre, c'était lui qui m'avait aidée à prendre mes décisions sans risquer de commettre de graves erreurs liées à mon inexpérience. Mon père m'avait donné confiance en moi, fait prendre conscience de mes droits et communiqué la force de les faire valoir. Il m'avait tout appris. Et il était en train de mourir.

Pas un instant je ne pensai qu'il pouvait déjà être mort et qu'ils avaient voulu m'épargner le chagrin d'avoir à le pleurer toute seule. Je ne me demandai pas pourquoi ce n'était pas ma mère qui avait appelé, pourquoi ma sœur était déjà sur place ; j'étais trop bouleversée pour capter les bizarreries et réfléchir rationnellement. Mais dès que je fus dans l'appartement de mes parents, je compris. Ma mère et ma sœur avaient les yeux pleins de larmes, tout le monde était en noir, il était trop tard. Le sol se déroba sous mes pieds, comme si une ombre remontée directement des plus profonds abysses était venue me chercher pour m'entraîner, se cramponner à mes jambes et m'emporter avec elle dans les ténèbres. Je m'effondrai.

— Shirin ! Shirin ! criait mon beau-frère.

Mais je ne voulais pas reprendre connaissance. Je ne voulais pas revenir à moi et affronter le fait que mon père n'était plus. Plus tard vinrent les larmes hystériques et les convulsions. Mon corps tremblait – je ne pouvais plus m'arrêter. Mon beau-frère m'administra une injection et la souffrance cessa un instant. Le sédatif m'avait fait cadeau d'un bref moment d'oubli.

Le lendemain, j'étais un peu mieux. J'avais auprès de moi une vieille tante, la sœur de maman ; dès qu'elle me vit réveillée, elle commença à me sermonner. Je devais penser à ma mère, à mes filles, elles devaient pouvoir compter sur moi. J'approuvais avec fougue, en me disant qu'elle arrêterait peut-être de m'accabler si j'avais l'air suffisamment convaincue. Mais non. Elle parlait, parlait.

— Les êtres humains se divisent en deux catégories. Ceux qui ont déjà perdu leur père, et ceux qui vont le perdre de toute façon. Toi, maintenant, tu appartiens à la première catégorie, mais la vérité, c'est qu'il n'y a pas de différence entre les deux. Alors arrête de souffrir et tâche d'accepter les choses comme elles sont.

Je lui dis qu'elle avait raison et je vis à son regard qu'elle se souciait sincèrement de moi. Mais elle m'en demandait trop. Dès que je voyais ou pensais à quelque chose en rapport avec mon père, les larmes se répandaient sur mon visage et je ne pouvais plus les arrêter. Pour la première fois de ma vie, je décidai qu'il était inutile de me battre. Avec un vague sentiment de libération, je m'abandonnai au vide qui était en train de m'engloutir.

Durant les mois qui suivirent, je m'enfermai chez moi et refusai catégoriquement de rencontrer quiconque. Je ne lisais pas les journaux, je ne m'informais pas de ce qui se passait dehors. Pour seule consolation j'avais mes filles, mais même avec elles, quand j'avais passé quelques minutes à les embrasser, je perdais patience et les chassais de la pièce. L'ombre abyssale où je m'étais effondrée, ce fameux jour, dans le salon de mes parents, s'était transformée en une douce et asphyxiante compagnie. Plus le temps passait, plus l'abandon était confortable.

Dans l'état où j'étais, je ne pus regagner la petite ville où travaillait mon mari. Nous décidâmes de rester à Téhéran. Lui présenta sa démission et trouva un nouvel emploi. Il espérait me voir me reprendre grâce à la proximité de ma famille et de mes amis, surtout grâce au fait de pouvoir retourner à mon cabinet. Il s'assurait chaque matin que je m'étais bien levée et ne partait pas tant que je ne m'étais pas moi-même préparée à sortir. Mais dès qu'il avait franchi le seuil de la porte, je m'écroulais tout habillée sur le divan. En réalité, il n'était pas dupe. Il ne se faisait pas d'illusions sur mon état. Mais il avait confiance. Il fallait insister jusqu'à ce que quelque chose se présente, qui soit à même de me secouer.

Vint mon anniversaire. J'avais beau avoir expressément demandé à tout le monde de me laisser tranquille, le téléphone n'arrêtait pas de sonner. Je soulevais le combiné, puis raccrochais sans répondre : je ne supportais pas que la sonnerie se prolonge. Du reste, je ne supportais plus aucun bruit. Ce soir-là, mon mari acheta un petit gâteau et nous dînâmes tous les quatre, avec cette joie forcée des gens qui ne s'amusent pas. Je ne me souciais pas de faire semblant. Mon mari m'avait offert un cadeau mais je ne voulus pas l'ouvrir. Ma fille aînée, en revanche, m'avait donné un livre de poésie et un superbe cahier en disant :

— Ainsi tu pourras écrire des poèmes pour grand-père.

Le seul fait d'entendre parler de mon père, alors que mon moral était déjà au plus bas, faillit déclencher une énième crise de larmes. Mon mari, du regard, m'implora de me maîtriser. Je me mordis les lèvres jusqu'au sang et seule la douleur physique parvint à chasser celle de mon cœur.

— Moi, j'ai un cadeau encore plus beau. J'ai écrit un air de musique. Ça s'appelle *La Symphonie de Shirin*, dit ma cadette.

Elle ne voyait pas combien j'étais mal.

Elle alla au piano et joua. Je dois avouer que le morceau sonnait un peu faux, mais elle l'exécuta avec un tel enthousiasme et un tel orgueil, en soulevant les mains avec cette gestuelle artificielle des grands pianistes, que je réussis enfin à sourire. Ma fille était si cocasse, si satisfaite, que j'éclatai d'un rire chaud et retentissant. Elle me regarda d'un air mortifié – elle ne pouvait comprendre à quel point son cadeau m'était précieux.

La symphonie ne devait pas me guérir, mais je repensai ce soir-là à ma conduite au cours des derniers mois. J'avais vraiment été stupide de négliger ainsi mon mari et mes filles : tous trois étaient mes raisons de vivre, sans eux j'aurais été perdue. Je m'accrochai à cette idée de toutes les forces qui me restaient ; et avec l'aide d'une psychologue, j'entamai une thérapie pour dépasser mon deuil.

Beaucoup plus vite que je ne l'avais imaginé, je redevins la Shirin d'avant, comme toujours active et infatigable. Je recommençai petit à petit à fréquenter des amis et à me rendre aux réunions. Je leur téléphonai à tous pour leur demander comment ils allaient et s'ils avaient envie de prendre le thé. Ce fut pendant cette série de coups de fil que je m'en rendis compte : je m'étais isolée plus longtemps que je ne le pensais. Pendant que je m'apitoyais sur moi-même, Simin était morte, brisée par un infarctus. Quelqu'un me l'avait dit et je ne m'en souvenais même plus. Mais surtout, Pari avait quitté Téhéran pour Londres ; et elle, j'en étais sûre, était partie sans me prévenir.

24

Salue Téhéran pour moi

Voilà comment nous nous étions perdues de vue, Pari et moi, entraînées par le cours de nos vies dans des directions opposées. Comme il arrive souvent en pareil cas, je me fis plus d'une fois la promesse de reprendre contact avec elle, mais quelque chose me retenait et je remettais sans cesse à plus tard. Je sentais en moi une sourde rancœur qui n'avait pas de nom. Pari n'avait pas été présente à la mort de mon père, ni moi auprès d'elle quand sa mère était morte. Mais cela ne me dérangeait pas autant que son départ ; elle nous avait abandonnés, moi, notre terre et notre combat. Elle avait capitulé. Humainement, je comprenais qu'elle ait quitté l'Iran, même si sa décision, à mes yeux, ressemblait davantage à une façon égoïste et irresponsable de fuir les problèmes. C'était notre devoir de rester et de sauver le pays, pas seulement nous-mêmes. Ce devoir me forçait à risquer ma vie tous les jours. Qui était-elle pour s'y soustraire ?

À la fin des années 1990, je fus invitée à un séminaire sur la maltraitance des mineurs qui devait se tenir à Oxford. Mon intervention porterait sur ma propre activité de tutelle des droits des enfants dans mon pays. L'Angleterre me fit immédiatement songer à Pari.

Allais-je l'appeler ou non ? J'hésitai durant quelques jours puis je repensai à notre amitié, à sa famille, à ce que nous nous répétions toujours concernant ses frères, obstinément enfermés dans leur cage. Je me rendis compte que je m'étais laissé emporter par mon idéologie, moi aussi, et que mon obstination risquait de me faire perdre une amie.

Je demandai son numéro à de vieux amis communs. Et je l'appelai dès que j'eus posé le pied sur le sol anglais. Je me sentais aussi bouleversée qu'une écolière.

— Pari, salut ! C'est moi, dis-je d'une voix vacillante.

Silence.

Quelle idiote, je ne lui avais même pas dit mon nom.

— Pari, c'est Shirin, précisai-je.

— Oui, Shirin, bien sûr. Je t'avais reconnue. C'est juste que je ne m'y attendais pas.

Je souris car sa voix tremblait autant que la mienne. Cela ne lui ressemblait pas, d'être bouleversée.

— Comment vas-tu ? demandai-je.

— Bien, bien. Et toi ?

— Moi aussi, merci. Je suis en Angleterre.

Je lui parlai de mes engagements et de la conférence. Elle ne me laissa même pas finir :

— Nous devons absolument nous voir. Je peux te rejoindre sur place. Ou, si ça te convient, pourquoi ne pas venir passer quelques jours à Londres ?

— Volontiers.

Nous décidâmes de nous retrouver après le séminaire. Je serais son invitée pour trois jours. Elle prendrait un congé afin de rester un peu avec moi. À la fin de la communication, j'étais pleine d'enthousiasme – j'avais le sentiment d'être revenue à l'époque où Simin organisait le pèlerinage à Mechhed, quand nous

nous imaginions pendant des heures ce que seraient ces brèves vacances ensemble.

Le jour de mon arrivée à Londres, Pari vint m'attendre à la gare. Anxieuse, je la cherchai des yeux dans la foule, à travers la fenêtre du train. À quoi ressemblerait-elle ? J'avais de la peine à me la représenter différente. Se faisait-elle à présent des permanentes blondes jurant avec sa peau brune ?

Les portières s'ouvrirent en soufflant ; impatiente, je descendis de voiture. Je me hissai sur la pointe des pieds pour voir par-dessus les têtes. Je finis par la repérer. Elle me saluait en agitant le bras. Je criai de bonheur et elle fit de même. Nous nous étreignîmes longtemps et restâmes étroitement enlacées pendant tout le trajet le long du quai, comme si nous avions risqué, en nous séparant, de nous perdre de vue à nouveau.

Quand enfin nous pûmes nous détacher, je la toisai d'un œil inquisiteur. Pari avait toujours la même coiffure noire et quelques petites rides supplémentaires près des yeux. De nouveaux plis entouraient son bon vieux sourire ironique. Mais elle était bien toujours la même. Habillée à la dernière mode, très élégante dans un tailleur tout simple qui mettait en valeur une silhouette parfaite. Elle avait beaucoup maigri.

— Jogging tous les jours et deux ou trois sacrifices, dit-elle en lisant dans mes pensées. Je fais ça pour le garder…

D'un signe de tête, elle me montrait un garçon qui nous observait en souriant. Très grand, bien bâti, il avait les yeux et les cheveux clairs. Contrairement à Pari, il n'était pas élégant mais portait des vêtements sportifs, commodes, un peu râpés. Sa poignée de main était chaude et vigoureuse, et son regard ouvert mettait tout de suite en confiance. Il se prénommait Jack, mère italienne et père anglais. Il était le compagnon de Pari depuis deux ans.

Quand je compris qu'ils vivaient ensemble, je me tournai vers elle un peu contrariée pour lui dire en farsi :

— Je pensais que tu vivais seule, je ne voudrais pas te déranger. Je vais aller à l'hôtel.

Mais Pari, nullement troublée, me répondit sur ce ton chantant qui lui était coutumier :

— Shirin *joon*, ne fais pas l'idiote ! Il y a deux chambres à coucher dans mon appartement. Jack est ravi de t'avoir à la maison... Pas vrai, Jack ? lui demanda-t-elle en anglais.

Jack se contenta d'approuver du chef.

— Et puis tout est déjà décidé, ajouta Pari.

Elle me prit le bras, et se dirigea résolument vers sa voiture.

*

Elle vivait dans un quartier résidentiel. Vue de l'extérieur, la maison semblait grise, comme toutes les habitations du voisinage, mais, à l'intérieur, chaque pièce était illuminée par des teintes chaudes et des couleurs vives, déclinant toutes les nuances possibles de rouge et d'orange. Aux murs étaient accrochés les tableaux de Jack : il exerçait la profession de peintre.

— Il ne doit pas avoir beaucoup de clients s'il garde ses tableaux ici, dis-je à Pari en plaisantant.

Elle éclata de rire. Jack nous regardait sans comprendre.

— Si tu connaissais l'histoire de l'art, tu saurais qu'à de rares exceptions près les artistes ont connu la célébrité après leur mort seulement. J'attends que Jack ne soit plus là pour m'enrichir en vendant ses œuvres. En attendant, il faut que je travaille, hélas ! Et je nous entretiens tous les deux, répondit-elle en soupirant.

Jack et Pari étaient très amoureux. Ils avaient de petites prévenances l'un pour l'autre qui ne trompaient pas : gestes tendres et regards échangés par surprise, comme en cachette. Pari avait arrêté de fumer pour suivre les idées de Jack en matière de santé ; quant à lui, tous les soirs, après le dîner, il buvait le thé avec elle, selon la tradition iranienne. C'était la première fois que je voyais mon amie détendue. Après tant d'années à se soucier de ses frères, puis de sa mère, j'eus le sentiment qu'elle avait enfin trouvé quelqu'un capable de veiller sur elle. Mais ce qui me frappa, surtout, c'était que des deux, le blagueur, c'était Jack. Pari n'avait rien perdu de sa bonne humeur et de sa désinvolture, mais elle n'était plus obligée de mettre sans cesse son caractère en avant pour désamorcer les tensions : elle laissait faire Jack, et c'était lui qui l'amusait.

Nous dînions chaque soir dans un restaurant différent avec Jack et des amis iraniens de Pari. En revanche, dans la journée, nous allions seules courir les cafés, les boutiques et les musées. C'était bon de se promener avec insouciance, de se perdre au fil des rues sans se préoccuper du temps qui passe ou de rejoindre une destination particulière, de jouir d'être ensemble et de profiter du monde. Pari me parla longuement de son travail et de ses collègues – elle s'était tout de suite taillé une place parmi eux. Elle me décrivit leurs dernières vacances à travers l'Europe, les coutumes bizarres des pays visités. Elle mettait dans chaque propos sa verve incomparable. Et je compris soudainement combien elle m'avait manqué.

Pourtant, même si nous nous étions tout de suite retrouvées, aucune des deux n'abordait les questions sérieuses ni ne dépoussiérait l'image du bon vieux temps. Telles des équilibristes, nous prenions garde de ne pas nous abîmer dans le vide, sachant qu'il n'y aurait peut-être pas de filet pour arrêter la chute. Ainsi, il me sembla qu'une sorte de barrière demeurait dressée entre nous, en dépit des bavardages et des rires.

À propos de Jack, elle ne se déboutonnait pas. Certes, elle aimait évoquer leur rencontre, leur vie commune, ses habitudes à lui et ses manies d'artiste, leurs différences d'opinions et de mode de vie, étant donné leur appartenance à des cultures aussi éloignées. Mais sur leur union, leurs sentiments, leur avenir, elle révélait bien peu de chose. J'essayai de susciter des confidences, mais en vain. Jusqu'à ce jour où nous nous promenions dans Hyde Park et que, renonçant à toute prudence, je lui demandai pourquoi ils n'étaient pas mariés.

— Shirin *joon*, tu ne deviendras donc jamais une personne moderne. Pourquoi devrions-nous nous marier?

— En Iran, tu te marierais, tentai-je de lui renvoyer.

— En Iran, je serais forcée de le faire. Et je devrais faire aussi des quantités de choses que je n'aurais pas décidées, répondit-elle avec un haussement d'épaules.

Elle ajouta :

— Rien ne nous interdit de nous marier, Jack et moi. Mais pour le moment, nous sommes bien comme ça. Nous n'avons pas envie de toutes ces obligations idiotes attachées au mariage, tu comprends?

Je n'eus pas le temps de répondre que je la comprenais peut-être mieux qu'elle ne le croyait, car déjà elle poursuivait :

— Tu crois qu'en nous mariant nous nous aimerions davantage ? Ou que notre vie serait plus heureuse ?

— Le mariage consoliderait votre union, grommelai-je. Jack est plus jeune que toi. Il pourrait te laisser tomber quand tu auras vieilli. Ça ne te fait pas peur ?

— Ce n'est pas possible, répliqua-t-elle avec une grimace comique. D'abord, Jack ne me laissera pas tomber, vu qu'il ne trouvera jamais une femme assez bête pour tout payer pendant qu'il barbouille ses toiles. Ensuite, s'il devait décider de me laisser, ce n'est pas le mariage qui l'en empêcherait. Et enfin, si ça arrive tout de même, alors je n'aurai plus qu'à m'en trouver un autre, plus jeune et meilleur que lui. La mer est pleine de poissons, comme on dit ici.

— Et les enfants ? Tu ne voulais pas avoir des enfants ? demandai-je pour la ramener à un peu de sérieux.

Son regard s'assombrit à nouveau.

— Shirin, pourquoi veux-tu que nous vivions tous de la même façon ? Pourquoi faudrait-il que tout le monde fasse des études, aille à l'université, se marie, ait des gosses et cherche à devenir riche ? D'ailleurs, quand les gens sont enfin riches, ils sont trop vieux pour jouir de leur argent. Quant aux enfants, tu sais ce qui se passe quand ils grandissent ? me demanda-t-elle.

— Non.

— Ils quittent la maison et ils appellent papa et maman une fois par mois pour avoir des nouvelles. Mais alors, pour les parents, il est trop tard, et ils se rendent compte qu'ils ont perdu toute leur vie sans rien y gagner. Non, ma chérie, ce genre d'existence ne me convient pas. Je veux profiter de mes loisirs et de mon argent tant que je suis en vie et en bonne santé. Après, je mourrai. Patience.

J'essayai de lui dire qu'elle se trompait, que les enfants ne sont pas des parasites, mais une source d'énergie et de motivation plus forte et inépuisable qu'aucune autre. Je lui rappelai que c'était en pensant à mes filles que j'avais trouvé la force de faire le deuil de mon père, de continuer à croire en ce que je faisais, et en moi, alors que je traversais des périls et des tragédies. Je poursuivis avec véhémence ; je m'échauffais en parlant. Aucun sujet ne me stimulait davantage que mes filles et les joies considérables qu'elles m'avaient apportées. Pari m'écouta sans rien dire, en marchant tête baissée. Quand j'eus achevé mon monologue, elle releva les yeux et les fixa sur moi.

— D'accord. Un jour, j'ai eu envie d'avoir des enfants. Qu'est-ce que tu crois ? Mais tu sais bien ce qu'a été ma vie à Téhéran. C'est seulement ici que j'ai découvert l'impression d'avoir la liberté de penser par moi-même. Malheureusement, il était déjà tard.

Je me sentis vraiment stupide et indélicate. Involontairement, j'avais reconstruit une cage dorée autour de moi. Comment avais-je pu m'abandonner à lui servir un tel discours, à elle qui en avait tant et tant supporté ? Comment avais-je pu oublier quelles blessures se cachaient derrière son insouciant sourire ? Que savais-je des compromis qu'elle avait dû accepter, entre la vie parfaite qu'elle n'avait pas eue et le bonheur qu'elle avait réussi à saisir ? Pari se remit à marcher d'un pas vif et me planta au milieu du trottoir. Je courus pour la rattraper. Je ne savais comment m'y prendre pour m'excuser, mais elle ne m'en laissa pas le temps. Elle aborda le sujet de notre prochaine étape, le Victoria & Albert Museum :

— La reine Victoria aimait profondément son mari Albert, en tout cas c'est ce qu'on dit. Le musée abrite leur collection d'œuvres et d'objets d'art. Tu verras, elle est en noir dans tous les tableaux peints après la mort de son époux. Elle était aussi bête que toi : au lieu de s'en chercher un plus jeune, elle a porté le deuil du disparu jusqu'à la fin de ses jours.

J'étais gênée, mais j'éclatai néanmoins de rire.

Ce même soir, nous allâmes à l'opéra. Tandis que j'admirais la splendeur du Royal Opera House, Pari ne cessait de se moquer de moi.

— Je sais que des endroits pareils, c'est trop bien pour toi. Encore deux heures, et tu l'auras, ton McDo.

J'éclatai de rire encore une fois. La veille, comme nous passions devant un *fast-food*, j'avais soupiré :

— Qu'est-ce que ça me manquait !

Et Pari avait répondu par une plaisanterie :

— Tu n'as pas honte de dire une chose pareille alors que je t'ai emmenée dans tous ces restaurants chic ?

Mais le McDo avait pour nous une signification particulière. En Iran, après la Révolution islamique, tous les restaurants de cette chaîne avaient été fermés, puisque symboles de la culture américaine. Sur le moment, les gens n'y avaient guère prêté attention : on mangeait de meilleurs hamburgers dans le premier bar venu de n'importe quelle ville iranienne. Mais quelques années plus tard, une tentative eut lieu pour ouvrir de nouveau un McDonald's. La nouvelle, divulguée par les journaux, se diffusa dans la jeunesse qui se mit à attendre l'inauguration avec impatience. Là encore, le problème n'était pas la nourriture mais le fait que le gouvernement changeait de ligne pour la énième fois, et précisément dans une période marquée par de lourdes interdictions comme, par exemple, celle de marcher ensemble dans la rue pour un homme et une femme. Le jour de son ouverture à Téhéran, le McDonald's fut pris d'assaut. Des étudiants firent même la queue pendant des heures pour avoir leur hamburger. Une fille avoua aux journalistes que ce qui lui plaisait, c'était l'atmosphère de l'endroit ; elle avait l'impression de manger dans une ville américaine, ou européenne, comme n'importe quelle personne de son âge. Mais cette exaltation ne devait pas durer. Le troisième jour, les *Pasdaran* fermèrent le restaurant et y posèrent des scellés. Le gouvernement annonça qu'il ne laisserait pas s'installer en Iran les symboles de la société de consommation américaine.

Je n'avais pas avoué à Pari la nostalgie qui était la mienne dans l'espoir d'aller manger au McDo, mais seulement pour lui dire combien me manquaient nos années d'université, quand nous marchions dans les rues nos livres à la main, bavardant entre nous et avec les autres étudiants ; quand un homme n'avait pas le droit d'avoir plusieurs femmes et que les mollahs étaient seulement des figures religieuses ; quand on n'était pas obligées de porter le voile et que les hommes et les femmes n'étaient pas séparés ; quand la révolution, la guerre et les malheurs étaient encore loin et qu'il était normal d'aller au cinéma, de s'amuser, de chanter et de se sentir heureux.

Naturellement, Pari avait parfaitement compris ce que j'avais voulu dire, mais il lui plaisait à elle aussi de me faire marcher. Jack, en revanche, qui ne pouvait saisir les implications et les nuances de nos plaisanteries, nous jeta un regard désapprobateur, pensant que je voulais pour de bon aller dîner au McDonald's.

Pari l'embrassa en disant :

— Si tu ne veux pas, chéri, on n'ira pas.

Puis elle me donna un coup de coude et murmura en farsi :

— Il est aussi génial que ses tableaux.

Telle fut ma dernière soirée à Londres. Tandis que je rangeais mes vêtements dans ma valise, Pari m'observait, les larmes aux yeux. Elle continuait de répéter :

— Salue Téhéran pour moi, je t'en prie. Salue Téhéran pour moi !

Je me tournai vers elle. J'hésitai un instant avant de formuler ma question, mais c'était notre dernière chance de revenir sur ce silence à propos des années passées.

— Si tu aimes tellement Téhéran, pourquoi être venue à Londres ?

La bouche de mon amie se fit triste.

— Je savais que tu me demanderais ça.

— Tu n'es pas obligée de répondre.

— Shirin *joon*, reprit-elle en réfléchissant pour trouver les mots justes, tu ignores ce qui s'est passé. Ces dernières années, nous nous sommes éloignées. Moi, j'aurais voulu ne pas quitter Téhéran.

Elle s'assit sur le lit à côté de moi, et entreprit de tout me raconter doucement, tandis que son visage était baigné par les larmes, comme le soir de la cérémonie pour Abbas.

*

Sa position à l'université était devenue insupportable. Le directeur du département lui avait dit sans ménagement qu'étant donné les précédents politiques qui existaient dans sa famille il acceptait volontiers sa démission. Même isolée comme elle l'était, Pari ne s'estima pas vaincue. Certes, elle n'était plus titulaire, elle n'avait plus de fonds pour poursuivre ses recherches et n'obtiendrait rien de plus que quelques remplacements, mais elle était résolue à ne pas baisser la tête. Un jour, le recteur en personne vint dans son bureau l'informer qu'il ne pouvait plus lui faire confiance ; il redoutait qu'elle n'en vienne à corrompre les jeunes consciences musulmanes qui étudiaient la médecine. Rapidement, une rumeur se répandit, disant que Pari prêchait le marxisme dans ses cours – lesquels en l'occurrence? –, et c'est ainsi qu'elle fut licenciée par le comité d'épuration des enseignants. Après quoi, aucune autre université en Iran n'accepta de l'engager.

Elle décida alors de se consacrer à son dispensaire de Téhéran. Pari était un bon médecin, elle pratiquait des tarifs parmi les plus bas du pays et ce n'était sûrement pas les patients qui lui manquaient.

Mais un matin, elle trouva la porte de son cabinet défoncée. Son diplôme avait été décroché du mur, posé sur le bureau et recouvert d'une tête de chien décapité. Le sang avait coagulé sur le verre, imprégné son bloc d'ordonnances et coulé à grosses gouttes le long du pied de la table. Pari courut vomir dehors. Tournant le dos au dispensaire, elle se réfugia chez elle, les yeux brouillés de larmes. Mais, au bout de deux heures, elle décida à nouveau que le temps de la capitulation n'était pas encore venu. Elle prit résolument le chemin du poste de police le plus proche et dénonça ce qui s'était passé. Les agents se rendirent sur les lieux et dressèrent un procès-verbal. Ils ne firent même pas semblant de la rassurer et lui dirent de la façon la plus claire que le mieux, pour elle, était de quitter la ville, quoi qu'elle ait pu faire. Pari, pour se convaincre elle-même plus encore que les policiers, répondit qu'elle n'avait absolument rien fait de mal et qu'elle ne se laisserait pas intimider. Ayant récupéré son diplôme, elle le fit mettre dans un cadre encore plus beau et le raccrocha au mur, derrière son bureau, exactement en face de l'entrée.

Une semaine plus tard, ce fut encore pire. Elle trouva les lieux complètement dévastés: vitres fracassées, bandes de pansement déchirées, instruments détruits. Tous les flacons de médicaments avaient été vidés, les cachets piétinés; il y avait des tubes de pommade écrasés partout sur le sol et les meubles. Son diplôme avait été brûlé, il n'en restait plus qu'un angle, près des bouts de papier calcinés – façon de faire comprendre à Pari, sans ambiguïté, ce qui l'attendait.

— À ce moment-là, j'ai décidé que ma famille avait donné assez de héros à la prétendue patrie. Je suis partie en laissant le dispensaire comme il était. J'ai compris que Téhéran n'était plus faite pour moi. Même maman était morte. Quelle raison avais-je de rester? J'ai écrit à plusieurs hôpitaux en Angleterre et j'ai trouvé un bon emploi à Londres. Comme tu vois, j'ai beau être satisfaite de mon travail et de ma vie, je me demande tous les jours ce que je fais ici. Mes patients en Iran, et mes étudiants, ont plus besoin de moi que ceux d'ici. Mais je n'ai pas eu le choix.

Je l'étreignis très fort et me serrai contre elle. Nous pleurions ensemble sur ce que nous avions perdu et sur nous-mêmes.

— Arrête, Shirin, si tu pleures, je pleure aussi. Et si Jack me voit dans cet état, il va s'enfuir avec ses tableaux, plaisanta Pari.

C'était sa façon d'endiguer la crise.

— Pourquoi ne viendrais-tu pas à Téhéran au printemps? Tu veux? dis-je sur une impulsion.

— Ça me plairait beaucoup, mais je suis dans une situation délicate. Si j'y retourne, j'ai peur qu'ils ne me laissent plus repartir. Avec les frères que j'ai – que j'avais, plutôt –, je suis peut-être sur la liste de ceux qui n'ont pas le droit de s'expatrier. C'est trop risqué, dit-elle en essuyant ses dernières larmes.

— À propos de tes frères, pourquoi ne pas t'adresser à Ali? Il doit être devenu une personnalité de poids dans la République, proposai-je, têtue.

— Ça non plus, tu ne le sais pas. C'est vrai qu'on ne s'est pas parlé depuis si longtemps… Ali a quitté l'Iran. Et même avant moi. Je ne savais même pas où il avait échoué. Il a pris sa valise et il a tout laissé tomber du jour au lendemain. Un mois après son départ, il m'a envoyé une carte. Depuis la France. Il disait que je ne devais pas m'inquiéter. Comme si c'était aussi simple. C'est le seul frère qui me reste.

— Ali a renoncé à sa cause? demandai-je avec une vive stupéfaction.

— Et comment! Il a fini dans les services secrets et vu de ses yeux ce qui s'y passait. Il disait qu'après la mort de Khomeyni, tous étaient devenus corrompus et avaient perdu de vue l'objectif. Sincèrement, j'ai toujours pensé que ça lui coûterait trop cher d'admettre son erreur. Qu'il préférait le dire comme ça : la Révolution était juste et les révolutionnaires ont été trompés. Mais ça n'a plus d'importance, désormais.

— Lui, au moins, il est sorti de sa cage à temps.

— J'espère que tu dis vrai. Mais regarde-nous. De notre famille, il ne reste plus que lui et moi, et aucun des deux ne peut rentrer en Iran. À quoi tout cela a-t-il servi ?

C'est comme ça que Jack nous trouva : enlacées, les yeux gonflés, parlant sans pouvoir nous arrêter. Le récit de Pari avait fait tomber la barrière et nous étions prêtes à reprendre nos confidences d'autrefois. Dans la paix de cette longue nuit, nous devions conclure un pacte avec notre jeunesse perdue, ainsi qu'avec les ombres d'Ali, de Javad, d'Abbas et de Simin. Nous devions nous rappeler aussi les beaux moments, pleurer encore les épisodes tristes, et ceci jusqu'au lever du jour.

25

Ennemi de la Révolution

Après ma visite à Londres, Pari et moi recommençâmes à échanger régulièrement des nouvelles. Le coût des communications internationales ne nous permettait pas de nous parler souvent, ni longtemps, cependant il était rare que nous laissions passer un mois sans nous appeler. C'étaient des bavardages de dix minutes au plus, mais qui avaient la douce et relaxante saveur de nos confidences d'autrefois autour d'une tasse de thé. En vertu d'une convention tacite, les sujets délicats n'étaient pas abordés afin de ne pas entamer le peu de temps dont nous disposions et par crainte que mon téléphone ne soit sur écoute.

Quelques années déjà s'étaient écoulées depuis notre rencontre, quand Pari m'envoya une lettre. Plus exactement, je reçus une lettre dont l'expéditeur se révéla être Jack. Je l'ouvris avec une certaine surprise car nous n'avions pas l'habitude de nous écrire. En sortirent quatre ou cinq pages d'une écriture hâtive, un exposé sur la vie londonienne. Mais, au milieu, se cachait une liasse de feuillets pliés avec soin, écrits très serré. Le stratagème me fit rire : si la censure avait cherché à lire mon courrier, ce n'est pas une enveloppe fermée qui aurait pu l'arrêter.

Pari me pressait de l'aider: convoquée dans l'un des nouveaux et innombrables bureaux du régime, elle était censée leur apporter la preuve qu'elle résidait toujours à Téhéran et avait donc le droit de conserver son logement. Si elle ne se présentait pas, le processus d'expropriation serait déclenché. C'était ce qui était arrivé à Abbas, pour des raisons différentes. Dans le cas de son frère, le gouvernement s'arrogeait le droit de confisquer les propriétés de ceux qui avaient soutenu le Shah; pour Pari, c'était autre chose, les autorités se chargeaient de gérer officiellement un bien appartenant à un expatrié. Ce qui nous laissait peut-être une plus grande marge de manœuvre.

Pendant son absence, Pari avait payé le concierge pour qu'il l'aide à établir la preuve que la maison était régulièrement habitée. Tous les soirs, il allait allumer les lampes; il ramassait et triait le courrier; il s'occupait des factures et, si quelqu'un cherchait Pari, il répondait qu'elle était en vacances. Cette stratégie, depuis le temps, était éprouvée, mais il était fatal qu'elle finisse par être découverte.

Pari avait quitté l'Iran depuis longtemps désormais et son appartement était vide. Ce qui suscitait l'étonnement, c'était le côté irrationnel du processus d'expropriation. Si une personne n'est pas présente chez elle, comment est-il possible de la convoquer dans tel bureau tel jour à telle heure? C'est simple: en déposant un avis là où elle ne se trouve pas. Les ultimatums s'adressent toujours à ceux qui ne peuvent les recevoir; c'est ainsi que l'on parvient à ses fins, tout en démontrant que l'on a fait le maximum. Cette procédure résumait toute l'hypocrisie du régime.

Le lendemain, j'allai voir le concierge pour tâcher de comprendre ce qui s'était passé. L'homme m'invita chez lui et m'offrit un verre. Il habitait une petite pièce au sol de terre battue, avec un canapé-lit poussé dans un angle, devant un pauvre fourneau à gaz. Une table et deux chaises complétaient l'ameublement. Les toilettes se cachaient derrière un vieux rideau décoloré. Tout respirait la pauvreté et la dignité. Un géranium dressé avec coquetterie sur une table basse effleurait la photo, vieille d'au moins cinquante ans, d'une femme en robe de mariée. Près de ce portrait, dans un autre petit cadre, souriait un enfant en uniforme de soldat. Les deux sous-verre portaient en haut à droite un ruban de deuil.

Le concierge, qui était au désespoir, frappait ses poings l'un contre l'autre en répétant :

— Je ne sais pas comment ils ont fait ! Vraiment je n'en sais rien ! Les *Pasdaran* ont tout compris tout seuls. L'autre jour, ils sont venus ici me remettre cet avis pour Mme Pari. Je leur ai dit qu'elle était sortie pour son travail et que je ne savais pas trop quand elle allait rentrer. Mais ils ne voulaient pas m'écouter.

Je hochais la tête sans rien dire, en attendant de pouvoir en placer une, mais il continua de s'épancher :

— J'ai connu Mme Pari toute petite. C'est moi qui ai aidé sa pauvre maman à déménager. De bien braves personnes. J'ai fait exactement ce que la dame m'a demandé.

Pour le vieil homme, c'était incompréhensible. Il avait été concierge toute sa vie ; et sa vie consistait à surveiller les maisons des autres. Se retrouver dans une telle situation, c'était beaucoup plus qu'être témoin d'une injustice. Je vis à son regard qu'il prenait la faute à son compte, comme un échec personnel. Ce sens de l'honneur et cette fierté piétinés par une rage insatiable. Pour tenter de le rassurer, je lui dis que Pari était la première à penser qu'il n'y était pour rien. Mais il était incapable de se pardonner. Il s'offrit même de rembourser petit à petit l'argent que Pari lui avait laissé pour sa peine. J'en avais le cœur serré.

Ce soir-là, je parlai à Pari et lui demandai le nom de quelques vieux amis d'Ali, dans l'idée de me tourner vers eux. Nous savions d'expérience, elle et moi, que la méthode la plus efficace, pour résoudre ce genre de problèmes, consistait à obtenir l'appui d'un fonctionnaire du nouveau régime ; les seules protections légales ne servaient pas à grand-chose. Pari me communiqua tout de suite les noms de cinq personnes susceptibles de m'aider.

Je lançai mes recherches le lendemain. Le premier des cinq, victime d'une attaque bactériologique pendant la guerre contre l'Irak, était en maison de santé près de Téhéran, dans un état végétatif. Le deuxième, devenu ambassadeur de l'Iran au Koweït, était pratiquement hors de portée pour moi. Le troisième avait renié son passé pour entrer dans l'opposition et se trouvait en prison pour avoir critiqué le régime dans un article. Le quatrième avait été élu au Parlement où il passait son temps à roupiller – il n'avait pas d'ambition, et surtout aucune influence. Restait le cinquième, un certain Akbar, sous-secrétaire au ministère de l'Intérieur ; lui pouvait intervenir dans notre affaire.

J'appelai son bureau pour demander un rendez-vous. Son secrétaire, avec la plus grande courtoisie, me répondit qu'il allait s'occuper personnellement du problème. Je fus obligée, pour percer ce mur, de prononcer le nom d'Ali :

— C'est lui qui m'envoie.

Je fus reçue le lendemain.

Akbar avait une barbe, un début de calvitie sur le sommet du crâne et des savates. Il portait un large pantalon gris et une chemise à carreaux bleue au col bien boutonné. Il roulait entre ses doigts un *tasbih*, le chapelet de grains pour la prière ; un anneau d'agate brillait à son annulaire. Il semblait le portrait du dirigeant, du fonctionnaire, de l'administrateur efficace au service du gouvernement. Son allure était un témoignage vivant de ce en quoi il croyait – du moins de ce en quoi il voulait montrer qu'il croyait.

Il ne me regarda en face, brièvement, qu'une seule fois : lorsque j'entrai dans la pièce. Là non plus, rien de nouveau. Tous les fondamentalistes évitent de regarder franchement les femmes. On leur a expliqué qu'il était écrit quelque part que les hommes et les femmes ne devaient pas se regarder en face, et encore moins dans les yeux. Ce n'était pas tout. J'avais dû enfiler un tchador noir pour me rendre au ministère. Aucun service public n'accueillait les femmes qui ne le portaient pas. Les dernières mesures faisaient obligation à toutes, qu'elles fussent iraniennes ou étrangères, musulmanes ou non, de porter un *manteau*[1]. Celle qui ne se pliait pas à cette règle commettait un délit et pouvait être sûre d'être punie.

Lorsque je pénétrai dans le bureau, Akbar se leva puis m'accompagna dans le coin réservé aux visiteurs. Un employé nous apporta aussitôt du thé et des gâteaux. Je me rendis compte alors combien il est difficile de s'adresser à quelqu'un qui vous parle sans vous regarder. Après s'être enfoncé dans le fauteuil en

1. En français dans le texte.

face de moi, Akbar ne cessa de poser son regard sur les objets qui nous entouraient, ou sur le sol. J'avais toutes les peines du monde à me concentrer sur ce que j'avais à lui demander. Mais je lui exposai le problème calmement, en essayant de ne pas me laisser déstabiliser. Je lui dis que l'appartement d'Ali et de Pari était le seul héritage qu'ils avaient reçu de leurs parents ; j'affirmai que, s'ils ne l'occupaient pas, c'était temporaire, et qu'ils ne tarderaient pas à revenir. Je ne cessais de mentionner Ali, ses médailles, sa foi, son héroïsme ; bien entendu, je ne fis allusion ni à Javad ni à Abbas.

Akbar approuvait en hochant la tête, laissant toujours flotter son regard çà et là. Au bout d'une dizaine de minutes, il m'interrompit avec une certaine grossièreté pour me dire qu'il connaissait fort bien Ali, depuis l'enfance. Il me raconta qu'ils avaient fréquenté la même école élémentaire et qu'ils étaient restés amis longtemps. Petit, il avait lui-même connu Simin et Hossein, Pari et – à ce point, il marqua un temps significatif – les autres. Il savait *tout* – il appuya sur ce mot – ce qu'il y avait à savoir. Je me sentis comme une écolière prise en faute.

Au fur et à mesure de son discours, je commençai à me remémorer qui il était. Son père possédait une boucherie ; il était alors un petit garçon très timide et je lui rappelai que je lui avais un jour corrigé un devoir.

Il me sembla que quelque chose en lui s'était débloqué à l'évocation de ces souvenirs d'enfance. Il paraissait plus détendu, maintenant, et enclin à m'aider. Tandis que nous sirotions notre thé, il me dit qu'il pouvait faire reporter de quelques mois la mise sous séquestre mais que, en tout état de cause, une solution légale devait être trouvée au plus vite.

— C'est pour ça que je suis là, répondis-je.

Il continua d'égrener son *tasbih* d'un air absorbé. Puis il m'expliqua ce qui se passait "en pareil cas" – il s'exprima ainsi, en détachant bien ses syllabes. On aurait presque dit qu'il voulait prendre son temps.

En pratique, il fallait que Pari procède officiellement à un transfert de propriété sur une personne de confiance, et cette personne devait s'installer dans l'appartement ; après quoi il faudrait établir séparément un nouvel accord dans lequel le nouvel occupant des lieux déclarerait que Pari en était la véritable propriétaire. Ainsi, Pari en reprendrait possession dès son retour à Téhéran. Cette solution tarabiscotée était la seule possible ; en cas de contrôle, le logement serait considéré comme appartenant à l'occupant mais Pari, dans le même temps, en conservait la propriété effective.

Comment avais-je pu ne pas y penser moi-même ? Je me serais giflée. J'étais juriste et la solution m'avait échappé ; ce n'était pas moi qui l'avais trouvée mais un homme qui passait sa journée à égrener son *tasbih*.

Voyant ma perplexité, Akbar reprit :

— Toute loi a ses clauses non écrites.

— Je sais. Je suis avocate.

— Alors si vous êtes avocate, vous savez que ces clauses non écrites nous indiquent le moyen de contourner la règle.

J'aurais pu opposer beaucoup d'objections à cette remarque, mais je laissai tomber et j'opinai du chef.

— Cherchez une personne de confiance et mettez la maison à son nom, dit-il. Je verrai à reporter de six mois de plus la mise sous séquestre. Je ne peux rien faire de plus.

Je le remerciai et me levai pour prendre congé. Au moment de quitter la pièce, alors que l'employé avait déjà commencé à desservir et qu'Akbar retournait derrière son bureau, je me rappelai ma conversation avec Pari, la veille de mon départ de Londres, quand elle m'avait expliqué pourquoi elle ne pouvait pas rentrer en Iran. Plus d'un professeur d'université avait fini par se retrouver sur les listes de ceux qui n'étaient pas autorisés à s'expatrier. Ils n'en étaient d'ailleurs même pas avertis. Un beau jour, à l'aéroport, alors qu'ils présentaient leur passeport, les agents les informaient qu'ils n'avaient pas le droit de quitter le pays.

Je demandai subitement à Akbar :

— Mais Pari peut rentrer en Iran?

Le sous-secrétaire leva les yeux et fut obligé, pour la deuxième fois, de me regarder en face.

— Ils peuvent tous rentrer en Iran, répondit-il, laconique.

— Excusez-moi, continuai-je, mais je voulais dire, s'ils rentrent en Iran, les laissera-t-on repartir?

À l'expression contrariée d'Akbar, je compris qu'il regrettait déjà de m'avoir donné un coup de main. Il ne dit rien, mais se mit à son ordinateur, et je restai quelques minutes plantée devant son bureau, à attendre sa réponse. Après un temps, il confirma :

— Il n'y a aucun problème. Pari n'est pas sur la liste.

Je poussai un soupir de soulagement; enfin une bonne nouvelle. Je saluai Akbar encore une fois et je me dépêchai de partir.

Une minute de plus sous ce tchador et j'explosais.

*

Pari, depuis Londres, m'envoya une procuration et je me mis à l'œuvre pour expédier l'affaire. J'entrai en contact avec la vieille cousine que nous avions choisie pour le transfert de propriété et je rédigeai avec elle tous les documents nécessaires ; celui qu'il convenait de présenter aux autorités et celui qui resterait entre elles, où il était stipulé que l'appartement, avec tout ce qu'il contenait, appartenait à Pari, représentant un bien sur lequel la cousine n'avait aucun droit. Je déposai cet acte dans mon coffre en attendant de pouvoir le remettre à mon amie.

Ce soir-là, au téléphone, Pari me remercia chaleureusement. Mais son enthousiasme éclata vraiment quand je lui appris qu'elle ne figurait pas sur la redoutable liste. Elle commença tout de suite à parler de son retour. Elle allait prendre un mois de vacances et revenir pour le *Nowruz*, le Nouvel An, ainsi nous pourrions passer quelques jours ensemble et aller revoir enfin les vieux amis. Sa voix reprenant vigueur, elle se lança dans des projets compliqués pour arriver à caler toutes ses activités sans laisser personne en plan. Ce sens de l'organisation était typique de ceux qui avaient dû partir plus d'une fois sans être certains de pouvoir jamais revenir.

Quelques semaines plus tard, le secrétaire d'Akbar reprit contact avec moi. Akbar souhaitait me rencontrer. La demande me surprit et m'inquiéta. Que signifiait-elle ? Y avait-il une complication ? Pari, après tout, avait peut-être fini sur la liste et perdu la possibilité de revenir. Une telle nouvelle risquait de lui briser le cœur à jamais après cette brève euphorie. Un rendez-vous avec Akbar fut fixé la semaine suivante et je passai plusieurs jours dans l'angoisse. C'est presque avec soulagement que je me couvris du détestable tchador noir pour me rendre à cet entretien. En me voyant entrer dans son bureau, Akbar dit avoir appris avec plaisir que l'affaire de l'appartement était réglée.

— À présent que nous avons résolu le problème de Pari, le moment est venu d'aborder la question d'Ali, ajouta-t-il, comme si cette affaire aussi pouvait se résoudre par un acte d'écriture privé.

Je le regardai sans comprendre. Je savais qu'Ali avait quitté l'Iran et vivait à Lyon, mais personne, pas même Pari, ne m'avait parlé en détail de ses problèmes.

— Pour un homme comme Ali, qui a aimé aussi fort l'imam Khomeyni, et qui a combattu valeureusement pour sa patrie, c'est une grande honte de vivre en France. Madame Shirin, vous et Pari, vous devez le convaincre de rentrer.

— Ali est une personne adulte, en pleine possession de ses facultés mentales et je ne me permettrais jamais de lui dire où il doit vivre, répondis-je. Par ailleurs, je n'ai ni son adresse ni son numéro de téléphone.

Akbar jouait avec son *tasbih*.

— Le problème d'Ali, c'est que les contre-révolutionnaires lui ont brouillé les idées. Après son retour à Téhéran, il avait perdu son esprit révolutionnaire. Il allait répétant partout qu'après la mort de Khomeyni, la République islamique s'était engagée sur une mauvaise voie. Malheureusement, nos tentatives pour le ramener à la raison n'ont servi à rien.

Je ne pouvais faire moins que l'interrompre :

— Vous ne croyez tout de même pas, vous aussi, que les gens étaient tous plus musulmans au début de la Révolution qu'aujourd'hui?

Akbar fut manifestement irrité par cette intervention et par le ton assez sec que j'avais employé. Cependant, il fit tous ses efforts pour ne pas s'emporter et pour essayer de me convaincre calmement, si tant est que ce fût possible.

— Certes, dit-il. La figure de l'imam avait une immense valeur pour nous tous. Mais hélas ! l'imam était un homme aussi. Et il fallait bien qu'il nous quitte, tôt ou tard. L'ayatollah Khamenei fait de son mieux pour l'Iran, et pour l'islam. Ce n'est pas parce qu'une poignée de fonctionnaires est corrompue que nous devons avoir des doutes sur l'ensemble du système. Ce qu'Ali contestait, c'était les fondements mêmes du régime.

— Vous ne lui avez jamais demandé pourquoi il s'était laissé brouiller les idées, comme vous dites, par les contre-révolutionnaires ?

Akbar me regarda en feignant de déplorer sincèrement mon attitude hostile. C'était déjà la troisième fois. Je sentis que je tirais peut-être un peu trop sur la corde, mais ses manières satisfaites m'horripilaient.

— Je crois qu'Ali a perdu la foi, admit-il. Il doutait de tout et, à la fin, il est parti pour la France où il a sollicité le statut de réfugié politique. C'était une façon de se diffamer lui-même, et nous tous avec lui. Ce que je vous demande, c'est d'essayer de le convaincre de rentrer. Dites-lui qu'il sera accueilli à bras ouverts.

Ce fut comme si j'avais reçu un coup à l'estomac. C'était la peur de voir venir quelque chose de terrible, d'être en présence du énième absurde abus de pouvoir.

— Et si je ne voulais pas le faire ? Si je n'avais aucune intention d'essayer de convaincre Ali de rentrer ? La maison de Pari serait de nouveau menacée ?

Cette fois, Akbar perdit patience.

— Non, madame Ebadi. Votre amie ne perdra pas sa maison, elle a parfaitement le droit d'en être propriétaire. Ce que nous voulons, c'est qu'Ali revienne en Iran. Et tout lui sera pardonné.

Je sortis très perturbée de ce rendez-vous. Akbar avait eu un comportement calme, il avait usé d'un ton magnanime ; aucune menace ne s'était échappée de ses lèvres, mais je continuais de sentir peser sur moi ce mauvais pressentiment. Depuis le temps, j'avais appris à me fier à mon intuition – vivre traquée aiguise le flair. Certes, j'avais été stupide de faire allusion à l'appartement de Pari. La question n'était pas là. Pas plus qu'Akbar ne s'intéressait à l'âme d'Ali ou à la paix de sa conscience. Le ministère voulait qu'Ali revienne parce qu'il était officier supérieur et fonctionnaire ministériel ; autrement dit, il était susceptible de livrer aux Occidentaux les secrets des services de sécurité iraniens. Il en avait trop vu. Ses yeux, ses lèvres devaient rester là où le gouvernement pouvait les garder sous contrôle. Alors son "absence de foi" pourrait lui être pardonnée. Mais sinon ?

Le soir, j'appelai Pari pour tout lui raconter. Je lui demandai de me tenir informée, car je voulais savoir ce qu'il convenait de dire à Akbar s'il exprimait le désir de me revoir. Mais quant à la possibilité qu'Ali change d'avis et décide de rentrer en Iran, elle se montra des plus sceptiques :

— Ça n'arrivera jamais. Si j'étais lui, je ne rentrerais pas non plus. De toute façon, je te tiens au courant. Espérons que cet Akbar te fichera la paix.

Elle me rappela quelques semaines plus tard pour me confirmer qu'Ali n'avait aucune intention de remettre jamais les pieds en Iran, du moins tant que la République islamique serait là. Il avait intégré un programme du gouvernement français pour la protection des réfugiés politiques. Il s'agissait de faire en sorte que les services secrets iraniens perdent sa trace. Il avait dit à Pari qu'il ne pouvait lui donner ni son numéro de téléphone ni son adresse, de crainte de se mettre en danger. Elle aurait risqué de les lâcher sous la torture. Cette précision était aussi sinistre que les subtiles précautions d'Akbar.

Ali avait promis de donner signe de vie de temps en temps.

26

Retour à Téhéran

Nowruz, le nouvel an perse qui arrive avec l'équinoxe de printemps, est fêté par les familles iraniennes dans le respect des usages anciens. On prépare la table en y déposant le Coran, des plats typiques et divers objets. Sept d'entre eux au moins doivent avoir un nom commençant par la lettre *s* qui en farsi se prononce *sin*. En général : un vase de *sonbol* – des jacinthes –, un bol de *senjed* – le fruit sec d'un eléagnus –, un autre de *somaq* – du sumac séché en poudre –, du *serkeh* – vinaigre –, des *sib* – pommes –, du *sir* – ail –, des *sekkeh* – pièces d'or –, du *sabzeh* – l'herbe poussée à partir de germes de grain ou de lentilles – et du *samanù* – une crème de céréales.

La table, dite *Haft Sin*, ou "des Sept S", reste somptueusement dressée pendant toute la période de *Nowruz*. Si le Coran représente la dimension religieuse de la fête, les autres objets symbolisent les valeurs de la nature, de l'abondance et de la beauté. À l'instant de passer de l'an vieux à l'an neuf, toute la famille se réunit autour de l'*Haft Sin* pour échanger les vœux et offrir des cadeaux aux petits. Puis commence la tournée des parents et des amis, les plus jeunes ayant le devoir d'aller chez les anciens s'asseoir autour de leur *Haft Sin* pour échanger à nouveau des vœux et des présents.

Dans le monde entier, partout où vit une communauté iranienne, même toute petite, on fête le *Nowruz*. En Iran, six jours de vacances sont accordés à l'administration, quatorze à l'école et à l'université. Ainsi les gens ont largement le temps de rendre visite chaque jour à de nombreuses personnes et de faire le tour de leurs parents. Ces vacances se transforment même souvent en une exténuante épreuve, et il arrive que l'on rencontre plusieurs fois les mêmes personnes.

Au cours de ses dernières années relativement paisibles, avant la mort de Javad et celle d'Abbas, Simin avait pris l'habitude de célébrer le troisième jour de *Nowruz* en organisant chez elle une grande fête qui était devenue un passage obligé pour les amis et la famille. Pas seulement parce qu'elle comptait désormais parmi les femmes âgées, et jouissait d'un profond respect au sein de la communauté, mais surtout parce que manger à sa table demeurait un grand plaisir. Elle n'avait pas encore perdu l'envie de cuisiner, à ce moment-là, et elle s'y prenait toujours une semaine à l'avance pour la préparation de ses spécialités.

Le rituel commençait par les courses. Elle les faisait avec Pari. Les deux femmes allaient chez des commerçants de confiance commander de l'agneau premier choix, des poulets fermiers, du riz très blanc et très cher, des raisins secs à gros pépins, des amandes et des pistaches à croquer, des kilos de tomates, du céleri, des aubergines, des fèves et des petits pois. Les commerçants, qui connaissaient Simin de longue date, étaient impatients de recevoir sa visite, non seulement parce qu'elle commandait en quantité, mais surtout parce qu'il s'agissait de la confirmation implicite qu'ils étaient considérés cette année encore comme les meilleurs fournisseurs de Téhéran. Elle n'aurait eu aucun scrupule à renvoyer une caisse entière de provisions pour une seule poignée de légumes qui n'aurait pas satisfait à ses critères d'exigence.

Suivait une semaine d'intenses préparatifs, durant laquelle Simin autant que Pari réduisaient au maximum les activités qui les éloignaient de la cuisine. Il existait une répartition des tâches fort précise, qui recouvrait toutes les phases de cette longue entreprise, de la façon de mariner la viande à la cuisson du riz, chacune obéissant à des règles dont il était hors de question de s'écarter. Je me rappelle encore le fort parfum de menthe et de citron qui à cette époque de l'année emplissait la maison, et se libérait du corps et des vêtements de la mère comme de la fille, jusqu'à former même un sillage derrière elles quand elles marchaient dans la rue.

Pari prenait un congé et aidait sa mère à plein temps. Elles venaient ensemble au *Nowruz* éprouvées et tendues par leur longue "cohabitation" en cuisine et par leurs incessantes querelles à propos de la juste quantité de coriandre ou de graines de pavot. Dès l'arrivée d'un nouveau plat sur la table, l'angoisse se lisait sur leurs traits à la première bouchée. Simin se demandait si elle était à la hauteur de sa réputation, et Pari redoutait que sa mère ne lui colle sur le dos un résultat raté parce qu'elle avait eu la main un peu lourde sur la menthe. Car si Simin pouvait tolérer les excès de ses enfants, elle ne supportait pas de les voir désobéir dans son domaine à elle, la cuisine.

Après la mort d'Abbas, Simin avait renoncé à fêter *Nowruz* en prenant prétexte de son infarctus, et la grande réunion était devenue un souvenir. Pendant plus de quinze ans, l'appartement était resté fermé aux parents et aux amis. Dans l'intervalle, plusieurs d'entre eux étaient morts, d'autres avaient déménagé, certains s'étaient expatriés. Mais ceux qui vivaient toujours à Téhéran furent conviés au grand déjeuner que Pari décida d'organiser en souvenir de sa mère et de sa famille. Car elle était rentrée en Iran peu avant la nouvelle année, conformément à sa promesse. La chance voulut que son retour ne s'accompagne d'aucun événement funeste. Surtout, les autorités lui fichèrent la paix. Suivant les traces de Simin, elle commanda assez de provisions pour nourrir un régiment et passa presque une semaine entière à faire la vaisselle, à ranger, à cuisiner, et à tout recommencer depuis le début. Elle attendait ses invités pour le troisième jour de fête mais, jusque-là, elle ne voulait voir personne.

Je me rendis à ce déjeuner avec ma mère. Nous vîmes tout de suite que rien n'avait changé. C'était la même maison, les mêmes meubles de toujours. La table de la cuisine était poussée contre celle du salon, ce qui occupait la moitié de la pièce. Sur la nappe brodée, acquise pour l'occasion, brillaient des bougies de couleur censées protéger chacun des convives. Je retrouvai la mienne ; elle était jaune, tout comme avant.

Au mur du salon étaient accrochées, l'une à côté de l'autre, les photos de Hossein et de Simin, entourées du même cadre épais en argent. Juste en dessous, mais plus petits, il y avait les portraits de Javad et d'Abbas. Leurs bougies allumées reposaient sur une petite table à l'écart, comme s'ils étaient encore vivants.

Pari nous accueillit avec chaleur. Elle embrassa longuement ma mère et lui glissa quelques mots à l'oreille ;

la réponse de ma mère fut de caresser les cheveux noirs de Pari avec le même geste affectueux qu'elle réservait à ses petits-enfants. Mon amie sourit et ses lèvres tremblèrent ; mais elle se ressaisit aussitôt et reprit son attitude de parfaite maîtresse de maison. En aucun cas elle n'aurait voulu décevoir Simin.

Pendant tout le déjeuner, elle fit infatigablement la navette entre le salon et la cuisine, saluant l'un ou l'autre, prononçant quelques mots sans attendre la réponse. Elle refusa d'être aidée, fidèle en cela à la devise de sa mère, selon laquelle les invités sont les invités – ils ne sont pas là pour travailler. Quand quelqu'un lui annonça que son *chelow kebab* n'avait rien à envier à celui de sa mère, le bonheur illumina ses yeux. Elle se pencha vers moi en chuchotant :

— Tout est bien à sa place, comme si maman était là avec nous. Elle me répétait toujours : “Pari, je ne veux pas que la porte de la maison reste fermée après ma mort. Je t'en prie, je ne veux pas être oubliée.” Si tu n'avais pas sauvé cet appartement, je n'y serais pas arrivée. Merci.

Puis elle s'éloigna en courant pour aller chercher la suite.

Après le déjeuner, qui pour le faste avait véritablement égalé ceux de Simin, Pari prononça un bref discours en souvenir de sa mère. Sa voix trahissait une profonde émotion et tous les invités se retrouvèrent à chercher discrètement leur mouchoir pour endiguer la montée des larmes. Pari promit que cette fête aurait lieu chaque année tant qu'elle vivrait. Elle reviendrait toujours à Téhéran pour le *Nowruz*.

— J'espère que cette nouvelle ne vous attriste pas, ajouta-t-elle, tournée vers une tante qui pleurait d'abondance.

Tous nous éclatâmes de rire ; on vit revenir la sérénité qui est de mise à l'instant d'accueillir la nouvelle année.

Quand nous nous saluâmes, Pari me demanda un rendez-vous pour le lendemain.

— À ton cabinet, précisa-t-elle.

Je me demandai à quelles questions juridiques je devais m'attendre. Une heure fut fixée.

*

Elle se présenta avec une dame distinguée que je n'avais jamais rencontrée et qui arriva avec un splendide panier de roses et d'œillets rouges au parfum exquis. Cette femme me donna les fleurs en souriant, à la fois aimable et sûre d'elle-même. Elle paraissait résolue et très ferme ; son regard franc me plut, non sans me déstabiliser un peu.

— Mes félicitations pour votre prix. Permettez-moi de vous offrir ces fleurs, dit-elle, prenant aussitôt la conversation en main.

Elle faisait allusion au prix Nobel de la Paix qui venait de m'être attribué. Je remerciai et les invitai à s'asseoir toutes les deux. Je demandai à ma secrétaire d'apporter du thé bouillant et de ne nous déranger sous aucun prétexte. Je devinais que j'avais devant moi une personne de marque. Pari se tenait à l'écart, ne disant pas un sourcils. À la lumière du jour, elle me semblait très différente de la veille au soir, quand elle s'efforçait par tous les moyens d'apparaître comme la fille parfaite de Simin. À la minute présente, on aurait dit une Occidentale, avec ses sourcils épilés, ses ongles taillés au carré et une certaine froideur dans sa manière de traiter ce qui à l'évidence était une affaire. Même si ce n'était pas une affaire d'argent. Car il s'agissait, une fois de plus, hélas! d'une affaire de corps.

La femme qui accompagnait Pari se présenta sous le nom de Behnaz et alla droit au but :

— Je viens vous voir au nom des familles dont les membres sont enterrés à Khavaran. Je souhaite déposer une requête. J'espère que vous pourrez nous aider.

D'un sourire, je l'encourageai à poursuivre. Tandis qu'elle parlait, je bus mon thé à petites gorgées. Son regard intense avait quelque chose d'inquiétant et j'éprouvais le besoin de garder mes mains occupées.

— Nous aimerions obtenir l'autorisation de construire à nos frais un monument aux morts. Nous avons déjà présenté une demande aux autorités mais personne n'a daigné nous répondre, m'expliqua calmement Behnaz, sans cesser de me regarder.

Khavaran, à l'origine, était un cimetière destiné aux non-musulmans. Il avait accueilli les morts de religions bahaïe, hindoue ou chrétienne, avant de devenir la grande fosse commune du régime. On y enterrait loin des regards les opposants considérés comme athées ou incroyants, c'est-à-dire essentiellement les membres du Tudeh. Les opposants musulmans, tels les moudjahiddines, étaient inhumés au nouveau cimetière de Behesht-e Zahra. Il était clair que les autorités, qui avaient effacé ces hommes de la surface de la terre et pris soin de cacher leurs dépouilles dans le désert, n'accorderaient jamais à quiconque l'autorisation d'élever un monument à leur mémoire. Cela me paraissait l'évidence même.

Pari, voyant ma perplexité, décida d'intervenir :

— Étant donné ton métier et le fait que, avec ce prix, tu es devenue une personnalité internationale, on s'est dit que tu pourrais nous donner un coup de main pour plaider notre cause.

Au cours du long silence qui suivit, nombre de pensées s'entrecroisèrent dans mon esprit. Je songeai que c'était une cause juste, et en même temps une cause perdue. Comme avocate, je tenais à en avertir ma cliente mais je m'interrogeais sur la façon de lui faire part de mes doutes. Surtout je me demandais pourquoi Pari s'était laissé entraîner dans cette affaire. C'est alors que je repensai à Javad, à son insolent sourire, à l'éclat de ses yeux sombres. À Abbas aussi, victime d'un mal analogue et différent. Et je compris que Pari, en fait, n'avait pas changé. Je m'étais trompée lorsque j'avais cru voir en elle le regard et l'attitude d'une Occidentale, d'une femme qui avait définitivement tourné la page en quittant l'Iran. La vérité, c'était qu'elle avait emporté là-bas son chagrin et sa nostalgie, sauf qu'il lui était impossible, à Londres, de tendre l'oreille à ses souvenirs. Ici, à Téhéran, ils l'envahissaient tout entière. Une même lumière triste et fière brillait dans ses yeux et dans ceux de Behnaz. Avec cette différence pourtant : Behnaz était désormais une femme âgée, restée en Iran, qui jour après jour avait vu périr les enfants des autres et n'avait plus rien à perdre. Alors que Pari risquait de perdre définitivement son pays, après avoir enfin réussi à y revenir. Je compris aussi, à ce moment-là, pourquoi mon amie avait choisi de rentrer précisément pour *Nowruz*. Certes, parce que c'était une façon d'honorer la mémoire de sa mère, mais aussi parce que les familles des morts de Khavaran se réunissaient deux fois par an pour penser à leurs chers disparus. D'abord la dernière semaine du mois de *shahrivar*, entre le 14 et le 21 août, ensuite la dernière semaine du mois d'*esfand*, entre le 14 et le 21 mars, peu avant le *Nowruz*. Pari avait certainement participé à leurs réunions.

Mon long silence commençait à devenir pesant et je voyais que les épaules de mes interlocutrices s'étaient imperceptiblement affaissées, comme si elles s'attendaient à essuyer un refus. Pour gagner du temps, je dis simplement :

— Mes relations avec les autorités ne sont pas bonnes, vous le savez.

Behnaz secoua la tête et ferma les yeux.

— J'espérais que vous, au moins, après le Nobel, accepteriez de nous aider. Une intervention venant de vous aurait sûrement plus de poids que la nôtre. Mais je comprends que vous ne soyez pas concernée par notre cause. Veuillez nous excuser si nous vous avons fait perdre votre temps, dit-elle sans détour.

Je me rendis compte qu'elle avait mal interprété mon hésitation.

— Non, il ne s'agit pas de cela. Je veux tout simplement que vous sachiez par avance que c'est une cause perdue. Je l'accepte. Je la porterai jusqu'au bout. Mais je ne m'attends pas à obtenir un résultat. Et vous ne devez pas vous y attendre vous non plus. Nous sommes d'accord…

Ne voulant pas me montrer plus explicite avec une personne qui m'était inconnue, je m'adressais surtout à Pari. Comprenait-elle vraiment que le prix à payer, dans son cas, risquait d'être l'exil sans possibilité de retour? Comme je fixais sur elle un regard intense, je vis qu'elle hochait légèrement la tête, avec au fond des yeux une infinie tristesse. Behnaz, pendant ce temps, souriait et opinait du chef, soulagée.

— Nous n'avons pas la prétention de gagner, nous voulons seulement faire entendre nos arguments. Ce serait déjà beaucoup, pour nous et pour nos proches.

Sur ces mots, elle se leva et me serra la main.

Après avoir dressé la liste des démarches à entreprendre, nous nous saluâmes. Restée seule dans mon cabinet, je me demandai où allait m'entraîner tout cela. Tout en réfléchissant en silence, j'arrangeais le grand panier de roses et de bleuets. Les fleurs en Iran, et dans tout le Moyen-Orient en général, sont d'une beauté qui ne se retrouve nulle part ailleurs. En Occident, les fleurs sont un ornement, souvent très joli, mais dans la culture islamique elles offrent quelque chose de plus, peut-être à cause de l'importance accordée aux jardins persans depuis plus de deux mille cinq cents ans – ce sont des sortes de *speculum mundi,* de microcosmes où se réfléchit la variété des formes vivantes. Ou peut-être parce que le Coran attribue à la végétation une valeur particulière, métaphore de la vie éternelle. Mais étant donné que les autorités interdisaient d'honorer avec des fleurs la mémoire des morts de Khavaran, il n'était que justice de leur offrir autre chose : un monument. Même si ce monument, sans doute, serait fait seulement de mots.

*

L'après-midi, Pari m'appela pour me remercier de ma disponibilité. Mais la tension était nettement perceptible dans sa voix. Il y avait encore quelque chose qui n'allait pas.

— Pari *joon*, qu'est-ce qui se passe ? lui demandai-je aussitôt.

— Je suis une trouillarde, avoua-t-elle. Je débarque convaincue de pouvoir le faire, puis je me retrouve à trembler comme une feuille pour des bêtises.

Elle marqua une brève hésitation avant de continuer d'une traite :

— J'ai peur qu'ils ne m'arrêtent à l'aéroport. Je repars dans deux jours.

Il ne restait plus rien de la parfaite maîtresse de maison, ni même de la femme volontaire qu'elle avait jouée dans mon cabinet quelques heures plus tôt.

— Qu'est-ce qui va se passer s'ils me prennent? demanda-t-elle avec effroi. Ils ont tellement hâte d'attraper Ali qu'ils pourraient me jeter en prison. Ils pourraient me torturer.

Je la comprenais. Je savais très bien que les visites à Javad avaient marqué son esprit inexorablement. Sans compter que j'avais vécu moi-même l'expérience de la prison et que j'aurais fait n'importe quoi pour l'épargner à mon amie. Sur le moment, j'essayai de la rassurer, mais mes propos sonnaient creux, y compris à mes propres oreilles. Car ses craintes n'étaient pas du tout infondées. C'est ainsi que nous convînmes de nous voir le soir même pour mettre au point une stratégie sûre. Et comme je ne me sentais pas capable de gérer la situation toute seule, je priai mon mari de m'accompagner ; trois cerveaux valaient mieux que deux.

Nous allâmes chercher Pari pour rejoindre ensemble, au nord de la ville, un hameau où les citadins avaient naguère leurs maisons de vacances et qui appartenait désormais à la banlieue de Téhéran. Il y avait là un restaurant tranquille que nous fréquentions souvent quand nous voulions nous détendre à l'écart de la routine et du climat oppressant de la capitale. Téhéran est une belle ville, proche des montagnes, mais y vivre comporte de gros inconvénients. D'abord et avant tout la circulation ; on compte plus de dix millions d'habitants et autant de voitures constamment en mouvement. Ensuite la forte pollution, pour la même raison. L'air de Téhéran est tellement malsain que les autorités, soixante jours par an, déconseillent aux enfants et aux personnes âgées de sortir de leur maison. La meilleure période pour visiter Téhéran est l'époque du *Nowruz*. Beaucoup s'en vont pour les vacances, les écoles et les bureaux sont fermés, et il y a moins de trafic. Les plus beaux coins ont l'air de se révéler enfin pour se faire admirer, comme s'ils avaient honte le reste du temps de leur linceul de crasse et de pollution.

Pendant le dîner, il fut question des craintes de Pari d'être arrêtée à l'aéroport. Je la rassurai, lui expliquant que cette époque appartenait au passé désormais et que toutes les organisations internationales connaissaient les combines de la police. Mais mon mari, qui s'est toujours montré plus réaliste que moi, eut une meilleure idée. Il tira de sa poche son mobile et le posa sur la table.

— Prends-le, dit-il à Pari.

Elle éclata de rire.

— Je ne comprends pas. Tu me fais un cadeau ?

L'idée était la suivante. Puisque le mobile captait les voix même quand il était au fond d'un sac à main, Pari n'aurait qu'à le prendre quand elle se rendrait à l'aéroport. Elle nous appellerait à la maison dès qu'elle serait au contrôle, puis glisserait dans son sac le téléphone allumé, de sorte que nous puissions écouter la suite. S'il arrivait quelque chose, nous serions immédiatement prévenus et aurions donc la possibilité d'intervenir immédiatement. Au moins, ils ne pourraient pas la torturer.

Pari souriait. L'idée semblait parfaite. Son seul souci, c'était le téléphone.

— Comment vais-je faire pour te le rendre ?

Là encore, mon mari avait la solution. Son frère, qui vivait près de Londres, devait rentrer en Iran la semaine suivante. Quand Pari serait parvenue saine et sauve en Angleterre, elle le contacterait et lui remettrait le téléphone. Je me répétai pendant tout le dîner que j'avais décidément épousé un homme vraiment remarquable, un stratège. Une personne très généreuse, en outre – il avait beau feindre le contraire, une semaine sans téléphone portable n'était pas un petit désagrément pour quelqu'un comme lui. Pari et moi le regardions, admiratives. La bonne humeur fut bientôt de retour. C'est seulement alors que nous pûmes nous abandonner à nos bavardages et à nos souvenirs ; et mon mari les subit avec une patience philosophe.

Le jour du départ, il accompagna Pari à l'aéroport et je restai à la maison pour attendre des nouvelles. En cas de problème, il faudrait intervenir promptement si nous voulions éviter de perdre la trace de mon amie. Quand le téléphone sonna, je décrochai tout de suite. Pari me signala qu'elle se dirigeait vers le contrôle des passeports et qu'elle allait donc glisser l'appareil dans son sac. À l'autre bout de la ligne, je gardai le combiné à l'oreille.

La pendule de ma cuisine égrenait les secondes. Elle était là depuis dix ans et plus, mais je n'avais jamais remarqué que son aiguille claquait aussi sèchement. La sueur perlait sur mon front. J'entendis, étouffé par le sac à main, le bruit de Pari s'approchant du contrôle et présentant ses papiers au préposé. J'essayai de me figurer cet homme. Ce n'était pas difficile. Sûrement un de ces types à la chemise boutonnée jusqu'au cou, avec une grande barbe.

Je perçus un long temps de silence, puis j'entendis cliqueter un clavier d'ordinateur. J'imaginai Pari retenant son souffle tout comme moi. J'avais l'impression que les recherches de l'employé se prolongeaient plus que nécessaire ; et là, enfermée dans ma cuisine, la main droite cramponnée au téléphone, je sentis l'adrénaline se précipiter dans mes veines jusqu'à me rendre folle. J'étais perdue, impuissante en dépit de toutes les précautions que nous avions prises.

L'homme cessa de tapoter sur son clavier. Silence.

— Votre passeport, ma sœur.

Puis de nouveau le silence. Rien d'autre que le bruit de fond du téléphone portable ballotté dans le sac à main. Ensuite, des portes coulissantes, des pas rapides, d'autres portes coulissantes. Pari me rappela au bout d'une heure, de la navette qui l'emmenait à l'avion.

Je restai à l'écoute jusqu'à l'interruption brusque de la connexion, lorsque Pari monta à bord.

Six heures plus tard, les moustaches de Jack apparurent dans la foule à l'arrivée de Pari à Heathrow ; il pouvait la ramener à la maison saine et sauve.

Nous avions réussi. Mais quelle vie, et quel pays, où l'on était contraint de faire de telles choses !

27

Un monument de sable

Je pensais que Pari m'appellerait dès son arrivée à Londres pour me rassurer sur son voyage, mais je ne reçus de nouvelles ni d'elle ni de Jack. Au bout de deux jours de silence, j'appelai. Personne ne répondit. Je fus aussitôt gagnée par l'inquiétude. Pari devait être emprisonnée quelque part en Iran! Je laissai une tempête de messages sur son répondeur. J'espérai une réponse. Mes soupçons grandirent et m'empêchèrent de dormir. Si seulement je m'étais aperçue tout de suite de son enlèvement! J'aurais pu intervenir avant qu'ils ne la fassent disparaître. Maintenant je ne savais plus dans quelle direction chercher, ni vers qui me tourner. J'envisageai d'alerter les organisations internationales, mais j'hésitais à cause du fait que Jack non plus ne donnait pas signe de vie. Si Pari n'était pas rentrée, aucun doute qu'il m'aurait prévenue. Je ne supportais pas de ne pas savoir ce qui se passait et d'avoir les mains liées.

Après une semaine d'une angoisse exaspérante, je reçus enfin un appel de Londres. C'était Jack. Il affirma que Pari était bien arrivée et s'excusa de son silence. Dans l'immédiat, il ne pouvait pas me parler, mais il téléphonerait à nouveau dès que possible. Le propos était laconique et plutôt évasif. J'aurais voulu en apprendre davantage, mais j'avais de la peine à m'expliquer à cause de mon anglais approximatif. C'est ainsi que je décidai de lancer toutes les requêtes en attente, histoire d'apaiser mon cœur et avec l'espoir que mon amie reprendrait contact avec moi au plus vite.

Car en attendant, j'avais préparé mon intervention pour le monument aux morts de Khavaran. Dans l'idée de commencer à sonder le terrain, j'avais résolu d'appeler le bureau du maire et de lui demander un rendez-vous. Je me doutais que l'on n'allait sûrement pas m'accueillir à bras ouverts, mais je tenais à faire de mon mieux pour Behnaz et Pari.

Après quelques gorgées de thé brûlant, je pris une grande inspiration et décrochai le combiné. Je me présentai au secrétaire de mairie et lui dis en peu de mots que je souhaitais rencontrer le maire. J'avais prononcé lentement mon nom, afin qu'il soit enregistré sans risque d'erreur. À l'autre bout de la ligne, il y eut un temps de silence mêlé de stupéfaction. Puis le secrétaire reprit en disant que je devais avant toute chose lui préciser la nature de ma requête. Si celle-ci concernait le territoire de la commune, je serais orientée vers le service compétent. Quoi qu'il en soit, me fut-il précisé, le maire n'était pas disposé à me recevoir.

Je lui expliquai rapidement de quoi il s'agissait. Le secrétaire de mairie marqua de nouveau une pause, plus longue cette fois, et finit par répondre :

— Présentez votre demande au service de l'urbanisme. Si elle ne contrevient pas au plan de régulation, elle sera peut-être acceptée.

J'en doute, pensai-je. Mais je n'ajoutai rien.

Je rédigeai immédiatement une lettre pour le service de l'urbanisme et la fis porter par un de mes employés.

L'administration de la commune me fit savoir qu'une réponse me parviendrait dans les trois jours. Mais je dus me rendre personnellement sur place pour m'entendre dire qu'il n'y avait toujours pas de réponse. Je me consumais de mépris. À quelle race humaine appartenaient ces gens, pour se cacher ainsi derrière la bureaucratie, sans avoir même le courage de repousser à visage découvert la requête d'une poignée de femmes ? J'aurais préféré un « non » clair et net. En tout cas, je me retrouvais dans le cas de ne rien avoir à dire à Behnaz et Pari.

Et ce n'était pas fini. Le lendemain matin, je pris ma voiture et me rendis directement au Parlement. Deux gardes m'arrêtèrent. Pour entrer, il fallait un laissez-passer contresigné par un député. Je répondis que je devais rencontrer les députés de la ville de Téhéran pour une question urgente et que je n'avais pas de laissez-passer pour la bonne raison que je venais les prier de me recevoir. Mon raisonnement était une telle lapalissade que je m'attendais à voir les gardes sourire devant mon impuissance, sinon devant l'absurdité de la situation. Mais mes deux soldats étaient aussi imperméables à l'ironie qu'à la logique ; ils me répétèrent qu'il fallait un laissez-passer contresigné. Je tournai les talons, en proie au malaise.

Je résolus d'écrire au Parlement pour exprimer ma requête. J'envoyai ma lettre. J'attendis. Un mois plus tard environ, je me résignai à l'idée de ne jamais recevoir de réponse. Je n'avais même pas la certitude que quiconque eût reçu mon courrier. Dans l'intervalle, je m'étais même tournée vers le ministère de l'Intérieur où un employé m'avait dit ce que je savais déjà, à savoir que c'était une question qui regardait l'administration communale – autrement dit, c'était à elle que je devais m'adresser. Inutile de lui expliquer que c'était une porte à laquelle j'étais déjà allée frapper sans résultat. Ce n'était certes pas sa faute. Avec un sentiment de frustration toujours croissant, je voulus retourner devant le Conseil municipal et remis au secrétaire de mairie le même courrier resté sans réponse depuis maintenant des semaines. On me promit une réponse dans les deux jours. Je ne pus m'empêcher de sourire brièvement. Mais je revins ponctuellement après quelques jours. On m'expliqua cette fois que ma requête était toujours en route pour le service d'urbanisme et que je devrais patienter trois jours encore pour avoir ma réponse. Évidemment, elle n'arriva jamais.

J'étais revenue à la case départ, et de plus en plus découragée. En chemin, alors que je rentrais de ma énième mission infructueuse, je fus prise d'une envie de pleurer. Mais le souvenir me revint du jour où, après de longues recherches, j'avais fini par découvrir la caméra vidéo cachée dans ma cellule d'isolement, et je me maîtrisai. Le secrétariat de mairie, le Parlement, le service d'urbanisme : ces gens ne méritaient pas mes larmes. J'arrivai chez moi épuisée.

Mon mari, ayant écouté le récit détaillé des événements, eut un rire amer, puis me demanda :

— Tu t'attendais à quoi ? Tu pensais qu'ils allaient t'autoriser à ériger un monument sur la tombe des personnes qu'ils ont fusillées ?

Il avait raison, bien entendu. Je savais moi aussi depuis le début que je m'étais embarquée dans une entreprise sans espoir. Mais personne n'avait l'air de comprendre, et mon mari non plus, que ne pas recevoir de réponse était pire, bien pire, qu'une réponse négative. Une injustice flagrante, on avait toujours la possibilité de s'en indigner et de la dénoncer ; mais ce lâche silence était sans appel et interdisait de trouver la paix.

Le lendemain, je me résolus à admettre ma défaite. J'allais devoir avouer à Pari et à Behnaz que tous ces mois de travail n'avaient rien donné. Même mon prix Nobel de la Paix n'avait pu m'ouvrir la porte du maire de Téhéran, qui n'avait jamais accepté de me recevoir. Le monument aux victimes de Khavaran ne se ferait pas, du moins tant que la République islamique régnerait en Iran.

Le maire de Téhéran, à cette époque, était M. Mahmoud Ahmadinejad.

Aux élections de 2003, les réformistes avaient perdu parce que le gouvernement modéré du président Khatami n'avait pas réussi à offrir une réponse aux attentes des Iraniens : les projets dont il avait été question durant la campagne électorale n'avaient pas été réalisés. Le peuple, las des promesses jamais tenues, préféra boycotter les élections municipales plutôt que de se rendre aux urnes. Les fondamentalistes, qui d'habitude recueillaient environ 15 % des suffrages, triomphèrent sans avoir rencontré d'opposition. Fut élu maire de Téhéran celui qui deviendrait, deux ans plus tard, président de la République islamique d'Iran. N'oublions pas que c'est sous cette présidence que la question nucléaire iranienne est devenue l'un des problèmes les plus discutés du Moyen-Orient, au point de fournir aux États-Unis une raison d'envahir l'Iran et de s'assurer le contrôle des gisements pétroliers. Ahmadinejad, qui ne lésine pas sur les prétextes susceptibles de provoquer un affrontement avec l'Occident, en est même venu à déclarer que l'État d'Israël devait disparaître de la surface de la terre.

Il était évident qu'un maire de ce genre ne pouvait consentir à me rencontrer, et surtout qu'il n'accorderait jamais le permis de construire un monument à la mémoire de tous ceux qui avaient été assassinés pour leurs idées politiques. Javad et tous les hommes dont les restes reposaient dans le désert de Khavaran ne verraient jamais leur nom gravé sur une matière plus dure que le sable. Pourtant ils méritaient que je m'emploie de toutes mes forces à atteindre cet objectif. Mais après des mois de vaines tentatives, de portes fermées et de réponses en souffrance, aucune illusion ne nous était plus permise.

Rassemblant mon courage, j'appelai Pari. C'est Jack qui décrocha. Mon amie ne pouvait venir au téléphone. J'insistai : il s'agissait d'une question importante. Jack m'expliqua alors le mystère qui se cachait derrière le silence obstiné de Pari.

28

Le ciel de Paris

Ali aimait sa nouvelle vie, quand bien même c'était une vie incomplète, une vie de réfugié, de suspect en fuite. À son arrivée en France, il s'était suffisamment investi dans l'étude de la langue pour être admis à la faculté de droit, puis il s'était installé à Paris. Il fréquentait les cours sans se mêler aux autres, en communiquant avec eux seulement lorsque c'était strictement indispensable. Il lui était trop pénible en effet de tenir le compte des mensonges qu'il devait leur servir à chaque pas s'il voulait que son identité fictive continue à tenir debout. Les facettes du personnage que le programme de protection l'obligeait à jouer avaient toutes un point commun : elles étaient tristes, réservées, solitaires. Il avait loué une chambre dans une pension située près du Père-Lachaise. La maison était tenue par une dame âgée qui avait fait confiance à son regard et s'était prise de sympathie pour lui. À cause du cimetière tout proche, il était réveillé tous les matins par les cloches qui sonnaient si fort, et si longtemps, qu'il lui était impossible de les ignorer.

— J'ai rencontré un vieux camarade d'école, dit-il à Pari lors d'un de ses coups de fil du dimanche. Comme ça, j'ai au moins quelqu'un à qui parler de temps en temps.

Il entendit que sa sœur, à l'autre bout de la ligne, avait suspendu sa respiration. Cette nouvelle déplaisait à Pari.

— Tu as confiance en lui? dit-elle seulement.

Il avait rencontré cet homme à la Bastille, non loin de la place, alors qu'il marchait dans une ruelle pleine de restaurants, un jour qu'il avait décidé de s'offrir un déjeuner digne de ce nom. C'est lui-même qui avait attiré l'attention de cet ami et s'était dirigé vers lui en s'exclamant :

— Siamak !

Il ne se tenait pas de joie. Siamak, qui buvait un jus d'orange, s'était retourné brusquement. Ayant sondé les passants du regard, il avait reconnu Ali à son tour, après une légère hésitation toutefois. Il l'avait invité à sa table. Puis il avait soupiré, les yeux fixés sur la rue noire de monde :

— Je ne m'appelle plus comme ça. Mais j'ai changé de nom tellement de fois que j'ai oublié celui que je porte aujourd'hui.

Il avait vécu un an et demi en Espagne où il avait travaillé comme serveur dans un restaurant bondé en permanence. Il avait finalement échoué à Paris cinq mois plus tôt, avec une identité flambant neuve. Ali se sentit soulagé ; à travers la vie de fuyard de son ami, semblable à la sienne, il avait l'impression de renouer peu à peu le contact avec lui-même. Siamak, ou quel que fût son nom désormais, lui parlait avec sa franchise de toujours et le tranquillisait. Ils eurent ensemble une heure de discussion serrée, puis Ali décida d'aller manger seul.

— Restons en contact, on pourrait se voir de temps en temps, avait proposé Siamak.

Ali n'était pas sûr. Les seules personnes qu'il voyait régulièrement étaient ses professeurs à l'université, pour qui il n'était qu'un visage parmi d'autres dans une masse d'étudiants, et sa vieille logeuse quasi aveugle. Il proposa finalement à cet ami un rendez-vous pour la semaine suivante. Ils se verraient un moment dans la rue, il ne lui laisserait pas son adresse. Siamak était d'accord. Lui non plus ne communiquait jamais son adresse, et il n'avait pas de téléphone.

Ils procédèrent ainsi durant quelques mois. Une fois par semaine, un jour différent, ils se donnaient rendez-vous quelque part – un lieu nouveau chaque fois – et déambulaient en ville. Ils se promenèrent ainsi aux quatre coins de Paris, découvrant les quartiers touristiques et ceux qui étaient cachés, voire inconnus. Ils ne s'appelaient jamais par leur nom, de crainte qu'on ne les entende. Ali ne voulut même pas révéler le nom de cet ami à Pari, au cas où la ligne fût sur écoute – il aurait craint de les mettre sur la piste de Siamak, puis sur la sienne. En revanche, il lui raconta leurs longues balades et les conversations sur leur vie passée, à présent ensevelie. Au bout de quelque temps, Ali dit à sa sœur que l'ami était venu chez lui. Le tabou de leurs adresses respectives avait fini par tomber devant cette confiance retrouvée. Et puis, l'ivresse de la nouveauté s'étant dissipée, ils étaient un peu las de ces interminables déambulations dans la ville étrangère. C'est ainsi qu'ils se retrouvaient chez Ali pour jouer aux échecs ou au backgammon. C'était le seul moment où Ali avait le sentiment de vivre à nouveau.

Cet après-midi-là, Siamak alla trouver Ali dans sa pension, salua la logeuse qui habitait au premier, monta jusqu'au troisième et frappa à la porte de la chambre selon un code convenu. Ali ouvrit aussitôt. Ils bavardèrent à leur façon habituelle sur les événements du jour, tout en jouant au backgammon et en sirotant leur thé.

— Je suis content de t'avoir rencontré.

Ali regardait son ami, le pion tenu en l'air, enfreignant la règle qui veut que l'on joue vite.

— Allez, joue, répondit impatiemment Siamak, les yeux fixés sur le pion.

Mais l'autre posa la main sur le damier.

— Non, je parle sérieusement. Quand je discute avec toi, c'est comme si je levais le voile sur mon âme. Et pendant quelques heures, je redeviens moi-même, dit-il d'une voix presque timide.

Il n'avait jamais été un enfant ni un homme expansif, et les derniers mois passés dans la solitude n'avaient rien arrangé.

Quant à Siamak, il avait peut-être la même retenue car il s'assombrit en entendant ces mots. Il semblait gêné, voire irrité. Était-ce à cause de cette confidence inattendue ou de l'interruption de la partie?

— On ferait mieux de recommencer depuis le début, marmonna-t-il en ramassant les dés.

Ali, surpris et un peu vexé par tant de froideur, s'enferma de nouveau en lui-même. Il redressa les épaules et se leva.

— Tu as raison, dit-il sèchement, en hochant la tête d'un air offensé. Mais d'abord, je vais chercher du thé.

Il était au seuil de la cuisine quand son ami le rappela.

— Ali, dit-il, plus conciliant.

Ali songea que Siamak regrettait d'avoir été dur et se tourna vers lui, prêt à pardonner.

Siamak lui tira deux balles en plein front.

Puis il sortit en renversant d'un coup de pied le backgammon.

Et telle fut la première nouvelle que reçut Pari à son retour de Téhéran.

— Votre frère m'avait laissé votre numéro, pour que j'appelle en cas d'urgence.

Pari ignorait qui elle avait au bout du fil. Elle n'avait jamais entendu cette voix. Pourtant elle se représenta immédiatement la petite vieille lente à se déplacer, au visage plein de bonté, que lui avait décrite Ali. Cette femme agitée lui fit des événements un compte-rendu partiel, haché. Un garçon qu'elle avait vu venir assez souvent à la maison était monté vers 17 heures. Ensuite elle croyait qu'ils étaient repartis tous les deux. Mais au bout de deux jours, ne voyant plus entrer ni sortir Kaddour (c'était le nom sous lequel Ali s'était fait enregistrer chez elle), elle était montée au troisième où il n'y avait que sa chambre à lui. À mi-chemin du couloir, elle avait aperçu des traînées sombres sur le sol. Elle n'était pas allée plus loin. C'était la police qui avait ouvert la porte.

Pari remercia la dame et raccrocha, coupant court à ses explications confuses et à ses excuses à propos de sa santé, de son cœur, de ses nerfs. Elle allait devoir se rendre sur place, reconnaître le corps, organiser l'enterrement. Une fois de plus. Elle resta un court instant immobile, les yeux fixés sur le téléphone. Pour la première fois, ce qu'elle éprouva en recevant une mauvaise nouvelle ne fut pas une douleur subite, mais une sorte de résignation sans issue. On ne peut se résigner ainsi devant la mort, pensa-t-elle, à moins d'être déjà morte soi-même tant de fois.

Quelques jours plus tard, la police reconstitua les faits et identifia Siamak grâce au portrait-robot fourni par la logeuse, grâce aussi à divers commerçants du voisinage qui avaient vu à plusieurs reprises les deux hommes passer ensemble devant chez eux. Ce collaborateur de l'ambassade d'Iran à Paris avait quitté son poste, et la France, le jour même où il avait tiré sur Ali. Pari s'était envolée de Londres sans croire une seule minute que l'assassin pût avoir été pris. En France, elle se retrouva dans une salle aux murs vert olive, en train de signer une liasse de documents, et même alors elle n'éprouva ni rage ni désir de vengeance. Ce qui s'était passé n'était que trop clair. Que l'exécuteur matériel paie n'avait aucune importance ; le vrai coupable, la République islamique, resterait impuni.

En sortant, elle fut engloutie par les nuages bas qui s'étaient amoncelés sur la ville. Elle entrouvrit les yeux et, l'espace d'un court instant, se rappela le jour où elle avait informé Ali de l'arrestation de Javad.

— Beaucoup de bons soldats risquent tous les jours de mourir au front. Je devrais m'en faire pour Javad plus que pour eux?

Voilà ce qu'il lui avait répondu. Pari avait gardé le combiné collé contre son oreille, qui battait comme si elle allait exploser. Ali avait continué :

— S'il est condamné et exécuté, c'est qu'il l'aura mérité. La République ne fait rien sans raison.

Pari avait brusquement mis un terme à cette conversation. Elle n'arrivait pas à croire que l'on pût parler ainsi de son frère. Ali croyait-il davantage en Khomeyni qu'en sa propre famille? Elle ne concevait pas que la politique puisse éteindre la plus solide et la plus profonde des affections.

Ironie des choses, les propres mots d'Ali s'étaient retournés contre lui. C'est ce que se répétait obsessionnellement une femme dépourvue de forces et de larmes, sous le ciel gris de Paris.

29

La famille réunie

Pari avait passé plusieurs mois en clinique pour une grave dépression nerveuse qui lui avait affaibli le corps et l'esprit. Le médecin avait bien insisté :

— Pas de contrariétés. Et aucune nouvelle en provenance de l'Iran.

Jack, en homme amoureux, avait obéi à la lettre. Il avait protégé Pari du chagrin, des souvenirs, de la souffrance, de la colère et donc de moi aussi, voulant lui laisser le temps de récupérer. Car Pari récupérerait, il en était certain. C'était dans sa nature.

Tous les jours il allait la voir et serrait sa main froide. Il songeait à toutes les fois où elle lui avait demandé de les lui réchauffer au lit. À présent il le faisait quotidiennement, quand bien même elle ne le lui demandait pas. Elle ne lui demandait plus rien. Mais lui n'en essayait pas moins de lui faire retrouver le goût de la vie et son amour pour lui à l'aide de petits cadeaux – des fruits, des pâtisseries –, de joyeuses discussions sans queue ni tête, de dessins aux couleurs vives réalisés exprès pour elle et de promenades dans le parc de la clinique. Au début, il l'emmena en fauteuil roulant, puis en lui tenant le bras et en allant doucement, comme s'il accompagnait une vieille femme. Jack avait pris l'habitude de relever tous les événements comiques sur lesquels il tombait en ville, pour les lui relater en espérant la faire rire. Et quand il n'avait plus rien à raconter, en bon Anglais, il lui parlait du temps. La seule chose qu'il appréhendait, c'était les questions de Pari.

Mais Pari ne lui en posait pas. Elle écoutait, buvait du thé, se laissait emmener en promenade. Elle participait à la conversation sans entrain, en se contentant bien souvent de hocher la tête.

— Il lui faut du temps, disait le médecin. Beaucoup de temps et beaucoup de patience, ajoutait-il en regardant cette femme immobile, blanche sur le lit blanc.

Du temps, de la patience, Jack en avait, cela ne lui faisait pas peur. Mais tous les jours, à l'instant de pousser la porte de la chambre, il était assailli par une peur fulgurante et irrationnelle, celle de trouver le lit vide, de découvrir qu'elle avait renoncé et que sa Pari, finalement, ne s'en était pas sortie. Il secouait la tête pour éloigner ses craintes et se forçait à baisser la poignée. Par bonheur, Pari était là. Elle était en vie. Mais toujours immuablement indifférente à ce qui se passait autour d'elle. Jack en avait un peu honte, mais il ne pouvait réprimer un soupir de soulagement en quittant la clinique.

*

Tout cela, Pari me le raconta lors de sa deuxième visite à Téhéran pour le *Nowruz*. Elle m'avait appelée quelques mois auparavant pour s'excuser d'être restée longtemps silencieuse et pour m'inviter au dîner qu'elle nous avait promis à tous l'année précédente. Puis elle m'avait demandé si nous pouvions nous voir aussi avant le dîner, entre nous. Il y avait quelque chose qu'elle voulait me dire.

Nous nous vîmes dans le café où nous avions nos habitudes étant jeunes, près de l'université. Pari avait encore perdu du poids, mais pas de façon saine, comme la première fois, après qu'elle avait respiré un air tonique et revigorant. Sa maigreur, cette fois, lui creusait le visage et ses yeux semblaient devenus énormes. Elle avait beau avoir toujours la même coiffure et le même maquillage, son visage avait changé. Il ne s'était pas enlaidi, mais fané. C'est quand elle commença à me parler d'Ali que je compris exactement à qui elle ressemblait maintenant : à sa mère des dernières années, quand celle-ci ployait sous le poids des disputes et des deuils. Pari avait dans la voix la même lassitude, la même résignation.

Le médecin lui avait vivement déconseillé de retourner aussi vite à Téhéran, mais elle n'avait pas voulu entendre raison. Elle avait promis ce dîner de *Nowruz*, elle tiendrait parole. Jack l'avait accompagnée et assistée durant tout le voyage, afin de s'assurer qu'elle prenait bien ses remèdes et ne faisait pas de nouvelle crise. Il s'était même mis aux fourneaux avec elle. Elle plaisanta :

— Ce paresseux s'est enfin décidé à faire quelque chose ! Quand on pense à ce que j'ai dû endurer pour le voir enfin dans la cuisine.

J'éclatai de rire, non pour le bon mot, mais parce que j'avais compris sa volonté de m'amuser pour me prouver, et se prouver à elle-même, qu'elle était redevenue la Pari d'autrefois. Je savais que cet effort venait de sa tête et pas encore du cœur, mais en un sens cela me rassurait. On pouvait compter sur la volonté et l'obstination de Pari.

Le jour du dîner, je vins chez elle très en avance afin de l'aider en cuisine. Elle en fut contrariée. Car, comme toujours, les invités étaient les invités, et ils n'avaient pas à travailler. Elle essaya même de me faire asseoir sur le divan. À force de suppliques et de prières, je la persuadai de me laisser au moins couper les légumes.

— Ça et rien d'autre. Tu serais capable de tout me faire rater, marmonna-t-elle en prenant un ton sévère.

Elle s'adressa à Jack :

— Toi, je t'en prie, vérifie bien qu'elle n'aille pas me mettre des fruits secs dans le *chelow kebab*. Elle n'a jamais su le préparer.

— Répète ça encore une fois et je me vexe, répliquai-je.

Nous passâmes le reste de l'après-midi à plaisanter. Jack lavait les légumes en sifflotant, ravi de voir Pari aussi en forme. En dépit des recommandations des médecins, elle entendait fêter le *Nowruz* en grand et s'y employait à fond. Pourtant, dès que la porte s'ouvrit sur les premiers invités, il fut évident que l'on ne reverrait pas la joyeuse atmosphère de l'année précédente. Amis et parents avaient appris depuis peu la mort d'Ali et ce deuil supplémentaire pesait sur nous comme une ombre. À table, chacun fit de son mieux pour alimenter la conversation, mais tous les sujets s'éteignaient dans des réponses contraintes. Pour la première fois depuis que je la connaissais, c'était elle, Pari, la plus silencieuse. Pari qui n'avait pas voulu quitter les habits de deuil et nous regardait d'un air absent, assise à la place occupée naguère par Simin. Le dîner se traînait péniblement, fait de compliments embarrassés et de vagues murmures ; à la fin, on n'entendit plus que le tintement monotone des couverts.

Puis Pari brisa le silence.

— Je vous remercie d'être venus cette année aussi, après le malheur qui a frappé ma famille encore une fois. Ou plutôt, devrais-je dire, qui m'a frappée moi, puisqu'il ne reste personne d'autre.

Ici, sa voix trembla ; tous, nous pûmes lire sur ses traits l'effort qu'elle faisait pour retenir ses larmes.

— Je crois que vous avez tous appris la mort d'Ali, mais vous ne savez peut-être pas comment c'est arrivé. Il est juste que vous connaissiez au moins le nom de son véritable assassin : la République islamique.

Et elle raconta la disparition du dernier de ses frères. Sa voix s'écoulait, douce et soumise, emplissant le vide autour de nous ; de ses yeux brillants et cependant résolus, elle cherchait nos regards à tous, pour bien graver dans nos esprits et dans nos cœurs son chagrin et sa colère.

— Pardon de vous attrister en ce jour de fête. Mais c'est la dernière fois, l'Iran ne pourra plus rien me prendre.

Une vieille tante se leva d'un bond pour la serrer dans ses bras, puis son exemple fut suivi par tous les invités, l'un après l'autre. À chaque embrassade, Pari avait l'air de récupérer un peu de sa force et de retrouver en quelque région secrète d'elle-même l'origine du lien profond qui l'unissait à sa terre et aux siens. En dépit de tout.

Les invités s'en allèrent aussitôt après. Tous avaient sur le visage la même expression émue et affectueuse. Restée pour m'assurer que mon amie allait bien, je m'offris de l'aider à remettre la maison en ordre.

De là où je me trouvais, j'avais en face de moi le mur où étaient suspendus les portraits. En haut Hossein et

Simin, en dessous leurs fils. Ali était là aussi désormais, souriant, le jour de son mariage. Il ne manquait vraiment personne.

— Maintenant il n'y a plus de place sur le mur. Espérons que quelqu'un ne va pas encore mourir, je ne saurais pas où mettre la photo, dit Pari doucement.

Et elle éclata de rire, tandis que deux grosses larmes lui glissaient de nouveau sur les joues.

— Je voudrais au moins qu'ils ne soient pas morts pour rien.

Je la serrai fort dans mes bras, pleurant avec elle.

— Ali était le plus petit, l'entendis-je murmurer, si bas que je ne fus pas certaine d'avoir bien compris. C'était mon petit.

Puis elle se détacha de moi et, tout en essuyant énergiquement ses larmes, m'interrogea à propos de Khavaran.

— J'ai vu que le monument n'avait pas encore été construit, mon cher maître. Que s'est-il passé ?

Je lui résumai les péripéties des derniers mois et lui dis comment nous avions été amenées, Behnaz et moi, à renoncer d'un commun accord.

— Imaginons qu'ils nous aient donné l'autorisation de le construire. Ç'aurait été comme un dédommagement pour l'injustice commise, médita Pari d'un ton sarcastique. Comme s'il était possible de dédommager les victimes d'une telle monstruosité.

À ces mots, j'eus une illumination. Je me rappelai une phrase célèbre du sociologue Ali Shariati, un des théoriciens de l'islam parmi les plus importants, mort en Iran dans des circonstances mystérieuses un an avant la révolution islamique. Il avait déclaré voilà bien longtemps : "Si vous ne pouvez éliminer l'injustice, au moins racontez-la à tous."

Il ne nous était pas permis de construire un monument à la mémoire de Javad et de ceux qui avaient été comme lui victimes du régime. Et nous pouvions encore moins honorer la mémoire de toutes les familles brisées, déchirées, détruites par la haine politique que la Révolution avait soufflée comme un vent maléfique. Mais nous pouvions au moins raconter à tout le monde leur histoire, une histoire tellement tragique qu'elle était partagée par tout un pays. Je proposai à Pari de l'écrire : ainsi je ferais en sorte de la mettre en lumière, quitte à l'expédier entièrement par fax à l'Onu.

Pari posa sur moi un long regard silencieux. Puis elle me sourit.

— Je serais très heureuse si tu faisais cela. À une condition : ne parle pas seulement de Javad. Raconte aussi l'histoire d'Abbas et celle d'Ali. Eux aussi, en un sens, ont été victimes de la même injustice. Ça me plairait de voir leurs destins réunis, fût-ce dans un livre.

Table

Également au catalogue

1. Roger Caratini, Hocine Raïs, *Initiation à l'islam.*
2. Antoine Bioy, Benjamin Thiry, Caroline Bee, *Mylène Farmer, la part d'ombre.*
3. Pierre Miquel, *La France et ses paysans.*
4. Gerald Messadié, *Jeanne de l'Estoille.* I. *La Rose et le Lys.*
5. Gerald Messadié, *Jeanne de l'Estoille.* II. *Le Jugement des loups.*
6. Gerald Messadié, *Jeanne de l'Estoille.* III. *La Fleur d'Amérique.*
7. Alberto Granado, *Sur la route avec Che Guevara.*
8. Arièle Butaux, *Connard !*
9. James Patterson, *Pour toi, Nicolas.*
10. Amy Ephron, *Une tasse de thé.*
11. Andrew Klavan, *Pas un mot.*
12. Colleen McCullough, *César Imperator.*
13. John Jakes, *Charleston.*
14. Evan Hunter, *Les Mensonges de l'aube.*
15. Anne McLean Matthews, *La Cave.*
16. Jean-Jacques Eydelie, *Je ne joue plus !*
17. Philippe Bouin, *Mister Conscience.*
18. Louis Nucéra, *Brassens, délit d'amitié.*
19. Olivia Goldsmith, *La Femme de mon mari.*
20. Paullina Simons, *Onze heures à vivre.*
21. Jane Austen, *Raison et Sentiments.*
22. Richard Dooling, *Soins à hauts risques.*
23. Tamara McKinley, *La Dernière Valse de Mathilda.*
24. Rosamond Smith, *Double diabolique.*
25. Édith Piaf, *Au bal de la chance.*
26. Jane Austen, *Mansfield Park.*

27. Gerald MESSADIÉ, *Orages sur le Nil.*
I. *L'Œil de Néfertiti.*
28. Jean HELLER, *Mortelle mélodie.*
29. Steven PRESSFIELD, *Les Murailles de feu.*
30. Jean-Louis CRIMON, Thierry SÉCHAN, *Renaud raconté par sa tribu.*
31. Gerald MESSADIÉ, *Orages sur le Nil.*
II. *Les Masques de Toutankhamon.*
32. Gerald MESSADIÉ, *Orages sur le Nil.*
III. *Le Triomphe de Seth.*
33. Choga Regina EGBEME, *Je suis née au harem.*
34. Alice HOFFMAN, *Mes meilleures amies.*
35. Bernard PASCUITO, *Les Deux Vies de Romy Schneider.*
36. Ken MCCLURE, *Blouses blanches.*
37. Colleen MCCULLOUGH, *La Maison de l'ange.*
38. Arièle BUTAUX, *Connard 2.*
39. Kathy HEPINSTALL, *L'Enfant des illusions.*
40. James PATTERSON, *L'amour ne meurt jamais.*
41. Jean-Pierre COLIGNON, Hélène GEST, *101 jeux de logique.*
42. Jean-Pierre COLIGNON, Hélène GEST, *101 jeux de culture générale.*
43. Jean-Pierre COLIGNON, Hélène GEST, *101 jeux de langue française.*
44. Nicholas DAVIES, *Diana, la princesse qui voulait changer le monde.*
45. Jeffrey ROBINSON, *Rainier et Grace.*
46. Alexandra CONNOR, *De plus loin que la nuit.*
47. BARBARA, *Ma plus belle histoire d'amour.*
48. Jeffery DEAVER, *New York City Blues.*
49. Philippe BOUIN, *Natures mortes.*
50. Richard NORTH PATTERSON, *La Loi de Lasko.*
51. Luanne RICE, *Les Carillons du bonheur.*
52. Manette ANSAY, *La Colline aux adieux.*
53. Mende NAZER, *Ma vie d'esclave.*
54. Gerald MESSADIÉ, *Saint-Germain, l'homme qui ne voulait pas mourir.*
I. *Le Masque venu de nulle part.*

55. Gerald MESSADIÉ, *Saint-Germain, l'homme qui ne voulait pas mourir.*
II. *Les Puissances de l'invisible.*
56. Carol SMITH, *Petits meurtres en famille.*
57. Lesley PEARSE, *De père inconnu.*
58. Jean-Paul GOURÉVITCH, *Maux croisés.*
59. Michael TOLKIN, *Accidents de parcours.*
60. Nura ABDI, *Larmes de sable.*
61. Louis NUCÉRA, *Sa Majesté le chat.*
62. Catherine COOKSON, *Jusqu'à la fin du jour.*
63. Jean-Noël BLANC, *Virage serré.*
64. Jeffrey FOX, *Les 75 Lois de Fox.*
65. Gerald MESSADIÉ, *Marie-Antoinette, la rose écrasée.*
66. Marc DIVARIS, *Rendez-vous avec mon chirurgien esthétique.*
67. Karen HALL, *L'Empreinte du diable.*
68. Jacky TREVANE, *Fatwa.*
69. Marcia ROSE, *Tout le portrait de sa mère.*
70. Jorge MOLIST, *Le Rubis des Templiers.*
71. Colleen MCCULLOUGH, *Corps manquants.*
72. Pierre BERLOQUIN, *100 jeux de chiffres.*
73. Pierre BERLOQUIN, *100 jeux de lettres.*
74. Pierre BERLOQUIN, *100 jeux de déduction.*
75. Stuart WOODS, *Un très sale boulot.*
76. Sa Sainteté le DALAÏ-LAMA, *L'Art de la sagesse.*
77. Andy MCNAB, *Bravo Two Zero.*
78. Tariq RAMADAN, *Muhammad, vie du Prophète.*
79. Louis-Jean CALVET, *Cent ans de chanson française.*
80. Patrice FRANCESCHI, *L'Homme de Verdigi.*
81. Alexandra CONNOR, *La Faute de Margie Clements.*
82. John BERENDT, *La Cité des anges déchus.*
83. Edi VESCO, *Le Guide magique du monde de Harry Potter.*
84. Peter BLAUNER, *Vers l'abîme.*
85. Gérard DELTEIL, *L'Inondation.*
86. Stéphanie LOHR, *Claude François, secrets de famille.*
87. Jacqueline MONSIGNY, *Floris.*
I. *Floris, fils du tsar.*

88. Jacqueline MONSIGNY, *Floris.*
II. *Le cavalier de Pétersbourg.*
89. Arièle BUTAUX, *La Vestale.*
90. Tami HOAG, *Meurtre au porteur.*
91. Arlette AGUILLON, *Rue Paradis.*
92. Christopher REICH, *Course contre la mort.*
93. Brigitte HEMMERLIN, Vanessa PONTET, *Grégory, sur les pas d'un ange.*
94. Dominique MARNY, *Les Fous de lumière.*
I. *Hortense.*
95. Dominique MARNY, *Les Fous de lumière.*
II. *Gabrielle.*
96. Yves AZÉROUAL, Valérie BENAÏM, *Carla Bruni-Sarkozy, la véritable histoire.*
97. Philippa GREGORY, *Deux sœurs pour un roi.*
98. Jane AUSTEN, *Emma.*
99. Gene BREWER, *K-pax.*
100. Philippe BOUIN, *Comptine en plomb.*
101. Jean-Pierre COLIGNON, Hélène GEST, *101 jeux Cinéma-Télé.*
102. Jean-Pierre COLIGNON, Hélène GEST, *101 jeux Histoire.*
103. Jean-Pierre COLIGNON, Hélène GEST, *101 jeux France.*
104. Jacqueline MONSIGNY, *Floris.*
III. *La Belle de Louisiane.*
105. Jacqueline MONSIGNY, *Floris.*
IV. *Les Amants du Mississippi.*
106. Alberto VÁSQUEZ-FIGUEROA, *Touareg.*
107. James CAIN, *Mort à la plage.*
108. Hugues ROYER, *Mylène.*
109. Eduardo MANET, *La Mauresque.*
110. Jean CONTRUCCI, *Un jour tu verras.*
111. Alain DUBOS, *La Rizière des barbares.*
112. Jane HAMILTON, *Les Herbes folles.*
113. Senait MEHARI, *Cœur de feu.*
114. Michaël DARMON, Yves DERAI, *Belle-Amie.*
115. Ed MCBAIN, *Le Goût de la mort.*

116. Joan COLLINS, *Les Larmes et la Gloire.*
117. Roger CARATINI, *Le Roman de Jésus.*
I. *De Bethléem à Cana.*
118. Roger CARATINI, *Le Roman de Jésus.*
II. *De Tibériade au Golgotha.*
119. Franz LISZT, *Chopin.*
120. James W. HUSTON, *Pluie de flammes.*
121. Joyce Carol OATES, *Le Sourire de l'ange.*
122. Nicholas MEYER, *Sherlock Holmes et le fantôme de l'Opéra.*
123. Pierre LUNEL, *Ingrid Betancourt, les pièges de la liberté.*
124. Tamara MCKINLEY, *Éclair d'été.*
125. Ouarda SAILLO, *J'avais 5 ans.*
126. Margaret LANDON, *Anna et le roi.*
127. Anne GOLON, *Angélique.*
I. *Marquise des anges.*
128. Anne GOLON, *Angélique.*
II. *La Fiancée vendue.*
129. Jacques MAZEAU, *La Ferme de l'enfer.*
130. Antonin ANDRÉ, Karim RISSOULI, *Hold-uPS, arnaques et trahisons.*
131. Alice HOFFMAN, *Un instant de plus ici-bas.*
132. Otto PENZLER, *Quand ces dames tuent !*
133. Philippe BOUIN, *La Gaga des Traboules.*
134. Jane HAMILTON, *La Brève Histoire d'un prince.*
135. Jean-Michel COUSTEAU, *Mon père le commandant.*
136. Judith LENNOX, *L'Enfant de l'ombre.*
137. Stéphane KOECHLIN, *Michael Jackson, la chute de l'ange.*
138. Jeffrey ARCHER, *Frères et Rivaux.*
139. Jane AUSTEN, *Orgueil et Préjugés.*
140. Kim WOZENCRAFT, *En cavale.*
141. Andrew KLAVAN, *La Dernière Confession.*
142. Barry UNSWORTH, *Le Joyau de Sicile.*
143. Colleen MCCULLOUGH, *Antoine et Cléopâtre.*
I. *Le Festin des fauves.*
144. Colleen MCCULLOUGH, *Antoine et Cléopâtre.*
II. *Le Serpent d'Alexandrie.*

145. Santa MONTEFIORE, *Le Dernier Voyage du* Valentina.
146. Charles TODD, *Trahison à froid.*
147. Bertrand TESSIER, *Belmondo l'incorrigible.*
148. Elizabeth MCGREGOR, *Une intime obsession.*
149. Anne GOLON, *Angélique.*
     III. *Fêtes royales.*
150. Anne GOLON, *Angélique.*
     IV. *Le Supplicié de Notre-Dame.*
151. Clinton MCKINZIE, *La Glace et le Feu.*
152. Edi VESCO, *Soleil d'hiver.*
153. Tariq RAMADAN, *Mon intime conviction.*
154. Jean-Dominique BRIERRE, *Jean Ferrat, une vie.*
155. Dale BROWN, *Feu à volonté.*
156. Émile BRAMI, *Céline à rebours.*
157. Rosamond SMITH, *Œil-de-serpent.*
158. Didier PORTE, *Sauvé des ondes.*
159. Alberto VASQUEZ-FIGUEROA, *Les Yeux du Touareg.*
160. Jane AUSTEN, *Persuasion.*
161. Michaël DARMON, Yves DERAI, *Carla et les ambitieux.*
162. Alexandre DUMAS, *Les Borgia.*
163. Julie GREGORY, *Ma mère, mon bourreau.*
164. Philippa GREGORY, *L'Héritage Boleyn.*
165. Tamara MCKINLEY, *Le Chant des secrets.*
166. Dominique JAMET, *Ces discours qui ont changé le monde.*
167. James PATTERSON, *Rendez-vous chez Tiffany.*
168. Anabelle DEMAIS, *Liaison dangereuse.*
169. Deborah SMITH, *Un café pour deux.*
170. Yann QUÉFFELEC, *Le Piano de ma mère.*
171. Gerald MESSADIÉ, *Jacob, l'homme qui se battit avec Dieu.*
     I. *Le Gué du Yabboq.*
172. Judith LENNOX, *Des pas dans la nuit.*
173. Colleen MCCULLOUGH, *Les Caprices de Miss Mary.*
174. Jonathan KING, *La Voix des oubliés.*
175. Gerald MESSADIÉ, *Jacob, l'homme qui se battit avec Dieu.*
     II. *Le Roi sans couronne.*
176. Bernard PASCUITO, *Célébrités : 16 morts étranges.*

177. Tami HOAG, *Contre toute évidence.*
178. Anatole LE BRAZ, *La Légende de la mort.*
179. Jane AUSTEN, *Northanger Abbey.*
180. Ronlyn DOMINGUE, *Le Souffle de l'éternité.*
181. Judy WESTWATER, *Abandonnée!*
182. Donald JAMES, *Vadim.*
183. Heather LEWIS, *Le Second Suspect.*
184. Louis PERGAUD, *La Guerre des boutons.*
185. Lori LANSENS, *Les Filles.*
186. Philippe BOUIN, *Paraître à mort.*
187. Jeffrey FOX, *Comment être un bon manager.*
188. Clinton MCKINZIE, *Au-dessus du gouffre.*
189. Daniel SILVA, *Le Messager.*
190. Simon MAWER, *Faille intime.*
193. Joyce Carol OATES, *L'Amour en double.*
194. Gerald MESSADIÉ, *Ramsès II l'Immortel.*
I. *Le Diable flamboyant.*
195. Gilles van GRASDORFF, *Le dalaï-lama, la biographie non autorisée.*
196. Ann RADCLIFFE, *Les Mystères d'Udolpho.*
197. Deborah SMITH, *La Montagne de l'ours.*
198. Lisa GARDNER, *Jusqu'à ce que la mort nous sépare.*
199. James PATTERSON, Contre *l'avis des médecins.*
200. Robert BELLERET, *Jean Ferrat, le chant d'un révolté* (pack).
201. Gerald MESSADIÉ, *Ramsès II l'Immortel.*
II. *Le Roi des millions d'années.*
202. Siski GREEN, *Faire l'amour à une femme, le guide.*
203. Siski GREEN, *Faire l'amour à un homme, le guide.*
204. Jacqueline MONSIGNY, *Le Maître de Hautefort.*
205. Bertrand TESSIER, *Bernard Giraudeau, le baroudeur romantique.*
206. Allan FOLSOM, *La Conspiration Hadrien.*
207. Charles DICKENS, *Le Mystère d'Edwin Drood.*
208. Jacqueline MONSIGNY, *La Dame du bocage.*
209. Bertrand TESSIER, *Delon & Romy.*
210. Tamara MCKINLEY, *L'Héritière de Jacaranda.*

211. Bertrand PASCUITO, *Dalida, une vie brûlée.*
212. Patrick MAHÉ, *Elvis et les femmes.*
213. Anne BRONTË, *Agnes Grey.*
214. Cecilia SAMARTIN, *Le Don d'Anna.*
215. Marie-Bernadette DUPUY, *Le Refuge aux roses.*
216. Pierre LUNEL, *L'Abbé Pierre.*
217. Colleen MCCULLOUGH, *Fleurs sanglantes.*
218. Wilkie COLLINS, *Le Secret.*
219. Gerald MESSADIÉ, *Ramsès II l'Immortel.*
III. *Celle qui s'empara du ciel.*
220. Jacqueline MONSIGNY, *La Tour de l'orgueil.*
222. Lisa GARDNER, *La Fille cachée.*
223. Anne BONTË, *La Dame du manoir de Wildfell.*
224. Jane HAMILTON, *Un acte de désobéissance.*
225. Gene HACKMAN, *L'Étoile perdue.*
226. Mary Elizabeth BRADDON, *La Trace du serpent.*
227. Sameen ALI, *Le Voile de la douleur.*
228. Lisa GARDNER, *Tu ne m'échapperas pas.*
229. Doris GLÜCK, *Niqab.*
230. William DIEHL, *La Loi du silence.*
231. Bernard PASCUITO, *Annie Girardot.*
232. Matt BONDURANT, *Des hommes sans loi.*
233. Roger MOORE, *Amicalement vôtre.*
234. Mary WEBB, *La Renarde.*
235. Philippe BOUIN, *Va, brûle et me venge.*
236. Henry JAMES, *Lady Barberina…*
237. Amelia OPIE, *Adeline Mawbray.*
238. Bertrand TESSIER, *La Dernière Nuit de Claude François.*

Cet ouvrage a été composé
par Atlant'Communication
au Bernard (Vendée)

Impression réalisée par

CPI
BRODARD & TAUPIN

La Flèche
en janvier 2013
pour le compte des Éditions Archipoche

Imprimé en France
N° d'édition : 239
N° d'impression : 70848
Dépôt légal : février 2013